▼ドイツのパパとママ
（結婚当時の写真）
◀ナチの孤児院から養子にもらわれた日に、ドイツのパパが撮ってくれた写真
（左が著者）

▲養子にもらわれて間もなくの六歳頃の著者
▶著者がもらわれたコブレンツの家
（写っているのはママと祖母）

▲ドイツの家族
（右からパパ、パパの母、パパの二番目の妻になるリリー伯母、著者と一緒に暮らしていた祖母）
▶ドイツの祖父
▼コブレンツの家と空襲時に逃げ込んだトンネル

▲ポーランドの祖母
◀ポーランドの実の父
▼ポーランドのママとその二番目の夫

▲▶ 青年時代の著者
▼ポーランドで著者が通った高校
◀本書を執筆したころの著者

妻へ

目次

この手記を読まれる方に——訳者解説

これは第二次世界大戦中ナチスにさらわれた小さなポーランド人の少年の物語です。戦争中ドイツに占領されたポーランド西部の町々ではナチにより二歳から十四歳までの少年少女が大勢さらわれました。その数は二十万人以上と言われます。大変に特徴的だったのは、その子どもたちがみな青い目で金髪であったことでした。本書の著者もまた晴れた空のような真っ青な目と金髪の巻き毛がくるくると波打った少年でした。母親から引き離され、ドイツに連れ去られたときは四歳でした。孤児院に入れられ、ドイツ人の名前を付けられ、やがて子どものないドイツの家庭にもらわれた頃にはもうポーランド語も本当のママのことも忘れてしまいました。

インスブルクの町をイン川という美しい川が流れています。戦争が終わり、ドイツ帝国が崩壊してまだいくらも経たなかった頃、川の流域のアメリカ占領区にユーゴスラヴィア軍が駐留し、それがこの川を書類が流れて行くのに気づきました。拾い上げてみると聞いたことのない「レーベンスボルン」という組織のもので、それにはユーゴ人の子どもたちが名前をドイツ名に変えられ、ドイツの家庭に養子に出されたことが書かれていました。他のスラヴ民族の子どもたちも同じでした。

国連復員援護局が行方不明の子どもたちを捜していると知っていたユーゴ軍はすぐヴィスバーデンに駐留していたポーランド軍に相談しました。ナチが組織的に大勢の子どもをさらったと、もう少し詳しく知っていたポーランド軍はすぐに調査を開始しました。これが「レーベンスボルン」とその幼児誘拐が調べられた最初です。

書類は上流にいたアメリカ軍のカウフマン将軍がその意味の大きさに気づかず、川に捨てさせたものと分かりました。こうして重要な証拠のほとんどが失われ、のちにニュルンベルク裁判でナチスによる幼児誘拐は、ポーランド、ユーゴスラヴィア、ルーマニア、チェコスロヴァキア、白ロシア、ノルウェー、ベルギー、デンマーク、フランス、オランダ、ルクセンブルクで少なくとも数十万人の子どもたちがさらわれていながら無罪になったのです。

「レーベンスボルン」とはいったい何でしょうか。それはドイツ語で「生命《いのち》の泉」という意味です。ヒトラーがあみ出し、ハインリヒ・ヒムラーが具体化させた、これは優秀な子どもを増やすための秘密組織でした。

ドイツは一九三三年にナチスが政権を取り、その後周辺の多くの国々を占領しました。しかし戦争による人的損失も少なくなく、また、当時ドイツが東方の国々より人口の増加率の点で低い数字を示していたことがヒトラーの強迫観念になっていました。人口が減ってはせっかく獲得した土地も治められません。どうしても子どもを大勢提供する組織が必要になったのです。それに取り組むことになったのが「レーベンスボルン」でした。

「レーベンスボルン」には二つの顔があります。一つは公的な顔、もう一つは秘密厳守の決して表に出してはならない陰の顔で、前者は子どもと母親を守る社会福祉の政策でした。しかし、この公式の部分でさえ社会に広く宣伝することは厳禁、というのも「レーベンスボルン」の保護を受けられるのは「人種的に」優れた子どもと母親だけだったからです。

「人種的に優れた」とはどういうことでしょうか。

ヒトラーは世界の民族がみな平等だなどというのは間違いだと考えました。《猿を弁護士に育てようとしても、そんなことは気違い沙汰だ》と（これは主として黒人を念頭に置いていたようです）。そして世界には三つの民族があると思いました。第一は文化の創り手、第二は文化の運び手、第三は文化の壊し手で、第一のグループに入るのはアーリア人（本来はインド・ヨーロッパ語族の意であったが、ナチスはこの語を人種的により優れたゲルマン人種の意として用いた）だけ——。今、世界で賛嘆されている学問や芸術、技術や発明はみな彼らが作り出したものだというのです。それは青い目で金髪の人種でした。

同時にヒトラーは血の〝純血〟を主張しました。《人は敗戦により滅びることはないが、〝純血〟を失ったら永遠に内的な幸福を失うのだ》と……。

ヒトラーの考えを理論化したのがアルフレート・ローゼンベルクで、その著書に『二十世紀の神話』があります。ここで彼は《「血の宗教」を無視したものは、ヒンズー人もペルシャ人も、ギリシャ人もローマ人もみな没落した。ヨーロッパ北欧人も今、純血の大切さに気づかなくては大変なことになる》と警告したのでした。この本の中に「レーベンスボルン」の起源が見られます。

「レーベンスボルン」は一九三六年にテスト的に創立。ヒトラーはこの活動をヒムラーに全権委任しました。ヒムラーは全警察権力を掌中にしている点で都合が良く、また、ドイツ民族強化問題帝国長官でもありました。一九三八年三月二十四日にミュンヘンで裁判所に正式に登録。親衛隊の一部をなし、親衛隊帝国指導者(ヒムラー)に直属するものになりました。組織の目的は親衛隊員にできるだけ多くの子どもを持たせること。良き血の母親と子どもを助け、未来のエリートを育てることでした。一九三九年四月には戦死した親衛隊員の子どもとその母親を保護すると宣言。しかし、活動はじきにこれにとどまらなくなってゆきます。

一九四〇年にドイツがノルウェーを占領したことは「レーベンスボルン」の活動をとても拡げることになりました。ノルウェーは青い目で金髪の人々の国でした。ドイツ兵がノルウェーの女性に産ませた子どもたちは帝国の将来を担う宝とされ、それはフランス、ベルギー、ルクセンブルクを占領した後も同じでした。ヒムラーは「ドイツの良き血」を一滴たりとも失うなと命じました。その命に従い、「レーベンスボルン」の代表者マックス・ゾルマンはパリに、インゲ・フィルメッツはベルギー、オランダを飛び回ったのでした。

「レーベンスボルン」の陰の顔が以降大きく膨らみます。

陰の顔には二つの横顔があります。その一つは優秀なドイツ人を数多く、自然の出生を待たずに組織的に産ませることで、それは日本にも戦争中あったような普通の多産の勧めではありませんでした。

ヒトラーはかねがね健康な女が経済的理由や社会的偏見から自由にたくさんの子どもを産めないなどということがあってはならないと考え、そのためには「新しいモラル」を打ち立てなければならない、《既婚・未婚のいかんを問わず三十五歳までに四人の子どもを純血なドイツ人男性との間に作ることを義務とする。その際男性が妻帯者かどうかは問題ではなく、また、すでに四人の子どもを持つ家庭は男をこの活動に差し出さなくてはならない》としました。なかでも子どもを残すべき最も優れた人々である親衛隊員は二十六歳までに結婚することを義務とし、万一長く独身でいたり子どもがなかったりした場合、罰金を科すともしました。しかし、そうしてみても人口はそうそう増えるものではないのでした。

やがてドイツの前線で不満が起きるようになりました。というのも負傷したり病気で苦しんでいる兵隊たちが休暇をもらえないのに、立派な体格の人一倍健康な者が次々休暇をもらえているからでした。そのうちこの〝幸運な者〟たちが《〝千年の帝国〟の将来のため重要な任務に就かされている。特別の家に送られ、そこに来ている女たちを妊娠させることで食糧その他の十分な保護を受ける》との噂が立ちました。

戦後、関係者の誰もが口を閉ざし、証拠も研究資料もきわめて乏しいこの問題を知るのに、とても重要な一通の手紙があります。リューベックに住む若い女性リーゼマリア・クレンツァーが一九四四年七月十五日付でヒムラーに宛てて書いたもので、ナチズムの狂信に踊らされたリーゼマリアが、《子どもを産んで祖国に献げるための施設があると聞きましたが、志願したいのでその場所を教えてください》と書いています。

この手紙はヒムラーの手元には届きませんでした。開封した部下たちが秘密が〝一般人〟に洩れたことでの彼の怒りを恐れ、必死になって洩れた経路を探ろうとしたからでした。したがって屑籠《くずかご》にも行かなかったのです。

「レーベンスボルン」は約一万の会員を擁する九つの支部からなる組織でした（その後増える）。組織の活動にはユダヤ人その他の「国賊」たちから家屋敷や自動車など多くの財産が没収され当てられましたが、他の費用は男性会員の会費でまかなわれました。個人会員が約十二ライヒスマルク、法人が三十ライヒスマルクで、高級司令官の場合、給料の約十分の一の金額でした。

会員になれるのは男は親衛隊員などの高級将校（一九四二年以降は親衛隊員は全員加入が義務づけられた）、女はアーリア人種としての特徴が祖父母の代まで認められた遺伝的資質の優れた者で、のちに枠が拡げられ、ドイツ人でなくてもナチの基準に合えば入れられるようになります。大切なのは目の色、髪の毛の色、そしてことに頭の形で、例えば丸い頭の者はまったくチャンスがないのでした。

こうして優れた男たちと、「ドイツ女子会」などから選ばれた若い女性たちが相手の選択の余地はなく、愛ともエロチシズムともかかわりなしに、ただ子どもを「生産」するだけのために結ばれたのでした。数日後軍務に復帰する男たちとあとに残る女たちとはいっさいかかわりがなくなります。

女は子どもを孕《はら》むと身二つになるまで「レーベンスボルン」の手厚い保護を受けます。子どもは生まれると同時に、その後は国家が養育するので母親から引き離され、「子どもの家」に送られます。二親の最良の遺伝子を受け継ぐ子どもたちは将来ドイツを担うエリートになるはずでした。七歳になると「レーベンスボルン」と緊密に協力する国民学校に入学しました。

ところで希望者がこうするのはさほど問題ではありません。しかし問題は次第にそれに限らなくなったことで、「希望しない」と言えなくなる状況が作り出されたことでした。ことに他民族の女性、それも女囚に強制力をもって及んだこと——この段階から犯罪の領域に入ります。

陰の顔のもう一つの横顔は——こちらが本書の主題ですが——他民族の子どもの誘拐ないしは略奪でした。子どもを組織的に〝生産・飼育〟してみたところで、時間がなんといっても十カ月もかかり、もどかしいのでした。「レーベンスボルン」はもっと手っ取り早い方法を考えるようになります。

一九四〇年五月にヒムラーは東方の六歳から十歳までの子どもたちを毎年人種選別する計画を立てました（のちに年齢の枠は拡げられる）。「東方の異人種の取り扱いについて思う」という文書があります。《選別された子どもたちはドイツに運ばれ、姓名をドイツ語に変えられたのち法律上ドイツ人と同等に扱われる。これを今後十年間着実に行えば、ポーランドには価値の低い、ドイツに奉仕するための下積み労働者しかいなくなる》というもので、ヒトラーはこの計画を「正しい」と言って認めました。

選別には厳しい基準がありました。——背丈、体格、姿勢、下肢の長さ、頭の形、後頭部、顔の形、鼻孔、鼻の高さ、鼻の広さ、頬骨、目の位置、まぶたの切れ、まぶたのひだ、唇、頰、髪の毛の生えぎわ、体毛、髪の毛の色、目の色、肌の色……これらがそれぞれ五段階に分かれます。例えば、とても高い、高い、中くらい、小さい、とても小さい。あるいは、目立たない、少し見える、見える、顕著である、とても顕著である。または、痩せている、やや豊か、豊か、太っている、肥満、という具合です。目の色は一番良いのはむろん青でした。そのあとが灰青色、灰緑色、明るい茶、暗い茶です。遺伝病や生物学的に良くない特徴、伝染病などが見逃されないのはむろん、座高、体重も大事でした。

各人種は省略記号で、N、F、D、W、O、O_b、V_a、O_r、A_a、M、N_g および人種的に不明なタイプ、と表わされました。例えばN―F―O_bなら北欧ファレン東方バルチック型で、これはドイツ化に適するとされた人種でした。

名前をドイツ語に変えるときの変え方もナチスは厳密に決めました。一九四二年九月十七日付の「親衛隊人種・拓殖問題主要局局長の指令」というものがあります。

まずできるだけ本名の語源ないしは発音に近いドイツ名を付けること。それには新しい名前と以前の名前が似ているほうが子どもの記憶の中で混合しやすい、一つに溶けやすいとの心理学的な配慮がなされていたのです。例えばポーランド名が Sosnowska《ソスノフスカ》 だったら新しいドイツ名は Sosemann《ゾーゼマン》、ポーランド名が Florencki《フロレンツキ》 だったらドイツ名は Flohn《フローン》 にする。しかし、こうした工夫のしようがない場合は新しく付けるドイツ名をできるだけ平凡な、どこにでもある名前にする。特徴的な名前を付けることは厳禁でした。

「レーベンスボルン」は周辺諸国の基準に合った子どもたちを一九四一年の後半から略奪するようになりました。その初めがルーマニア、バナトゥ地方の二十五人の子どもたちで、彼らは「人種的ドイツ人移住センター」を経由し、ドイツのランゲンツェル城に連れて来られました。着いてすぐ詳しい身体検査をされ、その後、優秀とみなされた、つまり「レーベンスボルン」が引き受ける子どもと、「レーベンスボルン」が引き受けない、労働に回される子どもとに分けられたのです。

ユーゴスラヴィアの上カリンティンと下シティーリヤ、チェコスロヴァキアのリディツェとレジャカ、白ロシアのボブルイスクでも選別が行われました。しかしポーランドは中でもその最大の国になり、クラクフ、ビドゴシチ、ヘレヌフ、オトフォック、スモシェフに支部が置かれました。

ヒムラーはいわゆる「メッツ（フランス北東部の工業都市）の日々」で《ポーランドの知識階級を大量に虐殺した。それは不快なことだったが必要だった。今後も必要になるだろう》との演説をしました。四二年九月には親衛隊員に向け、《東方で〝良き血〟に出会ったら、それをドイツのために確保せよ、さもなければ抹殺せよ。それが敵側に残ることは決して許してはならない》という檄《げき》を飛ばしています。四三年十月には《スラヴ人の中には人種的に優れた者が生まれる可能性がある。それらの子どもはたとえ盗んででもドイツのものとし、彼らをその祖国から切り離せ》と説いています。
一九四三年六月には「レーベンスボルン」の代表者マックス・ゾルマンに宛てた手紙でチェコのリディツェで射殺した両親の子どもたちに触れ、《そのうちの人種的に優れた子どもたちは将来最も危険な復讐者になり得るので、しかるべき養育が必要だ》と言い、四三年末には、《親衛隊員の第一の義務はドイツの血の人間に対してだけ正直で善人であるべきで、ロシア人やチェコ人の運命はどうでもいいのだ》と述べています。

ナチスは行動の拠り所となるべき、他組織との協力も規定した「法的基盤」も設けています。「ドイツ民族強化問題に関する帝国長官布告67／1」というのがそれで（四二頁参照）、これは初めポーランドの孤児院とポーランド人養父母の元にいる孤児たちに関するものでしたが、のちに両親が銃殺され、あるいは強制収容所に送られて死んだすべての子どもたちにかかわるものになります。マックス・ゾルマンはニュルンベルク裁判で、この布告を「レーベンスボルン」が実行に移したこと、また子どもたちがポーランド語しか話せず、ドイツ語が分からなかったこと、彼らの名前を「レーベンスボルン」がドイツ名に変えたことなどを認めざるを得ませんでした。

戦争が終わると子どもを奪われた親たちはむろん、その被害国は国の名誉をかけて探索を開始しました。年齢の比較的上の子どもから少しずつ行方が知れたものの、本人に記憶のない、さらわれた当時小さかった子どもたちは、ナチがその戸籍を特別戸籍局で改竄《かいざん》したのに阻まれ、調査は困難を極めました。その一つの例を皆さんはこれからお読みになります。

一九四七年十月にニュルンベルク裁判の第八法廷、正式には「ウルリヒ・グライフェルトほかの裁判」が開かれました。戦争中《北欧人種があらゆる人種の上に立つという世界観を拡め、ドイツに敵対するすべての人的グループを劣等化させようとした》四つの組織──「ドイツ民族強化問題帝国長官参謀本部」「人種・拓殖問題主要局」「人種的ドイツ人移住センター」「レーベンスボルン」の十四人がその被告でした。「レーベンスボルン」からは代表者マックス・ゾルマン、主要健康局局長グレゴル・エーブネル、主要法律局局長グンター・テッシュ、主要A局局長代理インゲ・フィルメッツが被告人で、ヒムラーは一九四五年に逮捕され、自殺しています。起訴理由はドイツの強化と敵国の弱体化を図り、ポーランド、ユーゴスラヴィア、チェコスロヴァキア、ノルウェー等の〝人種的に価値のある〟児童を略奪、その戸籍を改竄しドイツ名を与えたこと、子どもを強制労働に使役したこと、ユダヤ人等の財産を没収したこと等でした。

十月末にすでに行方の知れていたチェコ人の子どもたち、マリア・ハンフォヴァー、ルジェナ・ペトラコヴァー、マリア・ドレジャロヴァーが、十一月初めにはポーランド人の子どもたち、アリーナ・アントチャック、バルバラ・ミコワイチック、スワヴォミル・グロドムスキ＝

パチェスニィが証言台に立ちました。しかし、翌四八年三月十日に下りた判決では、ゾルマンとエーブネルが二年八カ月、テッシュが二年十カ月で、その刑期は逮捕の日から判決の日までに相当する、つまり事実上その後の刑罰はないという軽量でした。しかもその理由が犯罪的な親衛隊組織に所属していたということで、「レーベンスボルン」そのものにかかわることではなかったのです。ただ一人の女性インゲ・フィルメッツは無罪でした。

「レーベンスボルン」では奪ってきた子どもたちを大切に育てました。これがこの無罪判決につながったのでしたが、しかし、ドイツの未来を担うエリートを育てていたのですから待遇が良かったのは当たり前なのです。〝略奪した〟〝誘拐した〟ということに対して刑罰が科せられなかったことは被害者側に激しい怒りを呼び起こしました。問題はアメリカ軍の裁判官たちにとってこのような犯罪は理解の外だったことでした。それともう一つ、証拠をアメリカ軍が遺棄したこと、あのイン川での過ちがあったことでした。

その後二年弱を経て一九五〇年二月十三日にミュンヘン裁判が行われました。すでにニュルンベルク裁判で被告人席に立ったマックス・ゾルマン、グレゴル・エーブネル、インゲ・フィルメッツの三人に加えて、ゾルマンの助手だったウーバーシャール、それにレナー、ラーガラー、ヴェーナーの七人が被告人でした。先の裁判ですっかり自信がついていた被告たちは尊大な、たいそう横柄な態度で、初日から裁判所の「法廷を愚弄する」との叱責を受けるほどでした。

この裁判ではアメリカ軍による証拠遺棄についても明らかにされました。また、ノルウェーでちょうど六千人の婚姻外の子どもが生まれたことなど、新しい資料や証拠が提出され、被告人は全員有罪になりました。

ゾルマンとエーブネルは懲役刑でした。罪はすでに償ったとして赦免されましたが財産の一部が没収されました。レナー、ラーガラー、ヴェーナーは罰金刑、フィルメッツとウーバーシャールはアムテスティーで釈放されました。

刑量についてはまだ軽い感があります。しかしミュンヘン裁判では先のニュルンベルク裁判で「レーベンスボルン」が福祉施設であると認められたのははっきり否定されました。ドイツ連邦共和国はそのとき成立後まだ間もない頃。判決はドイツを新しい国に生まれ変わらせたいというドイツの人たちの思いが感じられるものでした。

この間、そしてその後もかなり長く、「レーベンスボルン」の擁護者と糾弾者との間で激烈な闘いが展開されました。擁護者たちがあれこそ理想的な福祉施設だった、それを非難するとはドイツの顔に泥を塗る気か、と主張するのに対して、糾弾者たちは事実を明らかにしてこそ今後の平和のためであるとし、本や雑誌、そして、映画も作りました。

一九七二年に一大センセーショナルを巻き起こしたものがありました。ロンドンの雑誌『ウイークエンド』がそれで、「ヒトラーの愛の収容所」と題し、これまで知られていなかった「レーベンスボルン」の十二枚の写真を掲載したのです。その中にはヒムラーが施設を見回っている写真や水着姿の男女が互いを品定めしている写真などがありました。

新証拠はまだこれから先も出る可能性がある……。関係者の死後、あるいは死の直前に日記や手記の形で出る可能性があるものと思われます。『ウイークエンド』は「レーベンスボルン」で「生産」された子どもたちを約四万人と推定しています。

ところで「レーベンスボルン」で生まれた子どもたちはエリートになるはず。国の将来を担う人に育つ予定でした。二親の最も優れた遺伝子を受け継ぎ、生まれたときにすでにスーパー人種であるはずです。実際にそうなったでしょうか？　戦後の調査では驚いたことにそのほとんどに知能や体力の点での後退が見られる……。三歳でまだ歩けない子、まだ喋れない子、かなりの損傷《ダメージ》を受けた子どももいるのでした。

ドイツがたとえ戦争に勝っていたとしても、この、子どもの「生産」ないしは「飼育」は間もなく中止されたことでしょう。ナチの目論見《もくろみ》がこんなにはずれるのでは子どもたちを結局どこかの「収容所」で〝抹殺〟しなくてはならなくなるからです。母胎はこの上なく異常な状況に置かれました。そして出生後も〝ヒトラーの子どもたち〟は「愛」のない養育を受けたのです。

一方、さらってきた子どもたちはどうだったでしょうか。小さいとき青い目で金髪で典型的な北欧タイプの顔立ちをしていた子どもたちでもその後全然違うタイプの顔になり、目や髪の毛の色も濃くなった人がずいぶんいます。また幼いときドイツ語に無理矢理変わらされ、そのために思考に困難を生ずることがありました。大きくなり、ドイツ人ではなかったと分かった子どもたちはまた母国語の勉強のし直しで、結局本書の著者のように大学まで行けた子どもは数としては少数です。心に深い傷を負った例はことに多いのでした。

ヒムラーは自身決して北欧人種的な容貌をしていたわけではありませんでした。しかし彼はヒトラーの人種偏見思想に熱狂し、「レーベンスボルン」の運営に、そのいっさいを任されたことで身も心も打ち込みました。

「レーベンスボルン」のことを考えていたときだけが彼の心から寛《くつろ》げるとき、至福のときでした。こうして彼は他のいかなる戦争犯罪人ともまったく違う、人の死を決めただけではない、「出生」を、「生」を決めた全能の人になったのです。彼が「第三帝国の悪しき魂」と言われた所以《ゆえん》でした。

ヒムラーの計画によると一九八〇年までにドイツは一億二千万の〝純血のドイツ人たち〟の国になり、他民族の誘拐してくる子どもたちについては記録を保管する棚があと六百追加されているはずでした。

指令書

以下には、第二次世界大戦中のナチスの人種政策に関する主要文書が収録されている。☆は出典または所蔵、＊は訳者による注である。

親衛隊帝国指導者ならびに帝国内務省ドイツ警察署署長

一九三九年十月二十八日、ベルリン

親衛隊および警察署全隊員・署員に命ず

いかなる戦争も最良の血を流させるものである。軍事的な勝利が民族にとって敗北となり、その生命力、その血が破壊された例は一例にとどまらない。そして、残念ながら必要な最も優秀な男子の死は、痛恨には価すれども、まだしも最悪のものではない。はるかに悪いのは、産む人がなく子どもが不足することである。戦争は生者を奪い、そのあとに死者を残す。

息子のいる者、子どものいる者のみが死に得るといった古えの諺は、当戦時下の親衛隊員にとっても再び直面する真実となっている。その家系および先祖の意思と希望のすべてが我が子によって継承されると知る者のみが穏やかに死に得るのである。戦死者の寡婦にとり最大の贈り物は彼女が愛した男の子どもである。

今、平時にはあるいは不可欠である法律と習慣の限界を乗り越え、婚姻外のものをも含む血筋正しきドイツの子女に、重大な課題――軽率からではない、情勢を深く憂慮した上での課題が提示されるだろう。それは彼女らに戦場に赴く兵士たちの子どもを――兵士が帰還するか、ドイツのために死すかは運命のみが決定するが――この世に生み出すことを求めるものである。

また命令系統を国内に持つ男女は、この時期にこそ父になり母となる神聖な義務を負っている。

剣の勝利と我が兵士たちの流された血は、もしそのあとに出生の勝利と領土拡張が続かないなら、意味がないことを決して忘れてはならない。

先の戦争では一人ならぬ兵士が自らが死んだ場合の妻と子どもの運命を思いやり、更に子どもを持つことを諦めた。親衛隊の諸君はこれら不安と憂慮を抱く必要がないのである。それを打ち消すのが以下の法令である。

1　婚姻により、あるいは婚姻外に生まれ、父親に戦死された血筋正しきすべての児童は、本官が直接任命し親衛隊帝国指導者の名において活動する特殊な全権委員が後見する。我々はこれら母親に、未来の偉大なる帝国国民の養育を人間的な方法で引き受け、それら児童が成人に達するまで生計の道を保証するむね宣言する。いかなる母親および未亡人もこうした理由で心配する必要はなくなる。

2　親衛隊は戦争中に婚姻により、あるいは婚姻外に生まれたあらゆる児童、および、苦境に置かれた未来の母親たち全員を擁護する。戦後、父親たちが帰還した場合、その一人一人に親衛隊は、彼らが提出する書類に基づき、十分な物質的追加援助を行う。

親衛隊員ならびにドイツ人の子どもを産もうとする母親諸君は、総統および我々の血と民族の永遠の生命を信じて、ドイツのために闘い死するのと同じ勇気で、ドイツの栄光のため、その子孫に生命を与える決意のあることを示せ。

親衛隊帝国指導者

（署名）Ｈ・ヒムラー ☆

☆――J・ノイフォイスラー著『十字と鉤十字　カトリック教会と教会の抵抗に対する国家社会主義の闘い』、ミュンヘン、一九四六年、一巻、八〇頁。

人種政策局、帝国指導部御中

人種政策の観点から見た旧ポーランド領住民の処遇問題

以下は国家社会主義ドイツ労働者党[*1]人種政策局の勧めにより、裁判所顧問、人種政策主要局顧問官事務所所長、E・ヴェツェル博士および学術調査委員、人種政策局在外ドイツ人および少数民族部部長、G・ヘヒト博士により執筆。

一九三九年十一月二十五日、ベルリン

（省略）

(C) 人種的有価値児童の例外的処遇

ポーランド民族の、人種的に価値を有しながら、民族的な理由でドイツ化に適さない層の大部分は、ポーランドの残余の地域で難民化せざるを得ないだろう。しかしながらここで試みてしかるべきは、人種的有価値児童を移住者[*2]らから切り離し、それらを帝国において、旧ポツダム軍事孤児院をおおよその範とするしかるべき養育機関、ないしはドイツ人家庭での養育に委ねることである。対象児童は八歳ないし十歳以下。一般的にこの年齢までが効果的な国籍の変更、つまり最終的なドイツ化が可能な故である。その条件は、彼らのポーランドの家族とのいかなる接触も完全に断ち切ることである。児童には語源からはっきりゲルマンのものであると分かるドイツ姓が授けられる。

特別の役所がその身元を記録する。両親が戦中戦後に死亡した、人種的価値を有するあらゆる児童はドイツの孤児院に直接移送される。

この観点から、これら児童をポーランド人が養子とすることは禁止されるべきである。ポーランドの遺伝的疾病を有さない児童が、教会の運営する施設に入れられていることは断じて容認すべきではない。これら施設に収容中の児童は、十歳以下であることを条件とし、ドイツの養育施設に移送される。

中立的立場をとるポーランド人を、ポーランドの残余の地域で難民化させることは、彼らがもしその子どもたちをドイツの養育施設に入れるのを承知するなら、諦めてもよい。☆

＊1――ナチスのこと。

＊2――ポーランドのドイツ占領地以外の地域に追放された人々。

☆――ヒトラー犯罪調査主要委員会古文書収蔵館No.37332／25X

極秘！

東方の異人種の取り扱いについて

（省略）

これらすべての点を解決するうえでの根本問題は学校の問題およびそれにかかわる若者の隔離と選別である。東方に居住する非ドイツ民族には四年制の公立小学校のみが認められ、上級学校は許可されない。この公立小学校の教科は、最高五百までの簡単な数、姓名の綴り、神の意志としてドイツ人に従順たるべきこと、誠実、勤勉、礼儀正しさである。読み方は必要とは考えない。

このタイプ以外の学校はいかなるものも東方には存在してはならない。子弟にそれ以上の教育を、小学校でも上級学校でも受けさせたいと願う両親は、それに関して親衛隊司令部および警察に願書を提出しなければならない。このような願書は、まず何よりも子どもが人種的に有価値者であるかどうか、我が方の条件に合致するかどうかで審査される。子どもがドイツの血を有すると認められた場合、両親には子弟がドイツの学校に行き、そこに定住することにもなるむねが通告される。

（省略）

これら血筋の良い児童の両親は、子弟を差し出すか、――この場合これ以上子どもを産まなくなることが予想され、したがってこの東方の民族がこれまでの出生率で下等民を生み出し、それによりドイツにとり危険な指導者層を得る危険性は消滅する――さもなければドイツに移住し、そこで忠実な国民となるかのいずれかの選択を迫られる。彼らの側からの確実な保障は、その将来と教育が両親の忠誠心いかんとなる我が子に対する愛である。

　両親が子どもの上級教育を願い出た願書を審査するほか、毎年六歳から十歳のドイツ占領地区の全児童が人種上の基準に従い選別される。人種的に価値があると認められた児童は、両親が願書を提出し、その願書が審査を通過した児童と同様に扱われる。

　心理学的・理論的見地からして、児童ならびにその両親がドイツに移住後、学校でも個人生活でも癩者のごとく取り扱われることのないよう、むしろ、その姓の変更後は――細心の注意を払って彼らと交際し――安心してドイツ社会での生活に適応できるようにさせるのは当然のことと考える。児童に社会の枠外に放り出されたと感じさせてはならない。我々もまた、この、ドイツ史の過ちの結果外国人の中に在る我々の血を信じてしかるべきである。我々はまた、我々の世界観、我々の理想がこれら児童の人種的に価値のある魂に必ずやこだまするものと確信する。これは何よりもまずヒトラー・ユーゲント[*1]の保育者や指導者らの課題である。かつてのエルザス＝ロートリンゲンでのように、ドイツのために人材を確保しながら、ことあるごとに不信と悪態でそれを迎え、彼らの人間性と誇り、尊厳を傷つけた過ちは決して繰り返してはならないのである。〝ポラッケ[*2]〟、〝ウクライネル〟その他の悪態をつくのは許されない。

　児童の教育は公立小学校で行われ、四学年終了後、更にドイツの公立小学校に通うか、それとも国民政治学級に移籍させるべきかが決められる。

　これら法令がすみやかに施行されてのち、ドイツ占領地区の住民はその後十年以内に価値の低い残余者だけになるだろう……。

　これら住民は自らの指導者を持たず、毎年ドイツに季節労働者、特殊労働者（道路、石切り、建築）を供給する労働力として利用される。その際ポーランド統治時代より快適な生活条件を得るが、独自の文化はさまざまな重労働を行ううちに奪われ、厳しく論理的かつ平等なドイツ民族の管理下で、ドイツの永遠の文化作品と建築の高揚に奉仕するのである。

一九四〇年五月十五日
（署名）H・ヒムラー☆

＊1――ヒトラー青少年団。
＊2――ポーランド人の蔑称。
☆――『現代史のための季刊誌』、一九五七年、二巻、194〜98頁。

写し

親衛隊帝国指導者Tgb．No．AR／38／8RF／V

一九四一年六月十八日、ベルリン
印：親衛隊帝国指導者参謀本部
Abt．NO．AR／32／14

帝国副官親衛隊師団指導者グライザー殿
ポズナニ、シュロスフライハイト通り十三番地

親愛なるグライザー同志！

先般口頭で紹介した提案事項を文書にて繰り返す。

(一) たしかに人種的にことのほか相応《ふさわ》しいポーランドの児童は、輸送後特別の、あまり大きくない保育所および孤児院で我々の手で育てるのがよいと考える。児童を両親から取り上げるのは、その健康に危険があると説明するのがよいだろう。

(二) 条件を満たさない児童は両親に返却のこと。

(三) 経験を積むという意味においても、こういう施設を、まずは二、三ヵ所に限り設置してみる

ことである。

㈣　人種的に相応しいとなった児童には、半年を経てのち家系図を作成のこと。一方、一年後にはこれら児童を、子どものない、人種上適当な家庭に養子に出すことを考えるべきこと。

㈤　こうした施設の運営は人種問題に定見を持った実力者のみがなし得るのである。

ハイル・ヒトラー

（署名）H・ヒムラー☆

☆――ヒトラー犯罪調査主要委員会古文書収蔵館277／PS29NO－3188／PS－29

写し

1－3／4－7／14．7．41．／Dr. Ko.／Mq　　一九四一年八月十二日

案件：旧ポーランド孤児院ないしはポーランド家庭の児童のドイツ化

関連事項：一九四一年七月十四日付の貴文書、no. 626／41 Ko／Au

ヴァルタ郡帝国副官、ドイツ民族強化問題帝国長官全権委員殿

ポズナニ

カイザーリング通り十三番地

旧ポーランド孤児院には容貌の点で両親が北欧人種だと考えるべきたくさんの児童が収容されています。これら児童はドイツに返されるべきで、その点で彼らを心理学的・人種学的な選別に投ずる必要があります。ドイツ魂の観点から見て価値ある血液を有する児童はドイツ化に服します。

これに関してポズナニの帝国副官（地方自治）は最近、某収容所に――ヴァルタ郡――旧ポーランド孤児院から約三百名の児童を集めました。帝国内務省のしかるべき筋の報告によると、これら児童はすでにかの検査を受けたようです。貴官がすでに一九四一年七月十四日付の書簡でご通知下

さったように、親衛隊帝国指導者はこの間のヴァルタ郡視察の旅行中に、ことのほか人種的に相応《ふさわ》しいポーランドの児童は、各保育所で、その後のドイツ化を念頭に置き養育するよう指令されました。とりあえずヴァルタ郡に二、三カ所孤児院を設置しなければなりません。

　親衛隊帝国指導者の指令は、ヴァルタ郡のポーランド孤児院にいる人種的に相応しい子どもたちのことだと考えます。しかしながらこの指令がもし、人種的に適合する、ポーランド人の両親がまだ生きている児童にも及ぶべきなら、私は今のうちにこの作戦は大きな問題を生むと、指摘しておきたいのです。したがってこの件についての貴官のご意見をお聞かせください。同時に私の推薦として、副官の――地方自治――案件事項に、彼が集めた旧ポーランド孤児院の三百人の児童をお加えください。まずなによりもこれら児童の人種学的・心理学的選別を行ったのは、親衛隊人種・拓殖問題主要局、ないしはそのウッジ支部だけかどうかを調べていただきたいのです。この検査がもし、前記のもの以外の役所によって行われたのなら、貴官には直ちにこの件に、親衛隊人種・拓殖問題主要局ウッジ支部と共に取り組んでいただきたいのです。

　次に旧ポーランド孤児院には何人子どもがいて、そのうちの何人がドイツ化可能と想定されるかをお知らせください。

　以上、早急のご処理をよろしくお願い申し上げます。

ご推薦まで

署名：クロイツ親衛隊連隊指導者☆

☆――ヒトラー犯罪調査委員会古文書収蔵館NO384／7X

ドイツ民族強化問題帝国長官
参謀本部　案件事項：1－2／4－7／5．3．40－Dr. Ko／Mq

一九四二年二月十九日、ベルリン、ハーレンゼー
クーアフュルステンダム通り一四〇番地

布告67／1番

宛先は別紙配布表に従う

事項：ポーランド家庭と旧ポーランド孤児院の児童のドイツ化

旧ポーランド孤児院とポーランド人の養父母の元には、容貌上の特徴から実父母が北欧人種だったと考えるべき多くの児童がいる。ポーランド人は在外ドイツ人が残したすべての孤児を〝浮浪児〟として規則通りポーランド各地の孤児院に収容、あるいはポーランド人夫婦に養子に出したことが確認されている。児童にはポーランドの苗字が与えられた。これら児童の身元を確認する書類はない。容貌上の特徴から両親が北欧人種だったと考えられる児童にドイツ魂を回復させる目的で、旧ポーランド孤児院およびポーランド家庭に入れられた孤児たちに人種学的・心理学的な選別テストを受けさせるべきである。ドイツ魂にとって価値のある血液を有する児童はドイツ化に服するは

ずである。

人種学的・心理学的な選別の結果、ドイツ化に適すると認められた児童は、六歳から十二歳までがドイツの学校に、二歳から六歳まではレーベンスボルン[*1]（生命の泉）が指定する家庭に入れられる。これに関し、当件を実行する目的で、関係各局とも協議の上、以下の点を指令する。

I 1 ヴァルタ郡の地方青年局は旧ポーランド孤児院の児童ならびにポーランド人夫婦の養子となった児童を登録、次にそれをヴァルタ郡帝国副官（地方自治）に報告する。

2 ヴァルタ郡帝国副官（地方自治）は登録された児童を親衛隊人種・拓殖問題主要局ウッジ支部に報告する。

3 これら児童がドイツ化に適するかどうか確認するため、親衛隊人種・拓殖問題主要局ウッジ支部はその——人種上の観点からの——検査を実施する。

4 この方法で親衛隊人種・拓殖問題主要局の検査を受け、ドイツ化に適すると認められた児童は国立保健局の医学検査に委ねられる（各児童に保健証を発行。児童のワッセルマン検査、レントゲン写真、ツベルクリン検査、シラミの徹底駆除など）。

5 これまでの選別を基にしドイツ化に適すると認められた児童の検査結果は、ヴァルタ郡帝国副官（地方自治）に報告される。

6 在ポズナニ帝国副官（地方自治）は引き渡された児童をブチコーヴァ（ゴスティン郡）の地方孤児院に移送する。

7 ブチコーヴァ地方孤児院では児童はヒルデガルデ・ヘッツァー教授（博士）（国家社会主義ドイツ労働者党、帝国指導部、社会保護主要局）が行う心理学検査に委ねられる。このほかここでは所員が参加して各児童の性格評価が行われる。ブチコーヴァに児童は約六週間滞在する。

8　ブチコーヴァでの検査が終了後、ヴァルタ郡帝国副官（地方自治）はその地の地方孤児院に収容されている児童の検査結果をポズナニの本官の全権委員に報告する。

9　検査結果を総合したのち、ヴァルタ郡帝国副官、ドイツ民族強化問題帝国長官全権委員は、どの児童がドイツ化に服すべきかを決定する。いかなる疑問がある場合も、ポズナニの本官の全権委員は児童受け入れの二拠点地（レーベンスボルン登録協会、ドイツ国民学校視察官）との連絡を取るべきこと。

Ⅱ

1　本官の全権委員はドイツ化に適すると認められた二歳から六歳の児童をレーベンスボルン登録協会に報告、レーベンスボルン登録協会は当初、児童をその系列下のいずれかの孤児院に移送する。そこからレーベンスボルンは児童を子どものない親衛隊員の家庭に、将来養子縁組させることを前提として引き渡す。レーベンスボルン登録協会の孤児院に滞在する児童はレーベンスボルン登録協会が後見する。

2　ドイツ化に適すると認められた六歳から十二歳の全児童を当官のポズナニの全権委員はドイツ国民学校視察官に報告、視察官は児童を、このような子どもの教育に合わせた特殊学校に振り当てる。学校を優秀な成績で卒業した児童は一時、帝国領土内の農村家庭にあずけられる。

3　これら児童はドイツ国籍の取得以前でも、帝国国籍を所有する者として遇すべきこと。

4　検査および宿泊先の割り当ては、初めに旧ポーランド孤児院の児童全員が受ける。それが終了後、ポーランド家庭の養子となった児童が検査される。これらポーランド人養父母を不安にさせることを避けるため、彼らにはできる限り、児童は空きのある学校、ないしは休暇の家に入れられると通知すること。

5　ドイツ化が可能な両親の養子は奪ってはならない。

6　ドイツ国民学校にはドイツ化が可能な家の家長が提出する願書により、その養子および実子は受け入れてよい。

Ⅲ

1　ここまで準備されて初めて、レーベンスボルン登録協会およびドイツ国民学校視察官は、一九四二年四月一日を期限とし、それが解除されるまで自己の権限内に児童を掌握する。

2　レーベンスボルン登録協会およびドイツ国民学校視察官は、その保護下にある児童の受け入れと保護を半年ごとに（最初は一九四二年九月一日に）、簡明に報告のこと。

3　ことに害のある言葉遣い、「ドイツ化に適するポーランドの児童」等は一般には洩れぬように注意するべきである。これら児童はむしろ、東方の回復した領土出身のドイツの孤児と呼ぶのがよい。

Ⅳ

1　内務大臣閣下には社会保障の枠内で、ドイツ国民学校での教育費以外の、児童にかかわる全費用をご負担願います。

2　ドイツ国民学校に入れられる児童の費用は他の法令が発令されるときまで、当方にて負担いたします。

参謀本部部長

（署名）グライフェルト親衛隊師団指導者☆

＊1――親衛隊員の血を将来に残すことと、占領地域に住む人種的に〝適した〟子どもを誘拐し、国家社会主義者に養成することを目的としたナチスの組織。

☆――ヒトラー犯罪調査主要委員会古文書収蔵館416／PS－9

親衛隊人種・拓殖問題主要局局長
ラムセット通り－C／2－Ha／Sp.
一九四二年九月十七日、ベルリン、SW68、ヘデマン通り二四番地

事項：外国人孤児のドイツ化――苗字のドイツ化

関連文書：――――
宛先　親衛隊高級将校と警察指導部、親衛隊人種・拓殖問題指導者、各省庁部局長

ドイツ民族の強化ならびにレーベンスボルンに関連した帝国長官参謀本部法令に従い、ドイツ化に適する孤児の名前（姓名）のドイツ化問題では、その権能を親衛隊人種・拓殖問題主要局が所有する。

苗字のドイツ化は人種・拓殖問題にかかわる各省庁の親衛隊指導者、あるいはこれら省庁の、人種選別も同時に行う各部部長が担当する。ドイツ化は、新しい苗字ができる限りこれまでの苗字の語源と発音を想わせる方法で行うのがよい。これまでの姓がドイツ化不可能な場合には、新しいドイツ姓を与える必要がある。その際、ごくありふれた（むろん宗教性のない）ドイツ姓を選ぶべきで、歴然と北欧的である姓は選ばない。

苗字のドイツ化が終わった児童は孤児院に収容、あるいは更にレーベンスボルンおよびドイツ国

民学校に送られる。

親衛隊人種・拓殖問題主要局人種問題局局長

W．Z．（署名は判読不能）親衛隊上級中隊指導者

ヴァルタ郡帝国長官　Ⅰ／40　160／2－2／50

一九四二年十二月二十三日、ポズナニ

極秘！
至急！

ウッジ市公証人役場代表殿

事項：地方孤児院に特別登記事務所を設置のこと

親衛隊帝国指導者および帝国内務省ドイツ警察所長の推薦により、レーベンスボルンはポーランド孤児院のかつてのポーランド児童のドイツ化を実施する。この目的において児童はカリシュの地方孤児院に送られ、そこで人種上、遺伝・生理学上、ならびに心理学上の検査を受ける。ドイツ化に適した児童は——それは前記検査が決定する——レーベンスボルンの各施設に入所する。

時が経過するにつれ、児童の親戚ないしは知人がその居所を探そうとするは必至である。そして、それはいつでも起こり得ることだが、市役所や警察の登記所で情報を求めようとするだろう。それは計画中のこれら児童のドイツ化に障害をきたさせるものである。これに関して、児童の親戚ないし良き友人たちが影響を及ぼし、その結果として彼らの養育に困難が発生することは排除しなければばならない。

したがってこの孤児院内に、その名称を「ヴァルタ郡カリシュ警察登記所第二局」とする特別警察登記所を設置願います。

既存の各局、ことにカリシュの人口登記所とは協力してしかるべきである。

登記所所長には孤児院長が当たるべきこと。（省略）

本件は極秘。印刷等は不許可である。☆（省略）

☆――ヒトラー犯罪調査主要委員会古文書収蔵館　NO.2798（31aX）

ドイツ人の友人への手紙、一通目

拝啓

心のこもったお手紙をありがとう。昨日の午後受け取りました。君が、なぜ私がこんなにドイツ語ができるのかを聞いてくるようになり、私がこちら、ポーランドでドイツ文学科を卒業したと答えるのに満足しなくなってからずいぶんになります。実際は君が想像するとおりで、私はドイツ語をドイツ文学科だけで知ったのではありません。しかし、私がドイツ系だと思われるのは違います。それどころか太古の昔からのポーランド人です。

私は過去を振り返るのが好きではありませんが、しかし、今夜はその気持ちに打ち勝ち、君の質問にできるだけ広く答えようと決めました。むしろ話が広がりすぎてしまわないか心配です。これから何回かにわけ、手紙に私の来し方、三十年生きてきた歴史を書いてみます。

それは時に冒険小説さながらの、ある意味では推理小説のような大小さまざまな事件です。なぜほかならぬ君に人生の告白をするのか？　いくつかの理由があると思います。第一に、君が戦後生まれのドイツ人であること。第二に、君を個人的に知らなくて、それが私の告白をより真実に、より自然なものにしてくれること。第三に、おそらくはこれで、長い間、「アルフレート、いったい君は誰だ」と問われ続けた悪夢を振り切り、克服できる気がするからです。そう、そうなのです。アルフレート……君がこれまで書いてきたようなアロイズィではない……。あるいは「君はアルフレートか、それともアロイズィか?」とした方がこの問いはもっと正確です。

思い出は、この数年来、不眠に悩まされているので夜書きます。それにそういうときは、この先、数メートルの壁の向こうに妻と息子がぐっすりと眠っていても、ことのほか孤独で所在なく、せめて自分の声を聞こうと叫び出したくなるほど寂しいからです。

最近小さなトランジスター・ラジオを買いました。夜が更けるとそれをつけます。私は音楽が、良い音楽がとても好きですが、しかし、一晩中夢中になって求めるのは、ありとあらゆる言語の人の言葉、人の声で、それがドイツ語であろうと、ロシア語だろうと、中国語であろうと、もっとほかに私には理解できないものであってもかまいません。そのときはただ心がほっとする人の声が聞きたく、寝入るのを恐れ、夢を恐れます。——いつも同じ夢を見るのです。

私は颯爽《さっそう》としたドイツ国防軍副官の軍服を着て、光るサーベルを手に勝利のパレードを率いています。ドラムの音、旗のざわめきを聞き私は得意です。実に得意なのです。バネのように足を上げるプロイセン式の〝パレードの歩調〟をとり、ある瞬間頭《かしら》を右。そして、私に向かって微笑を投げかけてくる総統アドルフ・ヒトラーの前を目を輝かせて行進するのです。

そのあと場面が一転します。私は同じ軍服を着ていて、兵隊たちと塹壕《ざんごう》に横たわり、ある瞬間突撃を開始します。ピストルを構え、〝兵卒〟の先頭を走り、鬨《とき》の声を上げる私の顔は歪《ゆが》んでいます。そして、突然胸への打撃。心臓の辺りが熱くなり、私は大地にゆっくりと、歓喜の表情で、軽い弧を描きながら崩れ落ちてゆくのです。

それからもう一つ見る夢があります。私は子どもで、父と母と犬といっしょで、山のように荷物を積んだ、父が運転する車の中です。母は見事な金髪です。父は、といえば、その何かの制服の衿が金色の糸で、たぶん樫の葉を縫い取りしてある[*1]のが素晴らしいのしか見えません。突然の発砲。急ブレーキの音。父がだらりと前に垂れ、母のキャーッという悲鳴。車が横転し、私は外に放り出され、そして――静寂。そのあと私は自分の泣き声とたくさんの足音、そして人の声を聞きます。

「子どもが生きているぞ！」

誰かが私を抱き上げ、連れて行きます。

この夢は私の記憶が遡れるかぎりの昔から繰り返されたもので、最初の夢は一九四八年になってからです。この年以来、私は生涯に幾度となく過去へ立ち返ることになりました。初めて意識的に、そして全面的に立ち返ることになったのです。

＊1――父親をドイツの将校だと信じていたためで、ポーランド将校の縫い取りは銀糸で縄目模様だった。

君は自分が十一歳で、ドイツで暮らしていて、狂信的な小さな「大ドイツ人」であると想像してみてください。まだ世の中や、子どもの頭に「愛国」をたたき込む人たちをあまり知らない年齢《とし》だからこその狂信です。

君にはドイツ人の両親と祖父母があり、父親は生粋のバイエルン人、母親はザールラントから出て、祖父はバートクロイツナハ、祖母はエルザス＝ロートリンゲンの出身です。実はこれが養父母であることを君は知っています。知ってはいても、感じてはいない。もうほとんど信じてさえいないのです。

君は彼らみなを愛しています。ことに物静かでデリケートなママと教師の風貌をした祖母とを。

君は学部をいくつも出た頭の良い父親が自慢です。そして、国防軍と兵士ヒトラーこそ無視したが、軍人だけに重きを置いた古きプロイセンの勇者である祖父を、善き神のごとく愛しもし、恐れてもいます。

そうなのです。君はこの家で幸せです。君は一人っ子で、誇り高きドイツ人で、それ以上にライン川のほとりに住むのを最高だと思っているまったくのコブレンツ子[*2]、やんちゃです。天国は君の意見では必ずやねずみ塔[*3]とケルン主教会の間にある。そして、その中心は文句なくコブレンツです。

ある日のこと、君は学校から帰り、元気良く、

「さらば、さらば、わがふるさと」[*4]と、口笛を吹きながらアプローチの階段にさしかかる。ドアをあけ、そして、突然、微笑が唇から消えてしまいます。まるで幽霊にでも出合ったように……。

実際君はそこに何か胸に氷を当てがわれるようなものを見たのです。室内がただならぬ気配です。家族みなが――ママが、パパが、おじいさん、おばあさんが椅子に座って泣いています。君はぎょっとしてしまう。彼らが泣いているなんて……。その光景の異常さは、祖父までが――あんなにいつも物事に動じない人までが頬を涙で濡らしているのですからなおさらです。

君は茫然とし、最近何をしでかしたかと、思いをそこに馳せるのです。隣家の桜のこと、クノップフ嬢の家のベルにマッチ棒を突っ込んだこと、ほかにもいろいろいたずらはした。だからといってそれはどれも全員が泣くほどのことだろうか。ましてや祖父が……。

君は恐怖のあまり棒立ちになり、まるで何かが喉《のど》に詰まってしまったような、そしてそれが燃え、ひどく苦痛を与えているような、そんな気持ちがするのです。そのとき、祖父が君を抱き寄せます。これまでいつも、どんな感情の爆発をも恥じ、愛撫などは女々しいこととも、だいいち、教育上の大きな過ちだとも考えていた人がです。ぐっと君を抱き締め、切れ切れの声

＊2――ライン川沿いの都市名。
＊3――ビンゲン市の傍、ライン川の中にある。
＊4――ドイツ民謡「わかれ」の冒頭部。

で言うのです。

「おまえは……おまえはわしらのアルフレートじゃないか。そうだろう？　そうだとお言い！」

君は口ごもりながらやっとの思いで、

「そうだよ。そうに決まっているじゃないか、おじいちゃん」

と言う。そして、これまで以上に冷静でなくなってしまうのです。

そのあと全員が落ち着こうと努め、最後にパパが言うのです。

「アルフレート、手紙が来ているよ。おまえのお母さんからだ」

ここでもう君はまったく啞然《あぜん》として、空《うつ》ろな眼差しで父親を見て思う……。「いったい父さんは正気か？」と。そして、無理にも笑いながら言うのです。

「だってパパ、ママはここにいるじゃないか！」

しかし、彼は唇を震わせて答えるのです。

「この手紙はママからじゃない。おまえのポーランドのお母さんからだ。この人はおまえがポーランド人で、ドイツ人じゃないと、それにアルフレート・ビンダーベルガーで、別名をハルトマンというのではなくて、アロイズィ・トヴァルデツキだというんだよ」

私はそのうち《ポーランド人》という言葉だけ、それ以上何も聞こえませんでした。そんなことには準備ができていない……。私は真っ赤になり、口惜しさに体が震えました。

《ぼくがドイツ人じゃない。ドイツ人じゃないだって。ぼくは……ぼくはポラッケ[5]だっていうのか。〝フランス人〟でさえなくて、〝ポラッケ〟だっていうのか。馬鹿馬鹿しい。ふざけた話だ。あり得ないじゃないか、ぼくが——ポーランド人だなんて、はっ、はっ、はっ》

だいたい私は四つの民族がことのほか嫌いで、それは〝露助《イワン》〟と〝アメ公《アミ》〟、〝プワリュ[6]〟と〝ポラッケ〟でした。〝露助〟は私には恐怖で、〝スターリノルゲル[7]〟という言葉はしかと私の頭の中で嫌悪を呼び覚まし居座っていました。〝アメ公〟はその野暮なこと、自信満々な態度で我慢がならず、しかし、一番腹が立ったのは〝フランス野郎〟と〝ポラッケ〟でした。

私はこれらを他のどんな民族よりも下等なものと考えました。だいいち、我が英雄的な〝兵士たち〟にあっては、彼らはたちどころに叩《たた》きのめされた負け犬です。

〝プワリュ〟は我が国を占領し、我がコブレンツを〝低地ライン県コブレンツ[8]〟にした……。みな無理にもフランス語を詰め込み、私も〝ギムナジウムの第一学年[9]〟から詰め込まなくてはなりませんでした。

＊5——ポーランド人の蔑称。
＊6——フランス人の蔑称。むさくるしい兵隊の意。
＊7——多発式ロケットのあだ名。
＊8——フランス風の言い方。
＊9——日本の小学五年。

一方、ポーランド人は第二次世界大戦に責任がある。彼らが口火を切ったのだ。《回廊》[*10]とダンチヒ[*11]を理由にして……。

祖父が何年か、第三帝国時代、鉄道に勤めていて言いました。ポーランド人が〝回廊〟を通るドイツの汽車を銃撃したこと、無残な姿でそれが戻って来たこと。

どうして私が当時、これをドイツの挑発だったなどと、ポーランドへの敵性を煽ったものだなどと知り得たでしょうか。

フランスはこのほか、私たちをもう一九四五年に二十分以内に我が家から追い出し、一家五人を他人の家の小さな二部屋に押し込んだのです。私の口惜しさといったらありませんでした。だからこそ私がポーランド人だなんて……違う、違う、そんなことがあるものか。ぶ厚い〝私の母親〟の写真が同封された書留の手紙が手渡されました。私は写真を引き抜き、それを手紙といっしょに屑籠《くずかご》に破って捨てました。祖母がそのとき、私を咎《とが》めました。

「まあ、なんてことを、アルフレート。せめて読むくらいしてみたら！」

そのあと私は宿題に取りかかり、いつもより早く寝てしまいました。

夜、私はつま先立ってベッドを抜け出し、屑籠から写真を拾うと、窓にすり寄って行きました。月が照っていました。私はカーテンの陰に隠れ、写真二片をつき合わせると、それをじいっと見つめました。写真にはとても美しい、やさしい顔をした、ただし、黒い髪（！）の婦人が写っていました。私の夢を覚えているでしょう……。

私はベッドに戻り、写真二片を枕の下に入れました。一晩中眠ることができず、私はもう一度二片の写真を取り出すと、それに接吻した……。そして、そんな自分にぎょっとして、布団を被《かぶ》って泣きました。口惜しくてならないのに、なぜか心が温かく、同時に不安でもありました。

祖父は笑いながらときどきこう言ったものでした。

「アルフレート、おまえさんはきっとロバがギャロップで走っていて落っことした子だよ」

私も笑った。というのも、当時私は自分がもらいっ子だったなどとはまったく感じてもいなかったからです。私は両親と祖父母をとても愛していました。

学校で仏文独訳をしていて、例えば〝柵（barriere）〟を、“Barriere”にしたり、〝歩道（trottoir）〟を“Trottoir”と訳したりすると、[*12]私たちはいつも、

＊10――一九二二年以降、国境はポーランドがドイツ帝国と東プロイセンを割り込み（回廊）、バルト海に抜ける形となった。ドイツはこれをドイツ民族の分断だとし、世界に不満を訴えるとともに、反ポーランドの一大プロパガンダを展開した。

＊11――ポーランド名、グダニスク。バルト海随一の良港を有する美しい観光都市。一九二〇～三九年、グダニスク自由都市。三九～四五年、ナチ占領下で町の五五パーセントが破壊される。

＊12――ドイツ語に本来ある同意語に訳さず、安直にフランス語から入ってきた外来ドイツ語に訳している。例えば、英語の information を日本語に訳す場合、「情報」「通知」「報道」などの訳語を選ばず、「インフォメーション」と訳すごとく……。

言ったものです。

「いったいここはどこだ？　ポーランドか、それともドイツか！」

と叱《しか》られました。これは私たちにはたいそうな個人への侮辱でした。

こういうすべての些細なことが、今、突然、まったく違う光の中で見える……。祖父はよく

「さあて、アルフレート、おまえ、もしやあっちに、何か領地でもポーランドに残して来なかったかい？　わしらがもう一度そこを馬で駆け抜けるのもあり得ないことじゃないぞ！」

祖父は馬には目がなく、私もそれは同じでした。この冗談は私の書類に生誕地〝ポーゼン〟*13とあったからでした。それには父親が親衛隊の高級将校だったこと、ポーランドの暴徒により死亡、ないしは殺されたこと、そして、母親がお産の際、死亡したことが書かれていました。

私は自分の父親――親衛隊の将校が誇りでした。なのに突然、そのすべてが今、真実でなかったことになる。私はあの不潔で薄汚い、戦争中ドイツで石炭運びをしていたやつらの一人になる……。

実は彼らにそっと煙草をやったことがありました。しかし、そのタマネギの臭いはたまらなかった。以来、私はポーランド人、ロシア人、その他、すべてのスラヴ人はタマネギとニンニクの臭いがするのだと思いました。あの髭《ひげ》もじゃの、黄濁した、頬のこけた顔に光る目。炎に燃えた彼らの、あの一刻も早く、それもできるだけ遠くに立ち退かなくては、と思ってしまうような目を私は決して忘れない。だからと言って、私がこんな薄汚い、ぼろぼろの連中の息子

だなんて、それはいやだ！

私は軍隊を愛し、実の父親が祖国に殉じたこと、弱虫でなかったことを誇りにしていました。彼を名誉に思い、自分もまた将校になりたかったのです。祖父がしょっちゅう言ったものです。「アルフレート、ドイツは今、軍隊がない。しかし、そんなことはかまわんさ。第一次世界大戦のあともそうだった。おまえが軍役に就ける年になるまで待つんだな。見ておいで。ドイツ軍は再生するよ。もっと上等なのができるから。あんなどこやらの気狂い一兵卒[*14]に率いられたのじゃなくて、本当のドイツの将校たちに率いられたのがね！」

彼の言ったとおりで、その言葉は予言になりました。たしか私と同年の一九三八年生まれからだったと思います。連邦国防軍の第一回の徴兵があったのは。ただ私はそのときもう学生で、ポーランドの大学で軍事教課も受けていました。

とにかくこの忘れがたい瞬間を私は深い衝撃で受け止め、言いようのない嫌悪感を感じながら、その一方でなぜかこの写真の女の人の顔に引きつけられ、心臓が苦しいように打つのでした。

明日はどうなるのだろう。私はいったいどうすればいいのだろう？

＊13――ポーランド西部の都市、ポズナニのドイツ占領時代の呼称。
＊14――ヒトラーのこと。

二通目の手紙

君は驚くでしょうが、次の日は何事も起こらず、まったく何もなくて、その後もすべてがこれまでどおりでした。私は学校に通い、みなはいつもの自分の仕事に打ち込みました。にもかかわらず、やはり何かが違っていて、静けさが張りつめるようでした。家族は神経質そうに部屋をうろうろするのです。私は少々勉強を怠け、陰鬱《いんうつ》な気持ちになりました。

考えに耽り、また耽り、こっそり貼り合わせた写真を百回、いや、千回取り出し、何かを思い出そうと努めました。——が、駄目でした。私は自分自身を友人たちとは違うかどうか、こっそり観察もし始めました。

しかし、ボール投げの代わりに同年の少年たちより本に夢中になることが多く、そのため両親が私をしょっちゅうグラウンドに追い立てなければならなかったことぐらいで、これといった違いはほかに何もありませんでした。

そのとき、ふと思い出し、ハタと考えさせられたことがありました。いつぞや祖母が語ったことなのですが、私は初めて新しい家に来たとき、何やらみなに理解できないことを言い、もう一度言ってごらん、と言われても繰り返しては言えなかったというのです。もしや私は何かポーランド語を口走ったのでは……？

しかし、この写真の女の人はどうして黒髪で、私がいつも、ママはどんな人だったかと聞かれるたびに答えていたような金髪ではないのだろう。それにあの車の夢は？　あれはみなただの夢なのか。そうあってほしいという、孤児院の子どもたちがいつも見る、これからも見つづける夢なのか？　実際はどうだったのだろう？

私はいったいあと何を思い出し得るのか、何が私の記憶の中で一番薄れたものなのか？　それこそが何らかの出口になるに違いない。

ぼんやりと思い出せること、それはこうです。

――あれはおばあさん、とても年をとっている。階段が数段、きれいな家の前にあって、花や木々に囲まれている。それから誰か少年が、たぶん私の兄さんがいる。といっても私よりずっと年上で、しょっちゅうあのおばあさんに叱られていた。そのあと少し眩《まぶ》しくなる……。

――そうだ、私は夜、机の上に座り、母に服を着せられていた。母は泣きながら幾度も幾度も、私が田舎のおじさんの所へ行くのだと言った。そのあと、まだ、数人の男たちとどこやらの道を行った。道が途中から下り坂になり、それに沿って左側に壁が長く延びていた。それが尽きたところで、これははっきり覚えていますが、大きな狼が恐ろしい声で吠えた……。

この光景は当時、私の心に大変な恐怖を呼び起こしたもので、私は決して忘れることがなかったのです。

そのあとはどこか突然、汽車の中——。子どもが大勢いた。とてもたくさんだ。私は泣いてママを呼んだ。

次の光景——それは長い、暗いトンネルで、汽車の線路が通っている。この線路に沿い、私は暗い穴の中を、しゃくり上げ、「ママ!」と叫びながら走った。

すると私の傍に金髪のおさげ髪の少女がすっと、お伽話の親切な妖精のように現われ、私をママのところに連れて行ってあげると約束してくれた。

そのあと思い出すのは、大きな、野ぶどうが絡みついた家で、私たち、つまり連れて来られた子どもたちはそこへ入れられ、年齢別グループに分けられた。そこには頭巾を被《かぶ》ったシスターたちがいて、その人たちのことは今でもはっきり覚えていますが、たぶん私がご贔屓《ひいき》でした。私は食事を運ぶのを手伝ってもよいと言われ、そんなときはたいてい一番良いおかずをもらいました。母がのちに語ったことには、私は金髪で巻き毛で、天使のように可愛い子どもだったということです。——もっとも、自分の子どものことをそう言わない母親がいるでしょうか。

私たちは新しい名前をもらい、苗字ももらったのでしょうが、それはもう思い出せません。子どもにはあまり意味がないことです。私はいつもピョートルという名前になりたかったのですが、しかし、ここでアルフレートになりました。いつも運が悪いのです。名前のことに関しては。「アロイズィ」もあまり素的だとは思いません。

父は、母の話では、私にダリウシという名前を付けたかったのだそうですが、しかし、近所の御婦人で、夫がポーランドの陸軍大佐で一九二〇年に前線で亡くなったという方がいて、その人が夫の名アロイズィを私に付けて欲しいと両親に頼んだのだそうです。そして、そういうことになりました。

こういうわけで、このロマンチックな巣で、私はもう一度アルフレートとして生まれ変わりました。最初の晩は恐ろしい晩で、深く私の記憶に沈みました。小さい子どもたちはいつもより早く寝に行かされましたが、私は泣き叫び、泣きわめき、兄がいなくてはどうしても寝ないのです。

あとで分かったのですが、これは私の十一歳の従兄、レオン・トヴァルデツキでした。私はあくまでも言い張り、それで特に例外とされ、子どもたちをグループに分けるとき、〝兄〟と寝ていいことになったのです。

私は今、笑いながら、そのときの私のなんて激しかったこと、また、なんて頑固だったことかと想像してみるのです。というのも、一般的に言ってドイツでは教育上の取り扱いに例外を認めないからです。

しかし、今回も私は例外が認められました。というのは、私は年上の子どもたちと鬼ごっこをして遊ぶのを許され、それで甘いお菓子をたくさん獲ってはしゃぎました。

そのあと寝室に行ったのですが、ここがまた私にはとても重大な点で、というのは、そのとき、〝兄〟が紙でできたペニヒ貨[*1]をくれたのです。私はそれをずっと覚えていて、これはまた、その後、私たちが再会したとき、私が従兄に真っ先に聞いたことでした。

朝早く目を覚ますと、ベッドの隣はからっぽでした。あとで知ったのですが、年長の子どもたちはどこかへこっそり、夜、運ばれて行ったのです。しかし、四歳の子どもはこのような悲しみも速く癒え、忘れます。ときどき人が驚くのは、四、五歳の子どもがこんなに速く忘れるのか、ということです。私もそれには心穏やかではありませんでした。

のちに、これは本当かどうか私には何とも言えないのですが、このプロセスを速める注射か何かをしたらしいと聞きました。しかし、今も言ったように、本当かどうかは分かりません。その後、わりに早い時期に――と、少なくとも私にはそう思われるのですが、私たちはまた汽車に積み込まれました。ずいぶん長いこと走り、どこか大きな町に着いたとだけは分かります。ここまではとてもやさしかったシスターたちが送って来てくれました。福音派[*2]のシスターたちだったと思います。それから彼女たちみなが、別れるときどんなに泣いたかも覚えています。

私たちの家になるのは、大きいガラス張りの建物で、とても明るく気持ちが良さそうでした。その前に小さな子どもと赤ちゃんを乗せた乳母車が数百台止まりました。

中庭では私たちを、白と濃紺の制服を着た、帽子に髑髏《どくろ》をつけているシスターたちが出迎えました。私たちは整列させられ、号令をかけなければなりません。この軍隊式の訓練が、私たち少年にはとても気に入りましたが、しかし、何と言ってもいちばん魅きつけられたのは、勲章をたくさんつけた輝くばかりの軍服でした。

この中庭で私たちと女の子たちが切り離され、四、五人のグループに分けられました。それから部屋へ連れて行かれ、私が入れられたのはベッドが四つある部屋でした。そこにはもう私たちのための服と肌着が用意されていました。身につけていたものはすべて没収され、私は紙のペニヒ貨まで取りあげられて、泣いたところでムダでした。お風呂に入れられ、着替えさせられ、そのあと大きな食堂へ連れて行かれましたが、そこにはもう、長いテーブルの上に食事が並べられていました。

生活はここで、すでに述べたように、激変しました。年長の子どもたちは連れて行かれてグループにはいず、みな新しい名前と、それに苗字も、前もってしかと叩き込まれ、使わされました。毎朝点呼で叫ぶのです。私は今やアルフレート・フォン・ハルトマンと言い、父親である親衛隊上級大隊指導者はポーランドの暴徒たちの手で虐殺され（これは最初の表記法で、その後、養子縁組の際、〝虐殺〟の語は〝死亡〟に変えられた）、母親はお産で死亡したのです。私は新しい環境にすぐに適応しました。

ドイツ語はどうしたのかと聞かれることがあります。それへの答えはたった一つしかありま

＊1——ドイツの貨幣。一マルクの百分の一。

＊2——プロテスタントの一流派。マタイ、マルコ、ルカ、ヨハネの四書を重んずる。

せん。子どもは速く言葉を覚え、それは言ってみれば、速く忘れもするのです。

ところでこの家での子育てと日課はどうだったでしょうか。このあたりからは何でもはっきり覚えています。

私が今も腹にすえかねる思いなのは、そのとき孤児院（孤児院は〝レーベンスボルン〟組織により運営されていた）の一番目立つところに掲げられていたあるスローガンで、「一人は全員に、全員は一人に責を負う」というのです。これは私たちの養育の指導スローガンで、教育の第一の基本でした。

小さなことですが、例を一つ挙げましょう。部屋は四人部屋でしたが、それぞれがそれぞれに責任を負いました。その中に一人、たしかユルゲンという名の子どもがいて、しょっちゅうおもらしをしてしまう。大のほうをしてしまうこともあったのです。したがってこのスローガンに従えば、私たちはこの彼の〝健康上の弱点〟に対し完全に責任がありました。というのは、私たちは一晩に数回彼を起こし、おマルを使わせるべきなのです。

みんな子どもでした。ぐっすりと眠るのです。ですから週に二、三度は鞭《むち》打たれることになりました。この種のあらゆる〝罪〟に対してその数は厳密に定められていました。一番少なくて、むき出しのお尻に六回です。同室の友人の〝怠慢〟には椅子に伏せて十二回が相当でした。どの部屋にもそのためのコーナーがあり、私たちのは部屋の左側、ドアを入ってすぐでした。そこにかなり背の高い洗面台があり、その上に〝平等〟を与える竹の棒が掛けられていました。

七時が起床で、その後、担当の看護婦が私たちが健康かどうか、我らが親愛なるユルゲンにまた〝不幸〟が起きなかったかどうかを調べました。私たちはそれをもう彼女が来る前に調べていて、つまり何が我々を待っているか知っていました。その際、誰が何回目に泣き出すかとの打ち合わせをしたものです。

そのときは私たちの間でいつも場所の取り合いがありました。罰せられるときは洗面台に上り、シャツを後から下ろして、同室の子どもたちと打たれた回数を大きい声で数えなければなりません。誰かが笑うと、この過程はすべて全員に関してやり直しでした。そのあと泣きながらシャワー室へ行くのですが、しかし、もう時間があまりない。十分ぐらいだったでしょう。次は部屋に駆け戻り、部屋からそれぞれ自分の椅子を廊下に引き出して攀《よ》じ登ります。これが朝の点呼でした。

列の前を金縁眼鏡で黒い制服を着込み、帽子に銀色の髑髏をつけた医者が全部局員を引き連れて行進しました。足と差し出された手を見、レポートを上役から受け取って、あちこちで立ち止まっては笑ったり話したりするのです。ときどき少年の一人に何か歌うように、さもなければ詩の朗読をするようにと言いました。

私たちが好きだった歌は「ドイツよ、世界に冠たるドイツよ」の国歌と、それから「突撃隊は行進する」や、いくつかのドイツ国防軍の歌でした。

幸運は私を見捨てることなく、私はまた特典のある子どもでした。おしおきを受けるのでさえあまり強くはないのです。そして、それはたぶんみな私の超北欧的な容姿のせいでした。そのように私のことを医者がいつもシスターたちに言いました。

「おまえは今に立派な将校になるぞ」

彼はしょっちゅう言いました。私はそれに答えて、

「私は父のように親衛隊の将校になりたいのです。そして、私たちの親愛なる総統*3のために死にます」

と言いました。すると何やら激烈な歌を〝叫ぶ〟のを許され、褒美《ほうび》に飴玉を一つ二つもらって遊びに行くことができたのです。

朝食の後は遊びましたが、とはいえ、遊びたいように遊ぶのではありませんでした。いいえ、ここでもすべてはきちんと計画されていたのです。

私たちはしょっちゅう兵隊ごっこを、というより、兵隊ごっこだけをしたのです。椅子やベンチで組み立てた弱虫の〝トミーたち〟*4、ロシア人の〝阿呆《あほう》めら〟、その他の敵の陣地を攻めました。特に勇敢で戦功いちじるしい者に対しては、表彰も本物の軍隊どおりにありました。

射手から上等兵へ、下士官から小隊長へと、陸軍元帥に至るまでの昇進もしましたし（私は孤児院滞在中、分隊長にまでなりました）、ボール紙で作った勲章を、でっぷりとした片目片腕の本物の少佐からもらうこともありました。彼こそ私たちの軍事教官でした。彼が東方戦線について語るとき、私たちはいつも夢中で聞きました。

おそらくその東方で彼は、ドイツ兵が臭い〝露助〟たちを犬のように追い散らし、逃げ遅れた者の死体が幾千の山となって我が機関銃の前に積まれたとき、負傷したのだと思います。

これら我が軍の勝利という勝利を聞くとき、私たちの目は輝いていました。勝利が一つあるごとに孤児院ではお祝いがあり、特別のお菓子が出て、また、私たちの愛する総統や、さもなければ帝国大臣ゲッベルス[＊5]の演説を聞いてもよいとされたのです。

ラジオから数十万人が「ハイル・ヒトラー」と叫ぶのを聞くと、私たちも声を合わせて叫びました。そのときはラジオの下に年長の少年が二人、ヒトラー・ユーゲント[＊6]の制服を着て立ちました。その美しい制服と、何よりも腰につるしたナイフとで、私たちはどんなに彼らを羨《うらや》んだことでしょう。

しかし、少佐は恐ろしい人になることもありました。気に入らぬことがあると、まるで下士官さながらで、〝文民のならず者めが〟〝負け犬め〟〝おまえら、総統の軍服を着るに値するようにはならんぞ〟などと喚《わめ》きました。そんなことがあるのはたいてい少しばかり飲んだときで、そのときは戦争で受けた傷がとても痛むと言いました。

＊3——ヒトラーのこと。
＊4——イギリス人の蔑称。
＊5——宣伝相。
＊6——ヒトラー青少年団。

彼の虫の居所が悪いとき、私たちは家の前にある小山にやられ、そこで〝生みの母親に見分けがつかなくなるまで〟――と、彼は言ったのですが――激しいしごきを受けました。木製の銃を構え、その両手を伸ばしたまま、疲れ切って倒れ伏すまで周りじゅうを飛び跳ねるのです。少佐はこれを〝蛙〟と名付けました。そうなのです。生みの母親が見分けがついてはならないのですから……。

たいていは夜、部屋の電気が消されたあと、深いため息や、ときには忍び泣きが聞こえました。みな母なるものを恋い、父を慕っていたのです。

私たちは近々新しい両親がもらえると言われました。それに関して、その人たちはどんな人たちだろうと、あれこれ思い描きながらしょっちゅう話し合いました。父親には誰しもが将校を望んでいました。それはもう絶対まちがいありません。最高だと考えられたのは空軍と親衛隊の将校でした。

ときどき迷ったものでした。空軍が良いか、それとも親衛隊かと。日曜日は待ち切れませんでした。そのおじさんおばさんたちはこの日にやって来るのです。チョコレートや飴を持って来て、私たちを、たいてい三、四人散歩に連れ出し、あれこれ聞いたり、自分のことを話したりしました。

真っ先に両親をもらったのは、私たちが「ベッドの糞ったれ野郎」と呼んだあの子でした。彼の両親は爆撃で死んだりなどしてはいなかったのです。思うに彼らはこうしなければ我が子を取り戻せないということで、〝在外ドイツ人〟[*7]になって来たのでしょう。我が運命の時もじきにやってくるはずでした。

*7――または〝人種上のドイツ人〟という。ナチ政権下のオーストリア、東欧諸国で、外国国籍ではあるが、人種上、民族上はドイツ人であるという人々のこと。先祖にドイツの血が混じっていると申し出、ドイツ人になれば子どもは取り戻せる。ただそれはポーランド側から見れば裏切り行為となる。

三通目の手紙

私たちが自分にも新しい両親がもらえるよう、そのことの起こるのをどんなに待ちあぐねたかはお分かりでしょう。日に日に緊張して日曜日のことを考え、話し合い、胸に自分の身上書を繰り返しました。そして、ついに私の幸せの時が打ったのです。

私の両親になる候補者は私たち子どもの空想に実にぴったり合いました。その人——未来の英雄的な父親は本当に英雄のようでした。背が高く、すらっとしていて金髪です。空軍の軍服を着、衿に将校の衿章が輝き、首には〝騎士十字勲章〟を、胸には一級鉄十字章などいくつかの勲章を下げていました。二人の婦人がいっしょでしたが、年をとったほうの人がその人の母親で、美しい金髪の婦人が妻でした。

いつものように散歩から始まりました。私のほか、あと二人の少年を連れて行きましたが、ほぼ一時間後、残っていたのは私一人でした。

長い間話し合いました。私は両親のことを、父も高級将校だったと語り、その勇ましい父を卑怯《ひきょう》にも殺したポーランド人たちを罵《ののし》って、我々の総統については熱烈な調子で話しました。

その、保母たちが〝大佐殿〟と呼んだ将校は、しだいに注意深く私を観察し始め、私にはその唇に何か不満の影のようなものが浮かんだ気がしたのでした。私は恐怖し、我が軍の英雄的な戦闘についていっそうの情熱を込めて語りましたが、しかし、彼はますます嫌になり、うんざりしてしまったようでした。

次に彼は私に、いっしょに座っていたベンチから数分間遠くに行っているように、少しご婦人がたと三人だけで話さなければならないことがあるから、と言いました。私はいやでした。いやではあったけれど数歩先に退きました。何を話しているのか懸命に聞き耳をたてました。初めのうち彼らの会話は普通でしたが、しかし、数分後、三人の声は激しくなり、二人の婦人がそっと私のほうを窺《うかが》ったのを私は見ました。

私が呼ばれ、そのあと彼が穏やかな声で、

「まもなく前線に行かなくてはならない。帰って来るかどうか分からない。だから男手なしで二人の婦人を子どもといっしょに残して行くのは忍びない」

と言いました。だいたいそんなことを言いましたが、しかし、二人の婦人の目は別のことを語っていて、私には彼女たちが彼に、もう一度考え直してくれるよう、私を息子として連れて行くのを許してくれるよう頼んだのだと分かりました。

私はそのとき、顔が真っ赤になるのを自分でも感じ、唇をきっと噛《か》んで、しゃくり上げまいと努めました。全世界が、夢に見た私の世界ががらがらと崩れてゆきました。私はあんなにも幸せに近かったのに、やっとパパを、それも飛び切り上等のを持てるはずだったのに！　またいなくなった。また夢にすぎなくなってしまったのです。

例えばほんの短期間でも孤児院の子だったことがある人なら、新しい家への、自分自身の家への希望が飛び去るのを子どもがどんな気持ちで見るかが分かります。

初め子どもに希望を与え、あとで残酷に断って、言いようのない絶望に突き落とすことぐらい野蛮なことはありません。何も口に出して約束することではないのです。訪問して来ること、あるいは、いっしょに散歩すること自体がもう子どもの心に希望の種火をつけるのです。子どもは大人たちが考えているよりずっとよく分かり、感じます。大人の都合で子どものせいにしていること、本当はそう考えていなくてもそうしていることを……。

ですから孤児院出身の子どもたちが概して内向的で、時に気難しい子どもにさえなりがちなのは少しも不思議ではありません。その後、私は幾度となくそれを裏づける出来事にあいました。いつも私はとても孤児院の院長になりたく、そして孤児の娘と結婚したいと思っていました。

しかし、人生は子どものころ夢見たのとは違ってしまうことが多いのです。私は今でもこのことで心が咎《とが》めることがあります。

チョコレートなどの、あの三人からもらった菓子類を、私はあとで一口も食べずに捨てました。孤児院に戻って来て、あの二人のご婦人は涙を浮かべてさよならを言い、空軍の軍服は敬礼し、それでたくさんの勲章が一瞬、リリンと、まるでサンタクロースの橇《そり》に結ばれた銀の鈴のように鳴りました。誰かの声がまだ言いました。

「さあ、だいいち君は勇敢な少年なんじゃないか」と。

そして三人は大急ぎで遠ざかって行きました。

しばらくの間、彼らの後ろ姿を見送りました。若いほうの女の人が幾度か後を振り返り、ついに三人は曲がり角を曲がって消えて行ってしまいました。

私は一晩中泣き続け、せわしなく寝返りを打って、

「ママ、ママ」

と叫びました。そのとき、私たちのシスターが来て、朝まで付き添ってくれました。私は高熱を発してしまったのです。

それから何日か、たぶん十日間くらいでしょう。私は病気でした。これ以来、私は、遊びには何でもその後も積極的に加わりましたが、人生の沸き上がるような喜びを失いました。あるいはもっと頑固になっただけかもしれません。――これは私が戦争ごっこでことのほか勇敢に戦ったとして、ボール紙の勲章をいくつかもらった時期でした。

数週間が過ぎ、ある日、私はあと二人の友だちといっしょにシスターの所に呼ばれました(たしか婦長だったと思います)。そこにはもう誰か男の人が、普通の背広で、衿に国家社会主義ドイツ労働者党[*1]の記章をつけて待っていました。私たちを散歩に連れて行くと言うのです。私

＊1――ナチスのこと。

はその気がまったくありませんでした。第一、つらすぎる経験をしたばかりでした。第二に彼は〝市民のギャング〟[*2]に属していて、茶の軍服[*3]さえ着てはいないのです。

しかし、子どもというものはいつもそうであるように、悪いことはさっと、心に新しい希望が芽ばえると忘れます。

背広でもいいじゃないか。もしかしたら軍服は家に置いてきたのかもしれない。聞いてみればいいんだもの。

初め、この中背で黒髪の、その髪が波打った温厚そうな男の人は、私たちを喫茶店に連れて行き、お菓子を食べたいだけ食べさせ、レモン水を飲みたいだけ飲ませてくれました。ちょうど軍楽隊が演奏していて、お客はほとんど全員が軍服姿でしたので、私はことのほか無念でした。ただの人と同席しなければならないのが恥ずかしいと思いました。

私は先ほどの疑問を晴らそうと、やっぱり将校なのかとせっつくように聞きました。彼はそうではないと答え、エンジニアで、現在は軍役には就いていないと言い、しかし、笑いながら、第一次世界大戦のときは後方部隊で少尉だったとつけ加えました。

私は少しほっとしました。それならやっぱり予備役ではあるわけだ……。やがて雲がすっかり晴れる気持ちになりました。喫茶店を出て公園へ、そのあとたしか動物園に行きました。

私が一番しょっちゅう、一番たくさん喋る子で、散歩の時間があっという間に過ぎてしまったようでした。帰る道々、このやさしい、にこやかな男の人は私たちの写真をたくさん撮り、孤児院まで送り届けて来て、また明日も私たちを散歩に連れて行くと言いました。

夜は三人寄り集まって私たちの慈善家について話し合いました。あとの二人は無視した調子で、

「なんだい、軍服も持っていないじゃないか。一般人なんてどうしようもないよ」

と言いました。私はたいそう気分を害し、彼らを五つ六つ殴りました。

次の日、私はもう待ち切れませんでした。一番で点呼に立ち、一番で朝ご飯を終え、あとはうろうろしながら来るはずの出来事を待ちました。――それはシスターの姿でやって来ました。今度は彼女のほうがこちらへ来て、あの昨日の紳士がまた私を散歩に誘いたいのだ、と告げました。良い子にしているのよ、とも言いました。

私は心臓がドキドキし、嵐のような勢いで、階段を数段跳び越えて外に出ると、そこに本当に昨日のあの人が待っていました。彼は笑いました。私たちは二人だけで、ほかには誰もいませんでした。つまり私は勝ったのです。ここでも新しい両親を獲得するための熾烈《しれつ》な闘いがありました。

みな、他所と比べて私たちの孤児院は悪くはなかったのですが、本当の家庭の団欒《だんらん》にとても

＊2――価値の低い市民の意。
＊3――国家社会主義ドイツ労働者党の軍服。

あこがれ、どの子も自分だけのための、独占できるパパ、ママを欲しがっていました。それはもう孤児院にいても分かるのです。

どの少年もシスターが他の子どもたちより自分のほうをもっと愛するように闘いました。嫉妬の場面もありました。というのも私たちが本当に好きだったシスターが実は何人かいたからです。ことにそのうちの一人を記憶していますが、私たちは彼女をおばちゃんと呼び、残念ながら名前を記憶していません。よく私たちを抱いてくれ、キッスをしたり、甘やかしてくれました。しかし、それでも私たちには足りなかったのです。孤児院にいた子どもたちは終生愛への飢えを抱き続けます。

年長の少年たちは、私の従兄のレオンもそうですが、あのとき、私たちの所から連れ去られ、何と違った運命をたどったことでしょう。レオンの話では彼らはどこかオーストリアでヒトラー・ユーゲントの組織の家に入れられ、その制服を着せられて、来る日も来る日もいじめぬかれたということです。そこには愛撫などありませんでした。

この年長の（十歳以上の）子どもたちは自分がポーランド人で、ドイツ人ではないことを知っていました。だからこそドイツ語を話すのを拒否したのです。従兄は今もドイツ語が話せません。誰かがポーランド語を話していて捉《つかま》ると、グループ全員がひどいおしおきを受けました。冬に雪が降り積もり、寒気が厳しいさ中でも、少年たちは罰として裸にさせられ、ロープとベルトで後ろ手に縛られます。そして親衛隊員の一人が新聞数枚を細かくちぎり、それを降り積もった雪の上に撒くのです。少年たちはこの紙切れを口にくわえて拾い上げ、玄関脇に特にこの目的で据えられた屑籠に入れるよう命じられます。それは時に何時間もかかり、少年たちは家の周辺に撒かれた紙切れを全部拾い上げ、きちんと屑籠に入れるまでに凍えきってしまいます。食事も与えられず、農家に働きにやられたということです。

そういうわけですから、すでに述べたように、この陰鬱な光景に比べ、私たちの所――私たちの孤児院は申し分がない環境でした。どうしてなのか？　この問いに対しては近々お答えするつもりです。

とにかく私はこの新しいパパの候補者を一日中独占できて幸せでした。また喫茶店に行き、また同じ楽団が入っていて、お客たちはまた軍服姿でした。けれど今度はもうそれが気にならず、私の眼中にはありませんでした。

「パパ」、と心の中で呼んだ人は、孤児院での生活はどうか、おなかがすいたりぶたれたりはしないかと聞きました。それから両親のことを私が覚えているかどうかと聞きました。

私はあの将校の父の話をし、彼を殺したポーランド人の暴徒たちを熱心に罵りました。

彼のほうはどこに住んでいるのかを話しました。それはとてもきれいな、大きな庭つきの家らしく、ドイツのあらゆる川の女王とも謳《うた》われたライン川の近くです。彼はまた、その家には犬がいて、それが遊び相手がないもので、誰か金髪の小さな少年が来てくれないかと待っている、とも言いました。そのあと、その少年に私がなりたくはないか、という決定的な質問があり、もし承知するなら、彼は喜んで私をうちの子にしようと言いました。

私はやっと「パパ」を得て幸せでした。彼の首っ玉にかじりつき、

「パパ、パパ！」

と叫んで、放そうとしませんでした。彼は私を抱きしめてくれ、私たちはそのままの姿で孤児院のほうへ行きました。それは私がこの日かぎりで通らなくなる道でした。

私はもう自分のパパと、どこかライン川のほとりに自分のママを、そして自分の犬を持ったのです！

四通目の手紙

やがて私たちは孤児院に――私はずっと新しいパパに抱きついたままで――着きました。もう夕方近くでした。ですから〝私の〟パパは管理部に急いで書類上の手続きをしてくれるよう、今日中に私を連れて帰りたいから、と頼みました。

さっそく私が古い服に着替えさせられたのは、急に家族が増え、幸せいっぱいの養父母が、すぐ新しいものを、おそらくいろいろ買い揃えてくれると確信してのことでした。私が着ていた良いほうの服は次の子どもたちへのおさがりにできるからです。

一時間後、私は出発の準備ができていました。シスターたちと管理部がまだ私の退院手続きをしている間に、パパはたくさんの記念写真を撮りました。そのうちの一枚が今、ここにあります。

私は二人の友だちに挟まれ、表玄関の前に立っています。後方に保母の一人が――と、少なくとも私にはそう思われる人が、党の制服らしい姿で写っています。

私は陽気で満足そうですが、友だちたちは違います。――右側の子は両手を軍隊式に半ズボンの筋目に置きながら、直立不動の姿勢をとり、顔つきが緊張していますが、左の白い服を着

た子は、寂しげな、えも言われぬ表情で、

「どうしてぼくをもらわなかったの。ねえ、ぼくも連れてってって！」

と叫んでいるかのようなのです。記憶する限りではこの二人が私の一番の親友で、ことに濃い色の服の子がそうでした。

この時期の写真がもう一枚あります。私は乳母車の脇に棒を持って立ち、乳母車にはいつも喧嘩相手だった友だち——年上で、だから遊びではいつもあれこれ指図をした子が座っています。ほかの写真は（いっぱいあったのですが）ドイツにあります。

こうして私の孤児院での滞在は——今も思い出すのですが、近くの家々の屋根にコウノトリが巣造りをしていたものでした——やっと終わりになりました。私たちはもう父と息子として駅に急ぎ、そこから汽車に乗って家路に、ママのところへ（！）行くのです。

汽車が来たのは夜でした。それが驀進《ばくしん》したこと、乗客のほとんどが軍人だったことも覚えています。私たちが乗った一等客室でもぎっしりいっぱいの人でした。窓際に席が取れたので、私は大喜びでした。

同室になった乗客は将校たちと、それに福音派のシスターが一人で、シスターがすぐに私に話しかけてき、このことがパパの親としての義務にだんだん慣れていくうえでの助けともなりました。

私はパパが私のことを〝息子〟と呼ぶのが誇らしく、いくら聞いても聞き足りませんでした。

彼はそのとき一言だって、私を今、孤児院から引き取ってきたばかりだなどとは言いませんでしたから、私たちは本当に当たり前の旅を、世界中の父たち息子たちがみなするような旅をしてきたようでした。

私は眠りたくありませんでした。もしやパパが、例えば空襲にでもなったら、私を置いて行ってしまわないか、見失ってしまわないかと恐れたのです。〝空襲〟という言葉を、実はこのとき初めて聞きました。それでも不安を感じましたし、同室の人々もまた苛立ちを隠さなかったのです。電気もドアの上にポツンとある、小さい、青い、寂しそうなののほかは消されました。それでもしまいには寝入ってしまい、目が覚めるともう日が昇っていました。

私は頭をパパの膝の上に置き、足は毛布にくるまれて福音派のシスターが自分の上に載せていました。パパは笑いながら、よく寝たか、と聞きました。

一方、同室の乗客たちがこぞって、私がまるで製材所のような音を立てていびきをかいたんだよ、と言うのです。いっぺんに楽しい雰囲気になりました。私は幸せで、何とも幸せで、またパパの頰にしがみつきました。

誰かが言いました。

「なんてまあ、息子さんはあなたにそっくりだ!」

その後よくそう言われるようになりましたが、そんなとき、私たちは二人とも幸せでした。

汽車はまだまだずっと走り、お昼頃ようやく、どこか大きな駅に着きました。そこで汽車を降り、別のに乗り替え、今度の旅はもういくらでもなく、数分です。

やっと着きました。駅を出て、といっても、それはそのまま道に出られる小さなホームがあるだけでしたが、そのあとかなりの急坂を上り、それからさらに数百歩。そして細い横道を曲がり、また数十メートル歩いたところで、私たちは緑色で鉄製の、ベルのついた門の前に立ちました。少し奥まって建つ家へは何段もの階段が続いています。

ベルを鳴らすと、門が開き、突然、黒い犬が私たちめがけて気も狂わんばかりに跳びはね、嬉しそうに吠えながら突進して来ました。そのときパパが言いました。

「ほうらね、本当だっただろう?」

私たちはゆっくり階段を上りました。まるでお伽話の国に来たのかと思いました。その後、こんな気持ちになったことは人生で二度とありません。こんな光景にも二度と出会いませんでした(もう次の朝はすべてが違って、ずっと散文的に見えました)。

階段の左右両側に何か、白い、輝くほど白い花が咲いていて、一番上の段まで続いています。家の左側に美しい薔薇《ばら》の垣があり、右側にはたぶんありとあらゆる色合いの、あふれるほどの花がありました。本当に魔法の庭に踏み込んだようで、私はこの忘れがたい、豪華な一面の花に目を奪われ、体に何か特別の、表現し難い温かさが浸み込んでいくかのようでした。

突然二人の婦人の前に立ちました。一人は若く、もう一人は年をとっていて白髪で、肩からエプロンを掛けています。若いほうの人が私を引き寄せ、手を引いて連れて行きました。私はたちまち不幸せに感じ、できればそこから逃げ出したくなった……。

途方に暮れ、助けを求めてパパのほうを見ると、彼はこの光景を唇に微笑を浮かべて見ているのです。厳しい目でじっと見ている年とった女の人とも握手をしました。ようやくパパが言いました。

「これがおばあちゃんだよ。それからこれがおまえのママだ」

そう言って若いほうの笑っている女の人を見やりました。

私は大きな台所に連れれて行かれました。犬が脇に寝ころんで私の足を舐《な》めました。ますます不幸せに感じました。何もかも大きく、輝かんばかりの清潔さで、あんまり新しい……。みんなが私をじろじろと、犬まで見ます。檻の中の猛獣のように。

私は泣きたくてなりませんでしたが、それはがまんしました。こうした観察はしだいに耐えがたくなりました。

ふいにドアが開き、部屋に日焼けした、頭の禿げた老人が入って来ました。やせて背が高く、その姿はもう一目みておよそ軍人らしくありません。目が鉄のように光り、射るようで、なのに穏やかでもあるのです。パイプを手に持ち、庭仕事用の前かけをしていました。彼を見たとたん私は姿勢を正し、子どもっぽい声で、

「ハイル・ヒトラー！」

と叫びました。彼はいささか驚きましたが、しかし、同じ挨拶を返してきました。そのあと彼

はぐるっと私の周りを回りました。

私は全身に怒りを感じ、同時に恥ずかしくもありました。

「わしがおまえのじいさんだ」

こう聞こえました。背中に悪寒が走りました。

そのあと普通の会話になり、その間中、私のおばあさんと新しいママは何度も、私がおなかがすいていないか、何を飲みたいかと聞きました。たしかに旅行のあと狼のようにおなかがすいていたのですが、しかし、子どもらしい野心を傷つけられた私は頑固にすいていないと言い、目に浮かんでくる涙を抑えようとしました。

私はとても不幸だと感じました。しばらくして小さな声で、

「疲れてしまった。もう寝たい。でも、パパといっしょに」

と言いました。この願いはすぐ聞き届けられました。体を洗われ、新しい寝間着を着せられ、そのあと私は二階へ、そして新しい両親の寝室に行きました。すぐにママもパパといっしょに来ました。ママが、

「今日は誰と寝たいの」

と聞きました。

「パパと」

私は断固としてそう言い、彼の脇にもぐり込みました。たちまち寝入ってしまいました。

朝、目が覚めると、私はパパの隣ではなく、ママと寝ているのに気がついてぎょっとしました。ママが私を抱き、髪をなでているのです。私はすぐ目をつぶり、一生懸命どうすべきかと考えました。しかし、まもなくもう一度ママに強く抱きついてみると、とても気持ちが良く、むしろパパより良いくらいでした。

ママが聞きました。

「よく眠った？」

そして私にキッスをしました。私はそのとき、何の不安も感じず、むしろ逆に――笑ったのです。なんだかママとはずっといっしょだった気がし、心がまた大きな幸せで満たされました。それからも三人でずうっとベッドに寝たままでいて、あれこれ、何もかも話し合いました。

こうして私にとって未知な人はあと二人に、祖父と祖母だけになりました。犬とはもう昨日、友情を結んだのです。

五通目の手紙

それからは日々穏やかに過ぎました。一九四三年の夏、コブレンツはまだ爆撃されていませんでした。毎日の生活は私が感じるかぎりでは平穏でした。祖父は日が落ちるまで庭で働き、庭にはないものがないほどで、花が咲き乱れ、黒ベリーやスグリ、フサスグリなどの灌木から、リンゴ、梨、プラム、杏、それに桃も、マルメロも、レモンの木も、さまざまな果樹がありました。

祖父は自分の庭がたいそう自慢で、日曜日など、散歩がてらに、「なんて見事なこと」と、長いことその前に立ち止まり話している人々がいるのを見ると、満足のあまり顔が輝くのです。それに生来が人嫌いであったにもかかわらず、彼にはよく、園芸と動物のことに関しては、どうしたらいいか、と聞きに来る人々がいました。

青年期の初期から糖尿病を患い、そのせいでいささか気難しくはありましたが、我が娘を、つまり私のママを何とも言えぬほど愛しました。ママはまたこの家で彼に、家庭内の〝晴雨計《バロメーター》〟がたとえ嵐を示しているときでも何でも率直に言えるただ一人の人でした。しかし、私もしだいに祖父の愛情を受けるようになりました。

彼が真っ先にくれた得点は、私が知らぬ間のことでしたが、あの初めての日の観察の結果でした。私は兵士のように姿勢がピンとし、祖父がのちに語ったことには、どこをとって見ても将校になるべくしてできた体格でした。パパの選択をこうして最初に評価してくれた、この熟練した新兵指導教官の鋭い目に私はただただ感謝しています。

みんな祖父を恐れ、パパでさえ彼の前ではまるで小さな少年のように、なにか〝しでかしたこと〟を隠そうとするのです。祖父はそういうとき、とても公平で、嘘を憎みました。口癖のように言ったものです。

「嘘から泥棒まではただ一歩、そこから殺人までは半歩きり」と。

彼は時が経つにつれますます私を愛するようになり、私がママにとってすべてなのを知っていました。

私は祖父と庭仕事をしました。初めのうちはそれが大好きでしたが、のちにやっぱり飽きました。庭はなにしろとても大きく、絶えず手入れが必要です。冬でも祖父はいつも何かしら外でおることがありました。私にもしきりに言いました。

「お聞きよ、アルフレート、いつかこれが全部おまえのものになる。そうしたらおまえがこの庭仕事をするんだよ。わしがいなくなったら一人でな」

そして笑いながらこうも言いました。

「わしが死んだあとおまえが庭を草ぼうぼうにしていたら、墓から起き上がってきて大目玉を食わせるぞ！」

ああ、あの美しい庭は今どうなっているだろう！

祖父は自分の身内を蔑《さげす》んでいました。父親の遺産分配の際、彼をだましたのだそうです。そのため彼はありとあらゆる神々に、自分が死んでも彼らには一銭たりとも残さないと誓っていました。

彼は十六歳で軍隊に入りました。何とか自分一人の力で稼いで生きなければならなかったからです。そしてこれを決して忘れず、親戚たちを許しませんでした。あちらはあちらで私が家族になったのを心外に思っていました。私が将来の遺産相続人になってしまったからです。

祖父とはこうしてとてもうまくいきました。では祖母とは？　祖母はたしかにとてもきつい顔つきをしていましたが、しかし、心は豊かでした。いつもおいしいものを私にくれ、私がしでかしたことを祖父に隠しました。さらにつけ加えるなら、一度もぶたれたことがありません。この家ではこの罰し方は、ドイツのほとんどの家庭が考えるのとは逆に教育手段として認められていませんでした。

パパは〝名士〟でした。たぶんどこかの研究所の所長で、それは帝国全土から——あるいは一地方だけからかもしれませんが、貴金属を採集してくるところです。

その後、「コブレンツの摩天楼」に事務所を持ちましたが、そこでもやはり何か重要な地位でした。何度かママのお伴で行ったことがあります。彼の部屋は大きく素晴らしい調度が入っていて、手前の巨大な部屋に秘書がたくさんの電話器に囲まれて座っていました。

それよりもっと後に、パパは、聞いたところでは、コブレンツの労働局の局長でした。これがその後、いわゆる非ナチ化の時代に、大きく報いることになります。彼の弁護にコミュニストたちが立ちました。彼が労働局局長として七人のコミュニストたちの大変な危機を救ったことがあったのです（たぶん命も助けたのだと思います）。

ママも働いていましたが、それも〝空軍〟でした。そこで将校たちの休暇を取りしきる課長でした。少なくとも私はそう記憶しています。それもあって我が家にはいつも、将校の制服を着た、とても丁重な、それでいて愉快にはしゃぎまわりもする大勢の客がありました。私はまた決まって誉めそやされたり甘やかされたりする対象でした。祖父がしかし、そのあとできちんと私に冷静さを取り戻させるよう気をつけました。

こうして〝私の〟家では温かく気持ちの良い毎日が過ぎました。このハーモニーをぶち壊したあの日のことはけっして忘れられません。それは夜、突然、あっという間にきたのです。

私はまた机に座り、またママに服を着せられていて、すべてが雷と稲妻の中、それも夜が突然真っ昼間になったような不気味な稲妻の中でした。私は嵐が張り裂けたのかと思いましたが、両親がそうではないと分からせてくれました。

「アメリカが近くを爆撃しているんだ」と。

本当にある瞬間、空襲警報も鳴り出しました。ママは私を毛布でくるみ、抱きかかえて階下に、汽車のトンネルに駆け込みました。それは家のすぐ傍にあり、その一部がうちの庭下に入ってもいるのです。

道々、私は覚えています。連合国側と、またもやすべてに責任がある〝ポラッケ〟を私は罵りました。ドイツ軍は一般市民に対してこの空の海賊のようなやり方は決してしないと聞いていましたし、私も（ポーランドに帰り、アウシュヴィッツを見るまでは）同じ意見でした。ドイツ空軍はいつだって軍事目標しか攻撃しない！　そのことではトンネルの中にいた全員が完全に一致しました。一時間後、空襲警報が解除され、私たちは帰宅することができました。

当時この恐ろしい爆撃は何か考えられない例外だと思われ、対空砲兵隊については、

「兵隊たちは眠っていたのじゃないか」

と真面目に思われ、語られたのでした。

すべてがまた元どおりになり、私はいつものとおり遊び、オーバーヴェアトでサッカーの試合を見ました。いつだったか父といっしょに応援していたことがありました。トゥス・ノイエンドルフというチームがあったのですが、以来私はこのクラブが贔屓《ひいき》でした。今もあのクラブのその後が気にかかります。トゥス・ノイエンドルフがもうリーグ戦に出ないのは残念です。私たちは彼らに酔っぱらいというあだ名を付けました。例えばカイザースラウタンサッカークラブなどと素晴らしい試合をしたかと思うと、そのあとでそこらへんの〝へっぽこチーム〟に負けてしまったりするからです。

こうしてまたすべてが元どおりでした。いや、すべてではない。やはり何かが違いました。ホルヒハイム橋は我が家から数百メートル先でしたが、その塔に対空砲兵隊の陣地が新たに設けられました。橋を渡るときに、厳しい取り調べにあいました。すべての人が、私たちをも含め貴重品の荷造りをし、ふいの空襲警報に備えました。

もう一つ、この時期の愉快な出来事を思い出します。すでに述べたように私はたいそう軍人風で、したがって軍服という軍服に、むろんその種類にもよるのですが、とても魅かれました。クライスライターは道をいくつかへだてた向こうに住む人で、昼食後、たぶん消化を良くするためでしょう、散歩をするのが常でした。いつもホルヒハイムの中央通りを歩きました。私には彼の黄褐色の軍服が気に入り、といっても、付属品もむろん大事で、肩にはハーケンクロイツ(鉤十字)[*1]のついた赤い肩章がつき、胸にはびっしりいっぱいの勲章を下げていました。

彼が散歩に現われると私は途中で待ち伏せをし、その脇をバネの歩調で歩きながら、手を伸ばし、「ハイル・ヒトラー」と叫びました。一度目と二度目までは彼は愉快そうに笑いました。しかし、私があんまり行進の道筋に出没し、繰り返し「ハイル・ヒトラー」を叫ぶので明らかに苛立ち、踵《きびす》を翻《ひるがえ》すと、急いで家の方に戻って行ってしまいました。私には彼のふるまいは心外で、途方に暮れることでした。

＊1――ナチスの象徴。

夜、すべてが知られてしまいました。パパが笑いながらみなに私の出没のことを言い、我が親愛なるクライスライターがさっそく彼の事務所に電話をかけてきて、私の人をバカにした――と彼は言ったそうですが――ふるまい方をなじったのだそうです。むろんいろいろ説明してもらいましたが、しかし、私にはその後もずっとこれが理解できませんでした。

週に一度、パパはスポーツ・グラウンドでの、いわゆる身体の鍛練に参加しなくてはなりませんでした。実際には彼はこの義務を免れることができましたが、しかし、いつもそうとは限りませんでした。ときどき、このために特に決められた軍服を着、将校の高い靴をはいて出かけました。

彼は生まれつきあまり軍服の賛美者ではなく、そんなときはいつも不機嫌になりました。ある日のこと、彼はとても困惑した、ひどく浮かぬ顔つきで帰宅しました。その意味は当時の私には理解できないことでした。彼が部屋に入るなり、私はその軍服の衿にもう一つ新しい星があるのと、新しいピストルに気づきました。私は賛嘆しましたが、ほかの家族は何も気がつきませんでした。少しして彼は昇進したと言い、いやいや衿章を見せました。

家族の反応は奇妙でした。手を打ち、喜びに沸くと思ったのに、そうではなく、シーンとなりました。私は叫びました。

「どうしたっていうの？　パパは出世したんだよ。うれしくないの!?」

ママがその場を救って言いました。

「まあ、なんて素的なこと。でもあなた、どこか具合が悪いのじゃない？　頭でも痛いの？」

パパはうんうんうなずきました。

「そう、そうなんだ、気分が悪いんだよ」

それで私は自分の部屋に行かされましたが、もうそのときはたぶん千年の帝国の終焉が感じられたのでしょう。

小学校に入学する時期がきました。その日、私はとても晴れがましい思いでした。ママ、パパをはじめ、一家中が学校に送って来てくれたのです。またもや私は幸運な子どもでした。両親そろって送ってくる子などほんの少ししかいないのです。なにしろ戦争中でした。祖父たち、父たちは前線にいたのです。そうなるのは私にはもっとあとのことでした。

担任の先生は女の人で、ヴォルフ先生でした。それははっきり覚えています。私たちは教室に連れて行かれ、席を割り当てられました。私はペーター・ホラーと座りました。ホルヒハイムの医者の息子です。彼とはその後もずっと、中学まで席がいっしょでした。

授業は「ハイル・ヒトラー」を叫ぶことから始まりました。数分後には同人種の人、[*2]クライスライターが訪れるはずでした。――私の良き知人です。本当に彼が来て、私たちは右手を上げ、「ハイル・ヒトラー」と叫びました。彼はこれを三度繰り返させ、三度目にようやく良し

＊2――ナチ特有の用語。

としました。そのあとの訓示は、もう何だったか覚えていませんが、勇猛果敢な内容で、それを終えて彼は去りました。

入学して三日目に不運が襲い、いまいましい〝アメ公〟と〝トミー〟たちが猛烈な爆撃を開始しました。私たちはそのため教室より地下室にいることのほうが多くなりましたが、この地下室でも空襲時の待避心得の授業がありました。私たちには何よりもまず、アメリカが燐《リン》を入れて落とす玩具への警告がありました。いつだったか私は家の近くで万年筆を見つけ、直ちに警察を呼んだものでした。

一九四四年の夏にパパが対空砲兵隊に招集されました。初めのうち彼は西部要塞線*3に、そのあとバイエルン地方のミュンヘンの郊外にいました。

このことで深く心を動かされた私は、すぐに一生懸命文字を綴り、私の〝最も愛するアドルフ・ヒトラー総統〟に宛てて子どもっぽい手紙を出しました。文中、私は〝ヒトラー・ユーゲント〟に入れて欲しいと頼みました。実はこの組織には十歳にならないと入れません。私は七歳にもなっていませんでした。手紙が郵便局から返却されてきて、家中が〝お芝居〟さながらの騒ぎになりました。一幕物の悲喜劇といったところです。

生活はあわただしさを増し、ますます苛立たしいものになりました。ママはほとんどまったく見かけず、祖父と祖母だけがいつも傍にいてくれました。祖父は爆撃のさなかでも庭で働きました。庭は野性化させてはいけないのだと言い、それに私たちは庭のお蔭で生きていられたのでもあったのです。

食べ物はしだいに悪くなり、ママがたまに何か将校用の売店で手に入れてくるだけでした。ときどき店の人が何か特別のものをお得意に取って置いてくれることもありました。

情勢はますます緊迫して来ました。ついに命令が出て、年老いて労役に耐えぬ女および子どもは空襲のあまり激しくない地方に全員疎開せよとのことでした。こうして私は祖母と二人でイェーナに行くことになりました。有名なレンズ工場〝ツァイス〟の町です。私たちはオッセ家に身を寄せましたが、そこはヴォーガウアー通り十二番地でした。

＊3――一九三八年、ドイツ西部国境に構築。ジークフリート線とも言う。

六通目の手紙

私たちが住んだオッセ家はとても気持ちの良い家庭でした。オッセ氏は「ツァイス」社社員で、その妻は主婦、仕事はこうして戦前はまだドイツ中どこでも分担されていたものです。息子は東方戦線に行っていました。祖母と私は二階の一部屋に住み、私はイェーナの小学校へ通いました。

私たちが来るまでここではまだ戦争の影響で授業が中断されるということはなかったので、私はたちまちクラスでもビリのほうになりました。成績を上げるのはとても大変で、それにこわい先生ばかりでした。毎日のように宿題が出、石盤（当時はこういう物が使われた）に書かされるものはどれも二年生の課目です。一人一人黒板いっぱいに成績が書かれ、それはこの先生独特のやり方で、1はとても良い、2は良い、3はわりに良い、4はまあ良い、5は足りない、6は悪いというのです。どのグループも1から始めて、あとでクラスの前に立たされ、取った点数により拍手で賛えられたり弾劾されたりするのです。

初めのうち私の評価はほとんど下の三つでしたが、しかし、ある日のこと1を取り、意気揚々と家に帰りました。しかし、ここの生徒たちに比べ私ができなかったのはホルヒハイムの小学校で勉強が中断されたせいだったとは信じてもらえませんでした。

祖母はそのとき、先生を訪ねて行きましたが、その先生は私が本当に良い成績を取ったのだと言ってくれませんでした。私はうそつきだと非難され、クラスは私に三日間、時間ごとに非難の声を浴びせました。私はそのひどい仕打ちをした教師を決して許しませんでした。

イェーナでの三日が過ぎると、ここでも空から〝熱い鉄〟が降り始めました。しかし、勉強の中断はありませんでした。どの道の角にも防空壕があり、空襲警報が鳴ると、みなそこに入るのです。それは上手に組織されていて、壕の近くには年輩の男の人たちがヘルメットに、「空襲時待避援助」と書かれた鉢巻きをして立ちました。みなを素早く防空壕に誘導し、そのあと入口を守るのです。

いつぞや祖母と町にいて、突然サイレンを聞きました。いつもなら学校の近くで頑丈なコンクリート製の、地下に深く埋められた壕に入るのです。そこの壁の厚さは気持ちをほっとさせました。しかし、このときは町の正反対の方角にいて、私たちは粗末な、一時しのぎの、急ごしらえの壕に身を寄せなければなりませんでした。

私たちのねずみ穴は、近くに爆弾が落ちでもすれば、中のものもろとも木っ端みじんに吹き飛んでしまうのは疑いがありませんでした。私たちの近くにもひどいヒビ割れができました。しかし、運良くケガもせずにそこから出られ、家に帰る途中、あの頑丈なコンクリート製の防空壕の近くを通りかかると、何とそこは直撃を受け、中にいた人はほとんど死んでしまったというのです。

ここで運命を信じないことがあるでしょうか。

クリスマスが近づき、道には雪が降り積もりました。どこもかしこもスズの缶からをガラガラいわせ、ヒトラー・ユーゲント（ＨＪ）とドイツ少女団（ＢＤＭ）に属する少年少女たちが歩き回っていました。缶には〝冬期貧民救済事業〟（東方戦線従軍兵士救済活動）と書かれていました。人々は「またあの物乞いか！」と嫌がりながらも、恐怖心から何ペニヒか缶に落とすのです。

イブの前にママが、休暇をもらったパパと訪ねて来てくれました。残念ながら二日しかいられず、祖母と私はこの一番大切なドイツの家庭の祭りを二人きりで過ごすことになりました。

プレゼント交換の夜のこと、突然玄関のベルが鳴り、数人の〝ヒトラー・ユーゲント〟の少年が、私がいるかと聞いて入って来ました。彼らは「ハイル・ヒトラー」と大声を上げて挨拶し、私に総統の名においてクリスマス・プレゼントを持って来た、と言いました。

彼らは自分で作った玩具を戦死者の遺児や父親が前線にいる子ども、それに危険地域から避難してきた子どもたちに贈るように命令を受けていたのです。私はそのとき、彼らから素晴らしい、木製の、豆を撃つことができる小さな大砲と、何人かの兵隊さん、そしてボール紙でできた兜をもらいました。

一方、祖母は私にお手製の手編みの長靴下とセーター、それに人形をくれました。祖母はその後、繰り返し、人形はオッセ夫妻があまり勧めるので買ったけれど、私が人形で遊ぶとは信じられなかった。なにしろ兵隊にばかりなりたがるのだから、初めのうち、これはやはり渡すまいとも思ったくらいで、まさか私がこんなに喜ぶとは思ってもみなかった、と語りました。初めところが私は何もかも、素的な大砲まで放り出し、人形だけにかかりきりになりました。これにはみて〝市民の〟玩具をもらったのです。それからはこの子なしでは寝ませんでした。これにはみな、オッセ夫妻でさえとても驚き、私がこんなに喜ぶとは誰にも思えなかったことでした。

祖母はある日イェーナで、それもツァイス社の傍でばったり遠い親戚に会いました。この独り者のおじさんは、イェーナに大きくてきれいな、階下がパン屋になっている家を持っていました。そこにもやがて祖母と引っ越して行くことになりました。しかし、小さな荷車で、それを「ヒトラー・ユーゲント」の少年たちに引っ張ってもらって引っ越しするよりも前に、私の印象に深く刻まれた出来事がありました。どこやらで我が軍が大敗を喫したのでした。

それは夜でしたが、ラジオがヒトラーとゲッベルスの演説を放送していました。その後数日間、放送は葬送行進曲ばかりで、何かの葬儀の模様も中継されたと思います。以来時折、批判の声が、ヒトラーにではなく——とんでもない！——頭の悪い、指令の天才を理解しない将軍たちに対して上がるようになりました。

今日ドイツではまったく違うことが、というより逆のことが言われています。この時期にはまた、のちに〝驚異的な武器〟で勝利の天秤皿を〝不敗の国防軍〟の利に傾けさせるはずだった、と言われたなにやらの秘密兵器[*1]についてもうわさされました。にもかかわらず苛立たしい空気がすべてに影を落とすのがはっきり感じられるのです。

ロシア人たちが出合いがしらに片っ端から人を殺すとも言われていました。ときどき、家財道具一式を西に引っ張って行く人々も見られました。

もう一つ思いがけないことがありました。それは夕食の最中でした。突然ドアが開き、誰か台所に下士官の軍服を着た兵隊が、はっきり覚えていますが、一級か、さもなければ二級の鉄十字章をつけて入って来ました。オッセ夫人がすぐに息子だと見分けました。夫はこのとき、ツァイス社で夜勤でした。みながもちろんオッセ・ジュニアに、彼が帰る前にいた東方戦線の模様を聞きました。しかし、彼は何も話したがらず、一晩中黙りこくっているのです。翌日、母親があまり言うもので、彼はそれならと、ようやく少し、ただし家族にだけ話すと言いました。彼には誰も信用しないという雰囲気がありました。

戦況はもうそのときとても悪かったに違いありません。あとで祖母と隣人たちがオッセ夫人に戦況やドイツ兵のモラルを聞くと、彼女は一言も口をききませんでした。

祖母は完全に信用されてはいませんでした。イェーナはもともと労働者の町で、かつてはドイツ社会民主党（SPD）が強い力を持っていた所でしたが、私たちはライン地方の、それとは逆に常に右寄りだった土地から来たのです。

ここではたぶん、この両地方を支配する宗教も意味を持ったことでしょう。——ライン地方は常に「黒」、つまりカトリックでしたが、ドイツ東部といえば「青」、つまり福音派でした（ここで言う「黒」「青」とは、私たち、子どもが言う言い方です）。祖母が信用されていなかったということは（しかし、私たちも実はプロテスタントでした）、私が二年前（一九六六年）、再びイェーナを、ただし、このときはもうポーランド人として訪れたとき、ヴォーガウアー通り十二番地で初めて知ったことでした。

こうしてこの、こっそり語られたこと自体が、戦況はラジオが手に取るように紹介している、あんなバラ色のものではないのだとの疑いを生みました。

そのあと引っ越しをしました。しかし、新しい場所にも長くはいられないことになるのです。あるとき、また恐ろしい空襲があり、それはこの日の三回目か四回目のものでした。全員が地下室に、おじさんもいっしょに入りました。あたり一面バリバリ、ビリビリと震え、もう私たち子どもでさえ落とされる爆弾の口径や種類が（ヒュルルル、ドカンという音で）分かりました。

アメリカ人やイギリス人はその頃たいてい波状攻撃を仕掛けてきて、最初の数十機が爆弾を落とすと、しばらくは中断、そしてまたドカンとくるのです。

こういうちょっとした中断のさなかに、おじさんは上に竈《かまど》からパンを引き出しに行き、その後二度と帰らなくなるのです。まさに地獄でした。地下室がビリビリ鳴り、ドカーンという耳

＊1――原子爆弾。

をつんざくような音、そして真っ暗闇になったかと思うと、鼻の穴や口が砂でジャリジャリになりました。覚えているのはこれだけです。

あとで分かったことですが、私たちはもうとことんやられ、直撃をくらったのでした。もう一つあった地下室のほうは誰も生き残った人がなく、私たちは運が良かった。翌日にはもう掘り出され、生き返ったのですから！

そのとき、みながショックを受けました。通りは、というよりかつて通りだった所は燃え上がり、一面の瓦礫の山で、煙を上げた梁が散らばっていました。消防団は大変な忙しさでした。このときから私たちは、あと数人の焼け出された人々と一部屋に共同で住みました。

数日後ママが迎えに来て、ロシア人たちがもう町の門の所に立っていると言いました。本当に至る所で荷車いっぱいに荷物を積み、家財道具を東から西に引いて行く人々が見られました。学校ではこの週、あと一課目、天文だけがありました。西へ行く道を迷うことはないでしょう！

イェーナからはなんとかママの身分証明書のお蔭で（"空軍"に勤めていた）、最後の汽車の一つで出られました。数週間後にはもう赤軍が入って来たのです。

「窓という窓に紅白の国旗[*2]が下げられたそうだ」

とは、のちにある兵隊が語ってくれたことでした。私たちはこの、朝に晩に最近たくさんの爆弾が落ちた地獄から抜け出せたのを喜びました。こうして幸運にも座席を得て、汽車でコブレンツに向かいました。

何回か爆撃機に汽車を襲われ、そのときは汽車から線路の両脇の溝に、あるいは森が近くにあればそこに飛び出しました。またもや幸運に恵まれ、私たちは無事でした。ただレールが二度にわたり爆弾の破片でズタズタにされ、何回か停車しなくてはなりませんでした。道中に丸一週間かかりました。というのもしょっちゅう引き込み線に入らなくてはならなくなる……。軍と爆弾を東方に運ぶ列車に優先権があるからです。

そのあと迂回《うかい》の指示がありました。ドレスデンが爆撃されたというのです。それ以上詳しい説明はありませんでしたが、人々は互いにこっそり、町はほぼ完全に地上から姿を消したと話し合いました。

これは二月半ばでしたから、ということはつまりあの一九四五年二月十三日から十四日にかけての夜、英米の爆撃編隊が——あとで知ったことですが——連合国側の数度にわたる通告ののち、ドレスデンにとてもたくさんの爆弾を落としたときでした。そのための迂回でした。ある瞬間、人々がどっと汽車の窓に押し寄せたのを覚えています。深夜でした。遠くに火柱が立ち、煙がもうもうと上がっているのがはっきりと見えました。人々は悲鳴を上げ、泣き叫びました。

私たちはケルンまで行けただけで、そこからコブレンツ＝ホルヒハイムまでは一部は軍用車

＊2——ポーランド国旗。上が白、下が赤の染め分けになっている。

で、あとは歩いて行きました。

コブレンツもすっかり破壊され、町の中心地区レーア街はほとんど瓦礫の山でした。人々はたいてい軍服を着ていましたが、その顔は土気色で青ざめ、私はもう一つの顔――黄ばんで沈んでいたポーランド人とロシア人の、当時、私があんなにも蔑んだ強制収容所の捕虜たちの顔を思い出しました。しかし、今はまったく話が違います。今、私は彼らの顔に誇りを感じさえしました。――いよいよ非常時なのだ、と！　店に出回っているものといえば〝代用ジャム〟ばかりで、パンはめったになく、それも配給券が要りました。こんなときこそしゃんとしていなければ……。そして全世界にドイツ民族がいかに優れているかを示すのだ！

子どもというものはいつも楽天家で、彼らもまた、当時、常に美しく謳われた〝総統と祖国〟のために闘うという狂信的な信仰に捕らわれていました。子どもはとてつもない勇気で闘います。まだ恐怖心が出来上がっていなく、大人の経験がないからです。ドイツ全土で子どもたちが英雄に祭り上げられましたが、彼らはそれらすべてを受け入れました。というのも、彼らにとり、これはある意味では戦争ごっこで、〝英雄〟には何の危険も及ばない、彼はいつも勝利して、最後に〝敵〟だけが滅びるという素的な遊びだったからです。〝ごっこ〟はたいてい〝英雄〟自身が、あるいはその友人が肌で戦争の恐ろしさを知るまで続きます。そしてそれを知ったときにはすべてがいっぺんに終わります。その時はママ！　と呼ぶだけです。

しかし、私もいかに戦争〝ごっこ〟をしたかについては、次の便で……。

七通目の手紙

我が家は何もかも、ありがたいことに、あるべき姿でありました。家はあり、全員生きていました。ときどきパパから手紙も来ました。

昼夜周辺の爆撃は続き、アメリカは町近くまで迫っていました。家から数歩のところにある橋はかっこうの空襲の目標でした。にもかかわらず、どういうわけかこれまで当たらず、すべてライン川に落ちました。こういう連合国側の爆弾がちっとも当たらないという些細なことまでが——橋への狙いを強力な対空砲兵隊が妨げているわけですから——まだ必ず勝利するとみなが信じる理由になりました。

あるとき、ライン上空で飛行機が二、三機撃ち落とされました。パイロットたちが水から引き上げられ、見張りつきでどこだったか、たしかレストラン「ウンター・デン・リンデン（菩提樹の下）」の中庭で壁に向かって立たされました。彼らを見物するのは自由でしたが、この光景は誰よりも子どもたちに見せるためのものでした。女たちが捕虜に拳を振り上げたのを覚えています。

爆撃はますますひどくなり、ついには家の脇を通るトンネルから出るのが命がけになりました。この御影石を穿《うが》ったトンネルは、時にコブレンツ＝ホルヒハイムの全住民の住居になりました。ベッドや家具も持ち込まれました。それは狭く、ついこの間まで隅っこをうろちょろしていたねずみがいなくなったほどでした。虫よけに何やらの毒薬が撒かれました。しまいにはホルヒハイム側のトンネルの出口に頑丈な門が造られ、兵隊たちが守ることになりました。それが造られたのはアメリカの対空砲兵隊が――これは曳光弾を発射する部隊でしたが、ラインの向こう岸の森の中に、「リッターシュツルツ」（高台のレストラン）と並んで陣地を構えたときでした。ここに布陣したことでアメリカ軍は、私たちの後方、グナイゼナフ兵舎の近辺や、丘の上、森の中に据えられたドイツ軍の砲兵隊を撃てるようになりました。

ときどき、ことに夕方や夜は、この応酬の一部始終が見られました。しかし、砲火のさなかにも中断はあり（お昼の二時間）、そんなとき、ことに爆撃がひどかったあとは、誰かしらまだ私たちの家が建っているかどうかを見にトンネルから飛び出しました。

あとで分かったのですが、私たちの家はアメリカの司令官が将来の宿舎に選んだのだそうです（その後、彼には小さすぎると思われた）。そのお蔭で祖父の誇りが助かりました。爆弾の破片で壁にいくつか穴が開いただけでした。

トンネルがぎゅう詰めになったのは、砲撃がひどく衛生車が先に行けなかったからでもありました。それは実はのちにアメリカが通過させましたが、そのときはまだ停まっていて、私たち子どもの関心の的になりました。

私たちは兵隊たちの中に入るのを許され、そのうちの何人かとは友情も結びました。私はそのとき、初めて戦争の結果を間近に見ました。負傷者が大勢、すぐにトンネルから運び出せなかったために死に、その遺体は一車輛を特にこのために当てて安置されました。

大人たちは概して戦争の話をしませんでした。するとすれば、こっそり気心の知れたものとだけでした。子どもがいると黙りました。子どもたちが自分の両親をゲシュタポに告発した例があったからです。

彼らはそれを祖国のために良かれと思い、あの〝勇敢なヒトラー・ユーゲントの団員たち〟――この時期にたくさん書かれた少年向きの雑誌や本の主人公たちのようにしたのです。

ついにこの、これまで無事だったライン川の橋もドイツ兵たちにより爆破されました。これはもう私たちの感じではほとんど戦争の終わりでした！　その前にもう一度、すでに述べたように、中にかなりの数、兵隊がいた私たちのトンネルは物凄い空襲を受けました。このとき落とされたのは、ことに爆発力の強いロケット弾でした。それにまつわる、ある愉快な、というよりグロテスクな話があります。

私はちょうどリンゴだったか梨だったかを食べていました。そのとき、大地が震え、トンネルの中が騒然として、帽子やいろいろなものが空中に飛びました。爆撃の開始でした。

私は衝撃で壁に叩きつけられ、そしてここでまったく偶然に、おそらくは果物の匂いに誘われた蜂に顎《あご》を刺されました。私は痛さのあまり悲鳴を上げ、そこいらじゅうを一本足で跳ね回りました。四方から人が駆けつけました。あっという間に人垣ができ、誰かが叫びました。

「どこかの子がやられた！」

「片足がちぎれた！」

「弾丸の破片を食らったんだ！」

数名の看護兵が担架を持って駆けつけ、私を乗せました。ところが私はガバと二本足で立ち上がり、ただ嗚咽《おえつ》で一言も発せないのです。間もなく祖父が来てようやく、しゃくり上げながら蜂のせいなのだと言えました。人々は笑いもせず、深刻な顔で散りました。

トンネルに門ができてから、ここにどことかの司令部が移って来ました。ちょうど最初の曲がり角のところでしたが、板囲いが作られ、将校たちはそこに集まっては四六時中、飲んだり遊んだりしていました。

七歳の誕生日の日、というのは一九四五年三月二十四日ですが（孤児院では私の誕生日を三月二十三日から二十四日にかけてと記録した）、私は軍服を着せられ、大きすぎるライフルといくつかの薬莢《やっきょう》を手渡され、〝将校用のカジノ〟の前に――なにしろあの囲いはこういう性格になりましたから――見張りに立たされました。というのも私はいつも二、三歳、いまもそうですが年上に見られるのです。私たちはこういう軍隊での仕事を、兵隊たちのいわゆる〝小屋根を切る〟[*1]ことをも含め、すべて教わりました。

将校の一人の名を覚えています。ヴァルト（Warth）（あるいはWahrtヴァート、またはWartヴアルト）でした。これは〝国民突撃隊[*2]〟ではなく、〝空軍〟、というより、その飛行機を失くした残骸の一部隊だったとだけ覚えています。

私たちのところ、トンネルには、よく数人、十数人ずつの兵隊が、道に迷い――私たちに言わせれば要するに逃亡してきて――立ち寄りました。そのうちの何人かは憲兵隊に連行されて行きましたが、その後、彼らがどうなったかは知るすべもありません。ただ私たち少年には彼らの〝弱虫〟は憤慨すべきことでした。私は自分の軍服とヘルメットが、一瞬ごとに目にずり落ちるとはいえ、とてつもなく自慢でした。

あるとき、トンネルの外に出ていて、アメリカの砲兵隊から発砲されました。私たちは狂ったように転げ回り、四方に跳ね回りました。友人二人が負傷し、一人は右足がもげました。あまりのことに彼を運ぶとき、私たちは顔面蒼白になりました。たちまちにして勇壮な勝利の雰囲気は消し飛び、私はそのとき〝総統、国民、祖国〟はそっちのけで、ママ、パパ、祖父母のことだけしか考えませんでした。ほかのことは何もかも本当にどうでもいいことでした。私はすぐ家族のところ、トンネルへ帰るのを許されたと覚えています。

状況はこのとき、もうとてもひどかったに違いありません。というのも、祖父が私の〝英雄

＊1――帽子のつばに右手をかけてする敬礼の仕方。
＊2――一九四四年、帝国防衛のため、少年、老人を公募して編成した。

的な〃持ち物――鉄兜や銃などを取り上げ、その上、「じっと座っていろ。場所を動くな」と厳命したからです。生まれながらの兵士である彼が私の軍服を脱がせようともしましたが、しかし、それだけは私は承知しませんでした。

次の日の朝、どこもかしこも白旗がかかげられました。その意味を知っていたので、私はどうにもならぬ悔しさに号泣しました。そのとき、初めて〃コミュニスト〃という言葉を聞きました。どんな意味なのかは見当もつきませんでしたが、しかし、分からなくてもいっこうにかまわず、私はそれを負け犬の意に取りました。

数人の将校がそこいらじゅうピストルを振り回しながら走り回りましたが、しかし、しまいにはなだめられて落ち着きました。ほかに逃亡を提案する者もいました。それはほとんど黒と茶の軍服[*3]を着た一団で、そう決めると彼らはトンネルの片隅に寄り集まり、そのあと急いで私たちを置いて去りました。その中に私の古き友人、クライスライターもいて、今回はあまり英雄的ではなく、だいいち中折れ帽に背広でした！

昼頃、遠くにアメリカの黒人兵数人が、小銃を手に用心深くこちらに歩いて来るのを見ました。彼らがトンネルの前に一定距離を置いて立つと、こちらから発砲した者がありました。アメリカ人たちはさっと飛び退き、向こうからも射ち始めました。

トンネルの中は騒然とし、この逸《はや》った射ち手が探されました。彼はすぐに見つけられ、若い兵隊でしたが、泣きました。彼は取り押さえられ、カッとした人々からめちゃくちゃに殴られました。今はみながアメリカ人たちがまた大砲で射ってこないようにと祈りました。幸い何ごとも起こりませんでした。そのときトンネルから何人か、当時コミュニストだと言われた人々が出て行き、白いシーツを振りながら、橋へ向かって行きました。

誰もが入口に群がり、息をのみました。白旗を持った人々がまだ百歩も行くか行かぬうちに、両脇から大勢のアメリカ人がわっとばかりに飛びかかりました。どこか近くに身を潜めていたのです。

それからはあっという間で、二時間もするとここに軍用車や戦車、その他の軍事機器が現われました。前もって平服に着替えていた兵隊たちに投降の呼びかけがあり、何人かがそれに応じ、発砲した男も突き出されました。私は遅れを取りたくなく、だいいち自分では兵隊だと感じていたのですから、堂々と頭を上げ、黒人兵の一人の方へ行きました。その兵隊はただにっと歯を見せて笑い、私を掬《すく》い上げると膝に当てて折り曲げ、お尻をパンパンと打ちました。彼はそのとき、ガムをくれ、私はそれを、「フン」と言って捨てたのを覚えています。しまいに彼は、まだ笑いながら私を離しました。トンネルからちょうど祖父、ママ、祖母が荷物を全部持って出てきました。

祖父はすぐさま私の軍服を剝《は》ぎ取り、こうして冒険に満ちた、第三帝国のもう一人の〝英

＊3——黒は親衛隊、茶は国家社会主義ドイツ労働者党（ナチ党）の軍服。

雄〟にとっての戦争が——この大帝国を強化し、その存在を少なくとも千年は延ばすはずだった戦争が終わりました。

新しい時代——占領期が始まりました。

八通目の手紙

　すでに書いたように私たちの町は初めアメリカが占領しました。今日この時期をポーランドのドイツによる占領について知ったことと比べると、それはまるで天国です。むろん食糧難がありましたし、ドイツの婦女子が家族を飢えから救うのに、板チョコや煙草でアメリカ人に身を売ったのも事実です。しかし、それはほんの短期間でした。なんといっても獣のように人間をガスで殺したり焼いたりする強制収容所はなく、むちゃくちゃな逮捕も真夜中の襲撃もありませんでした。

　今、あなたに書くことはすべて、ポーランドや他の民族の占領時代の地獄と比べてみる必要があります。

　アメリカの占領時代は十分平和でした。ただ例外として、夜間外出禁止時間以降（二十時から）外にいた人が捕まるというだけでした。そんなとき、〝違反者〟は警察署に二十四時間留め置かれ、簡単な尋問のあと、解放されました。しかし、ドイツ人はだいたいいつも秩序正しい民族です。こんなことがあったのは、私たちの町ではアメリカがいた全期間を通してもたぶん一、二回のことでした。

状況はフランス人が入ってきてから変わりました。まず住民が集められ武器を放棄させられましたが、これはアメリカ人たちが思いつかなかったことでした。私はそのとき、指定された広場にありとあらゆる種類の銃が山と積まれるのを見ました。人々が整然と長蛇の列を作り、それぞれの手にした武器を次々と投げる。山がどんどん大きくなるのです。それは遠くから見ると、配給券で代用ジャムをもらうときのようでした。祖父と私はそのとき、庭に父のピストルと祖父のまだ第一次世界大戦のときの将校用軍刀、それから他のいくつかの小物を埋めました。ピストルはあとで見つからなくなり、刀はのちに私の部屋の壁に掛けられました。

「フランス人たちのなんて狂暴になったこと」

と私たちは言い合いました。私は彼らの態度に憤慨し、フランス人の子どもたちに、

「ドイツの国防軍はあんなに無知で下劣なふるまい方はしなかった。ドイツの将校たちは占領国ではいつも騎士のようにふるまった」

と面罵《めんば》したものでした。

これから書くようなことは町でよく見かけられた光景です。祖父はいつだったか私を連れて買物に行きました。頭にはいつものように帽子をかぶっていました。ふと、私たちの前に、手に鞭を持った少年のようなフランスの中尉が現われ、私たちが通りすぎようとすると叫びました。

「戻れ、ドイツの豚野郎！　なぜフランスの将校の前で帽子を取らないんだ」

彼はそう叫ぶと、祖父の頭と顔を鞭で殴りました。私も彼ら二人の間に割って入ろうとして殴られました。私たちはすぐ家に帰り、祖父は自分の部屋に閉じ込もると、三日間出てきませんでした。あとで彼は顔をしかめながら言いました。

「ドイツの将校だったら決してあんなことはできない！」

もちろんこの意見は〝外国で〟国防軍に入っていなかったもの全員のものでした。

私たちは四人で暮らしていて、パパはまだ帰って来ませんでした。何の知らせもなく、みながもう、きっと終戦まぎわに死んでしまったのだ、と思いました。しかし、そうではありませんでした。ある日、というよりはある夜、彼が生きて帰ったのです。右手を負傷し、それが膿《う》み爛《ただ》れてはいましたが、生きていました。彼は、

「荷物をまとめなさい。いっしょにバイエルン地方に行こう」

と言いました。彼はあるアメリカの空軍将校と親しくなり、その人がミュールハイム（たしかバイエルン地方のこの村はこういう名前でした）で仕事を見つけてくれたのです。建築現場の助手でした。

父は逮捕を恐れていました。ヒトラー時代、かなりの要職にいたからです。うちの庭の門に子どもたちがナチと白墨で書きました。だったらどこもかしこも近所じゅうが「ナチス」です。第三帝国で公務員が国家社会主義ドイツ労働者党に入っていないなどということはめったにありませんでした。これは生存の条件——唯一絶対のものではないにしても、条件だったので

す。それが今、突然、みなが「ナチ党」には入党を強制されたということになった……。隣人の何人かなど、いわゆる「古き戦士」で、入党したのが一九三三年以前、[*1]そのうちの一人ならずが党の金メダルを持っているというのに、突然、自分は迫害されていたと言うのです。そして互いに非難のし合いっこでした。祖父と私は彼らに嫌悪を感じました。私の第一の神話——ドイツ人の普遍的価値についての、一人が他のために火に手を焼《く》べる用意があるという伝説が消し飛びました。これら、カロール・マイの小説[*2]に出てくるニーベルング王[*3]たち以来の英雄譚《たん》、ドイツ人の忠誠と超人性の証がすべて消し飛びました。

カロール・マイの本では、善良で正しい行いをする人はいつも青い目で金髪で、一方、悪人は黒い髪に黒目です。後者はこの時期、むろんフランス人でした。例えば金髪の男が同じ色の髪と目をしたもう一人の男に出会い、闘わなくてはならなくなる。すると、彼は敵をやっつけられないのに驚きます。やっつけられたとしたら、それは死闘と人間技ではない努力の結果でした。ある瞬間、そのうちの一人がシュベビッシュ語かサクソン語で罵り、すべてが明らかになります。

「なんだ、同胞だったのか!」

一人が驚いてそう叫び、そのあとその敵と友情を結ぶのです。ヴィネトゥ[*4]でさえアメリカのゲルマン人だったに違いない。というのは彼も真っ青な目、つまりドイツの目をしていたからです。

こうして互いに相手のせいにし、ビスマルク[*5]がなんとかまとめたドイツの統一は突然、風船のように割れました。もう、これまであれほど強く感じられたドイツ共同体はありませんでした。バイエルン人は「プロイセン人の豚野郎」と思い、プロイセン人はシュベビッシュ人を、ザクセン人はラインラント人をそう思いました。それぞれが自分の優越を誇示しようとするのです。ヒトラー上等兵と、その、ドイツにこんなにも不幸をもたらした馬鹿さかげんを侮辱し始めました。

人々は概して教会に注目し、大挙してミサと礼拝式に行きました。以前は信者だけだったし、教会へ通わないのは良い意味でさえありました。党に気に入られない可能性があったのです。なのにまったく突然、教会に魅力を感じ出すとは……。だいいち神は常にドイツ民族と共にあったはず。兵隊のベルトに「神の御加護を」と彫られていたのが証拠です。

私たちは父が決めたように、バイエルン地方の小村へ行きました。そこで一部屋を間借りし、こうして私たちみなにとり一番美しい時期になりました。父は毎朝現場に出かけ、ママは私を

＊1――ヒトラーの独裁政治が成立した年。
＊2――ドイツの小説家。一八四二～一九一二。主として旅行・冒険小説を書いた。
＊3――伝説上の小人族の国王。領地は現在のノルウェーあたりにあったとされている。
＊4――カロール・マイの小説に出てくる、ドイツの子どもたちに親しまれているインディアンの酋長。
＊5――一八一五～九八。ドイツの政治家、鉄血宰相。一八七一年にドイツ統一を達成。

土地の学校に送って行って、昼食の仕度をしました。むろんバイエルン料理で、パパは何よりもこれが好きでした。――パスタ料理、パスタ料理、もう一度パスタ料理で、それもとても甘いのです。

学校生活は私には大変で、といっても勉強が、ではなく、違うのです。イェーナでの勉強を経験したあと、ここでは私はトップクラスでした。大変だったのはバイエルン語が分からなかったせいなのです。最悪の事態を免れたのは、父がバイエルン人だったことでした。女教師が私も言ってみればバイエルン人なのだ、バイエルン語を知らないのはラインラント地方に住んでいたからだ、と級友たちを納得させてくれました。それでもたいていは取っ組み合いと、「プロイセンの豚野郎!」という類の悪態に落ち着きました。私はまた裸足でライ麦畑を駆けることができず、それも友人たちの目にはけしからぬことでした。

午後五時にパパが戻り、私たちは昼食[*6]を食べ、そのあとときどき、古い自転車「ハムスター」で買い出しに出かけました。パパはその際、私に、口を出すな、百姓たちはバイエルン人でない者にはラード一さじ分けてはくれないから、と言いました。私はここの方言をすぐ覚えましたが、するとどこへ行っても本当に良くしてくれ、私たちは手ぶらで帰ったことなど一度もありませんでした。ときどき、村の女のだれそれが、私が父にそっくりだなどと言いました。そんなとき、私たちは身も心も張り切って、ママのところに飛んで帰るのでした。

数カ月後、コブレンツの祖父母から手紙が来ました。私たちは普通の列車ではなく、無蓋の石炭車で帰りました。ドイツ中が当時はこんな旅をしたものです。ミュンヘンで乗り換えましたが、ここで荷物が二つとも盗まれました。

駅頭で私は初めて、ロシアから戻ったドイツの捕虜たちを見ました。みなはその姿に愕然《がくぜん》としました。服はボロボロ、足はありとあらゆる種類の紙とボール紙、ボロ布でくるみ、ひもで縛っているのです。この、かつての偉大な勝利者たちは、黄ばんだ髭もじゃの顔で、足を引きずって家に帰って行くのです。

彼らに比べれば、いつぞや私が見たポーランドやロシアの捕虜たちなど――あの〝劣等人種〟と蔑まれた人々などまるで貴族のようでした。彼らにしても、石鹸とは何かも分からない劣等民族だとか、一本のマッチを四人で分ける、木靴以外の靴は見たこともない、そのスラヴ（SLAVE）という言い名は「奴隷」（SKLAVE）が語源で、背中に〝木づち〟を感じなくては働けない所以《ゆえん》だなどと、さまざまに言われたのは、その姿のみじめさゆえでしたが。

しかし、今、我が英雄的な〝兵士たち〟も同じように、その写真をたくさん撮り、「原始林から出て来たドイツ未開人種」という説明をつけ、普及させることができるのです。しかし、私は目に涙を溜め、

＊6――ヨーロッパの昼食は二時から三時頃が多く、家庭によっては五時頃。昼食が基本で、夕食はむしろ軽い。

「露助たちはなんていうことをドイツの兵隊たちにしてくれたんだ！」
と叫び、拳で壁をたたきました。

人々は兵隊たちに駆け寄り、父や夫、息子たちの消息を聞きました。何か身内の安否が分かるかもしれないと思うのです。そして彼ら（兵隊たち）にパンやソーセージ、玉子を押しつけて行きました。私もそのうちの一人に涙を流しながら、堅くうでた玉子二つを渡しましたが、自分の感動が恥ずかしく、さっとママの所に逃げ戻りました。

これら、かつての兵隊たちの姿はなんとも言えぬほど同情を呼び、ここではブレヒト作『三文オペラ』のピーチャム氏ももう一つ学ぶことがあったでしょう。

これ以来、私は〝露助たち〟への悔しさと、同時にかなりの程度、彼らへの恐怖心にも捕られました。私にはどうしても、なぜこの未開人たちが、知能的にも文化的にも上回っているドイツの〝兵隊たち〟を打ち負かすことになったのかが納得できませんでした。ポーランドに来てやっとこの答えを見つけます。ドイツではそのことでありとあらゆる言い訳がされ、中でも冬（冬将軍）について、ロシア人たちは生まれながらにして動物のように強く、慣れてもいる、なのにヒトラーが将軍たちの当然の忠告を聞かなかったのだと説明されていました。この次はもうこの過ちは繰り返すまい、とも言われ、ついては、しかるべき国防軍用の冬の装備と、アメリカと共同でするモスクワ進撃が語られもしたのです。

とにかく私たちはまたコブレンツ＝ホルヒハイムの家に戻ってきていました。その幸せはしかし、長くは続きませんでした。やっと数週間にしかならぬ頃、ポーランド軍の使節団から二人のポーランド人が訪れ、私たちの家をその司令部の拠点に接収すると言うのです。彼らには私たちが頑迷なヒトラー主義者だと吹きこまれてあり、彼らを寄こしたのは、あの党の金メダルを持った古き戦士の一人でした。ポーランド人たちは年寄り二人を見て、私たちが哀願するとあきらめました。

間もなく今度はフランス人たちが現われ、私たちを二十分以内に、ボストンバッグ二つで叩き出しました。これだけしか持ち出させてくれずにです。追い出されたあと、私たちの家にはなにやらのフランスの大佐が大勢の家族を引き連れて入りました。彼のあとある期間、なにやらの大尉が、さらにあとにはどこやらの中尉、そして最後に軍曹が住まい、家は私たちが戻って来たとき、泣きたくなるような状態でした。

私のポーランドの母がどうしても理解できないと言ったのは、ドイツ人がポーランドのベッドに寝、略奪したポーランドの衣服を着たことです。ゲッベルスが〝ポラッケ〟は汚く、シラミだらけだと宣伝し、それを帝国は真に受けてもいたのにです。余談ですが、この〝シラミ〟ではフランス人やアメリカ人たちは娯楽を作り出しました。帝国宣伝相の発言をもじり、占領各部隊に、「ドイツ人は汚く、シラミだらけなので注意せよ！」との警告を発したのです。ライン川の橋がすべて破壊されたので、アメリカ人たちはコブレンツ＝プファフェンドルフと、もう一つエーレンブライトシュタインだったかに船橋を作りました。川の両側にその際、木造の家が建てられ、大きな字で〝ドイツ人のシラミ駆除所〟と書かれました。ラインを渡りたいものは誰でも、橋を渡るのでも、船で行くのでも、あらかじめシラミを駆除してもらわなくてはなりません。誰しもこの案の作者を恨みましたが、嘆いたところでムダでした。

一番恐れたのは夫たちとその妻たち、娘たちでした。駆除は女は女、男は男と分けて行われましたが、子どもは勘定に入ってなく、彼らはそのまま通れました。中では机の向こうに兵隊たちが巨大な噴霧器を持って座っていて、検査を受ける女や娘はワンピースをたくし上げなくてはなりません。そしてワイワイ囃《はや》し立てられながら、なにやらの粉が、その噴霧器で念入りにかけられます。彼女がもし兵隊たちに気に入られでもしようものなら、本当にシラミがいるという口実で全裸にさせられ、精密検査が行われました。

もう一つ覚えていることがあります。フランス人たちはそこいらじゅう親衛隊員を探し回っていました。船で川を渡ろうとする男たちは一人一人、万歳をしなくてはなりません。こうして脇の下に、親衛隊の習慣だった血液型が入れ墨されていないかどうかが調べられました。あるとき、ちょうどママと船に乗っていると、誰か若い男が捕まりました。彼はたちまち川岸の木に縛りつけられ、フランスの下士官がやって来て、それを鞭で五、六分殴りました。そのあとこの親衛隊員を川に放り込み、ようやく船で行かせたのです。

私たちは憤慨しました。フランス人たちはたぶんまずいやり方をしたのです。親衛隊を憎ませる代わりに――だいいちその頃、誰も親衛隊を愛してなどいなかったのですから、何か逆のものを引き出してしまいました。人々は親衛隊員に同情しました。

そうは言っても客観的に考えれば、フランス人たちは人間的だったのです。銃殺もしない。絞殺もしない。それらは親衛隊の各部隊が、自らを野獣性のシンボルと化しながらすべての占領国でやっていたことでした。あんな手の込んだ拷問器具や方法は普通の人間のやることではありません。アウシュヴィッツやワルシャワや、その他数千の、ポーランドでのいわゆる「親衛隊の戦場」に思いを馳せれば、このフランス人のドイツ人へのふるまいは、とても人間的だったとしか言いようがないのです。

私はまた学校に、今度はコブレンツ＝プファフェンドルフに通いました。そこにガンス氏という素晴らしい教師がいたからです。

私のフランス人たちへの嫌悪感は募る一方でした。公共の建物という建物が〝三色旗〟で彩られ、それがことのほか気に入りませんでした。〝七月十四日〟[*7]には町の幹線道路に数え切れないほどの青、白、赤の旗がたなびきました。あるとき、私たち仲間は――それは一九四七年で、フランスの祭日の前日でしたが、夜、自転車に乗り、フランスの国旗約三十旗を人目をしのんで燃やしました。その後、長い間、犯人が捜索されましたが、誰も捕まりませんでした。

ホルヒハイム基地には当時、優に数千を超す、主としてモロッコ人のフランス兵が駐留して

*7――フランス革命記念日。

いました。私たちはよく夜になると、彼らの〝軍帽狩り〟に出かけました。自転車で基地に戻る、たいていは一杯機嫌の兵隊たちを猛スピードでやり過ごし、その帽子を奪っては、あとでライン川に沈めました。ただ一度、わるさが我が身に跳ね返ってきたことがありました。手痛い目に、それもドイツ人から遭《あ》わされたのです。

一九四八年のことで、夏でした。私たちはもう中学生で、市電で家へ帰りましたが、フランス人にはいつも、どんな乗り物にでも先に乗る権利があり、それが癪《しゃく》の種でした。私たちはフランス語で悪態をつき始めました（もう学校でフランス語を習っていましたが、たいてい余計なことを真っ先に覚えるものです）。フランス人たちは知らぬ振りをしましたが、ただひとりドイツ人が見るからに苛立ち、私の耳をひっ摑むと、とことん思い知らせてくれました。そして、これがもし、どこかドイツが占領した国でのことだったら、私たちは命を失っていた、とつけ加えました。

「国防軍だったら容赦はしないぞ！」と。

私は心底恐れ入り、その手を振り払って逃げました。逃げながら私がまだ叫んだのは、ただ一つ、その頃の私にとり弱虫と占領者への諂《へつら》いのシンボルだった「コミュニスト！」という言葉でした。

私たち子どもをまた、いつも喜ばせたのはフランス軍の〝締まりのなさ〟でした。彼らは行進ができず、一つマーチを永遠のごとくに演奏し、その練習たるやいつも惨憺たるものでした。

祖父は呆れ返って言いました。

「あのフランス人たちときたら、ありゃあ兵隊じゃないよ」

いつだったか私たちがベルク通りを上って行くと、なんだか疲れ切った様子のフランス人の一部隊が、ちょうど練習から戻ってきたところでした。祖父は立ち止まって言いました。

「ごらん、あのフランス人たちがじきに坂を行進して上るから」

部隊を率いていたのは誰やら若い大尉でした。しかし、ここで祖父は出鼻をくじかれてしまうのです。将校は兵隊たちに〝坂下に集合〟と号令をかけました。その彼らのベルク通りを上る足並みの見事だったこと。祖父はこれには驚愕し、長い間そのせいで心穏やかではありませんでした。

ある日のこと、彼は突然、勝ち誇った顔つきで帰宅しました。この大尉と口をきいたのだそうです。大尉はエルザス＝ロートリンゲンの出身で、その父親は若き日々、ドイツの将校だったそうでした。こうして祖父は心の均衡を取り戻しました。彼はこのとき、再生ドイツ軍について含蓄のあることを言いました。以来、私は彼についてフェンシングを習い、身体の機敏性を養いました。すべては将来、良きドイツの将校になるためでした。

隣家にアメリカ軍の空軍少佐だったらしい人が住みました。誰もが彼に「グーテン・ターク（こんにちは）」とは言いましたが、しかし、その実、みなが彼に反目しました。この人はもう退役していて、新しい人生を新しいドイツで始めたかったのです。それはもう、前に述べたように一九四八年のことで、人々が戦争の異常から多少抜け出た頃でした。

この人はアメリカに移住しなければなりませんでした。みなが、私をも含め、彼を裏切り者と思い、沈黙の壁で囲んでしまったからでした。今、このことに関連し、ときどき似たような例を思い浮かべます。ドイツ社会民主党の指導者で、西ドイツの大臣になったブラント氏ですが、彼も同じ理由で決して総理大臣にまではならないでしょう。[*8]

一九四九年、私たちは再び自分たちのドイツを、というより二つのドイツを手にするのです。

*8――その後、首相に就任。ただこの時は初めて人より党が、つまりドイツ社会民主党が選ばれたためだという。

九通目の手紙

ニュルンベルク裁判の判決の発表は今でもよく記憶しています。一九四六年の十月一日でした。町には号外が飛び、人々は狂乱してそこここを走り回りました。この号外には被告と呼ばれ絞首刑を宣告された主な戦犯全員の写真が載っていました。町は悲しみに覆われ、人々はまたなんともいまいましく、

「いったいいつから将校や将軍の首を吊るすようになったんだ？　だいいち自分の義務を遂行しただけじゃないか！」

と言いました。

一九四六年十月十六日に刑執行のニュースがあると、多くの人が目に涙を浮かべました。一方、喜ばれたのは、ゲーリングが刑を免れ、自殺に成功したと報道されたときで、私も彼を誇りに思い、少なくとも一人名誉を重んずるものがいた、と考えました。

人々がことのほか注目したのは、被告たちが刑を執行される際、どのようにふるまったかということでした。私たちが憤慨したのはシュトライヒャーで、泣いたというのです。また、なんとも誇らしく思ったのはカイテルで、彼は、

「ハイル・ヒトラー！　ハイル・ドイチェラント！」[*1]

と叫んで絞首台に上ったのでした。

その後間もなく非ナチ化の大波が打ち寄せ、私の父も巻き込まれずにはすみませんでした。だいいち国家社会主義ドイツ労働者党の党員は全員連行されたのです。父は完全無罪になりましたが、それにはドイツ共産党が、前にも述べたように全面的に力になってくれました。しかし、この浄化運動もそう長くは続かず、連合国側は追及しなくなりました。

しばらくして貨幣改革があり、その結果、新しい良貨、ドイツ・マルクが現われて、国はマーシャル・プランの援助と共に再び花開くようになりました。どこもかしこも建築で、こうして三、四年後には廃墟は跡形もありませんでした。笑い話でこうも言われました。

「本当は誰がこの戦争に勝ったんだ？　連合国側はドイツの機械類を持ち去った。彼らには神の御加護があるように！　連中がドイツの中古品で生産している間に、我々は新しい、最新式のを買おうじゃないか！」

そしてその通りになりました。

バイエルン地方から戻り、非ナチ化の波が通り過ぎても、パパは長い間、エンジニアとしての仕事を見つけることができませんでした。打診したところではどこでもかつての〝ナチ・ディレクター〟の採用をためらうのでした。ようやく現場監督の助手の仕事が、最近ライン川に架橋中の、ホルツマン社が取り仕切るホルヒハイム橋の現場でありました。採用されたのはただ学歴を秘したからでした。しかし、間もなく技術者の一人が、父の働きが目覚ましいのと、普通の肉体労働者よりはるかに上をいっているのに気づきました。したがって彼は主任技師に〝事情聴取〟され、そのあと設計部に配属されると、そこで給料は単純労働者のままながら、能力を生かし、上司を助けたのでした。

これは確かにかなり辛い時期でしたが、しかし、私たちは祖父の年金と庭の収穫のお蔭で、何とか飢えに泣くこともなく生きられました。状況は私が高校に合格してまたきつくなりましたが、しかし、一年後にはもう奨学金がもらえ、授業料が免除になって、また前よりも楽になりました。

こういうすべてのことがあったあとにポーランドからきた手紙が、私たちに、そして誰よりも私にどんな印象を与えたかお分かりでしょう。しかもそのとき、ポーランドからの手紙はもう数カ月も前から届いていて、それを祖父がこっそり始末していたと分かりました。

当時私たちはどうすれば良いのかが分かりませんでした。すると手紙がまた二通、あいついで届きました。私は沈黙し、そのいずれにも返事を出さないでいると、間もなく何もこなくなりました。ただ、家にはピリピリした、押し殺したような空気が残りました。そして一九四九年が――私の人生で最悪の年がやってきました。

＊1――ドイツ国万歳。

ある日、学校から帰ると、玄関を入るなり二階から苛立たしい声が聞こえました。それはフランス人たちに割り当てられた私たちの二部屋があるあたりからでした。二階に上がる階段の脇に家主のおばさんがいかにも人待ち顔でたたずんでいました。そして実際、私が現われるや、彼女はむんずと私の手を摑み、意味ありげに一本指を唇に当て、さっと自分の部屋に引っぱり込みました。私はその部屋に二時間以上、階段をトントンと下りて行く足音が聞こえ、扉にカギが下ろされ、家の前に止まっていた車が遠ざかるまで、じっとしていなくてはなりませんでした。

私は階段を一気に駆け上り、部屋に飛び込みました。ちょうど父が興奮し、顔を真っ赤にして他の家族と話しているときでした。彼は誰やらIRO（たぶん国際復員組織）のポーランド人の女が来ていた、私に会わせてくれと要求した、と言いました。私は学校に行っていると言ったのだとか。するとその人は近々出直して来ると言ったそうです。

こうして家の空気はまたもや険悪で緊張したものになり、私はどこにいても観察されていると感じました。毎日、私はこの女に会わないよう微妙に道を選んで通り、帰宅にも万全の注意を払いました。

そしていつかまた、車が家の前に止まったとき、家主のおばさんがむろんまた私の手を摑み、今度は浴室に押し込みました。私はすぐさまドアを閉め、そこになんと六時間以上もいたのです。ポーランド人の女の人と、もう一人、誰やら男の人——IROのフランス人は明らかに何かを感じたのでしょう。是が非でも待つと言ったのです。しかし、私は隠れとおし、彼らを根負けさせました。

これ以来、両親までが、私が見知らぬ人にそっと観察されていないか気をつけるようにと言いました。そうすれば何ごとも安心です。したがって私はさり気なく、見知らぬ影があとをつけて来ないか振り返って調べることを学びました。

ある期間、平穏な時がありました。父はこの間、あとで知ったことですが、養子契約を完全なものにするために、公的なあらゆる手だてを尽くしました。以前はなにしろ戦争でしたから、パパはそのため、約束された書類も、準備期間が必要だったものは全部は受け取れていませんでした。戦争の終結を待てと命じられていたのです。一方、彼にはこれと同時に、ある意味での門が開かれていました。いつでも手を引こうと思えば引けたのです。

ニュルンベルクではこの時期、ドイツが行った幼児誘拐の二つの裁判が行われていて、私の例も調査対象になりました。元孤児院院長はそのとき、宣誓した上で、孤児院にはドイツ人の子どもしか――ドイツ人の両親を持った、主として高級将校の遺児しかいなかったと証言することになっていました。彼は私の生みの父親であるドイツ人将校を個人的に知っていたとも――少なくともこの裁判で証人に立った父が言うには――証言したそうです。うわべはあらゆる神々に、私がその将校のたった一人の忘れ形見だとも誓いました。

家には晴れ渡るような喜びが漲《みなぎ》りました。あとで分かったことですが、実際、あの孤児院は、私をも含むわずかな例外があったとはいえ、戦死したドイツ人の高級将校の遺児を収容するのに作られたものでした。だからあんなに環境が良かったのです。

　ドイツ人の子どもたちに混ぜて、そのとき数人の、「第三帝国の人種論」の基準にかなった、高いランクのポーランド将校の子どもたちが入れられました。それもあって私のポーランド人の血は立証が極めて難しく、不可能でさえあったのです。最後までドイツ当局は私がポーランド人だとは認めませんでした。裁判は私の件ではポーランド側の敗訴でした。

　喜びは長くは続きませんでした。ある日、また同じ車が玄関前に止まり、したがってまた浴室に押し込まれずにはすみませんでした。今回もポーランド女性が降参し、しかし、また近々やって来ると言って帰りました。夜、うちの窓ガラスに石がぶつけられ、鋳鉄製の門の蝶番《ちょうつがい》が壊されました。破れたガラス窓からあの見慣れた車が去って行くのが見えました。それが何回か繰り返され、それきり〝ポーランド婦人〟（あまりポーランド人らしくない顔をしていた）は幸い現われなくなりました。

　それから何日か、うちは攻防戦さながらでした。彼らが私をさらいに来ると思われて、毎晩、誰かしら家族が見張りに立ちました。みな顔色が青ざめ、目は泣きはらして真っ赤でした。私もまったく神経が参ってしまい、ベルが鳴りドアがノックされるたびに、ガバと跳ね起きては、さっと隠れ場所——下着類を入れるカゴの中に消えました。しかし、絶体絶命の時はこのあとに来たのです。

ちょうど通学の途中でした。ふと脇に車が止まり、男が二人飛び出すと、私を車に引きずり込み、すぐさま全速力で発車しました。抵抗しましたがムダでした。二人ががっちりと私を押さえ込み、助手席の女が言いました。

「さあ、アルフレート、あなたのお母さんのところへ行きましょう。ポーランドにね」

私は尾行者たちに噛みつき、蹴飛ばし、叫びましたが、何をしてもムダでした。どこかの交差点で運転手が急ブレーキを掛けざるを得なくなると、私はすぐさまこの機会を捕らえ、〝保護者〟の一人の膝を蹴とばし、ドアをこじ開けて道に転がり出ました。一瞬にして巨大な恐怖心から飛び起き、どこやらの門に飛び込みました。ここで足が言うことをきかなくなり、私は何か恐ろしいことを――ピストルで撃たれるか、さもなければ背中をグサリと殺《や》られるかを待ちました。

目の前にどっと、ロシア人やポーランド人について聞いた奇怪なことどもがチラつきました。私は必ず来るはずの悲劇的な最後を待って震えました。なのにどうしてか、その時が来ないのです。何も起こりませんでした。追跡者たちは私を見失ったようでした。

どうしてそのとき、ロシア人のことなどを考えたのか？　とても簡単な理由です。当時ドイツでは、古いゲッベルス流のやり方でしょうが、誰かが物ごとの真実をねじ曲げていました。ニュルンベルクで開かれていたドイツによる幼児誘拐の裁判は世間に不安を呼び起こしていました。なにしろ孤児や片親の子はとても大勢いたのです。これには勝手な解釈が施されていました。

ロシアは今や大国になり、ついては強力な軍隊と、軍隊にはまた、何よりも良き将校が必要だ。しかし、彼らは自分たち自身の高いレベルの将校を持つ能力がない。だからドイツ人の子どもをさらい、それをロシア軍の高級将校に育てようというわけだ。いつだってドイツは軍隊のことでは先を行っていたのだから！

つまりこれを見ると、第二次世界大戦最大の戦役――東方遠征から何も学ばれていませんでした。

こんな意見さえ聞かれました。ロシアがドイツに大勝したのは、フォン・パウルス陸軍元帥[*2]がスターリングラードで捕虜になり、ソ連の最高司令部に、その後、有名になったボイラーとペンチ戦法のデータを作ってやったからだ……。――つまりここにもカロール・マイがいるのです！　ゲルマン人はゲルマン人によってしか征服されない、と。

私が誘拐されそうになって、私たちの苛立ちは頂点に達しました。直ちに家族会議が開かれ、私はしばらく家を離れていたほうがよいということになりました。そして秘密裡《り》に、今ではもうどこだったか覚えていませんが、どこか福音派の孤児院に連れて行かれました。それが休暇前だったことと、いつも腹ぺこだったのだけ覚えています。食べ物はそこでは貧しかったようでした。

数週間というもの、私は家に〝助けてくれ〟と手紙を出し続け、結局、母が私を迎えに来てくれました。もうそのときママはとても窶《やつ》れていて、自分でも自覚症状がありました。それから間もなく検査の結果、手術が必要だということになり、私はずっとあとになって知ったのですが、ガンでした。ママはそのとき四十二歳でした。

どんなに私を愛してくれたことか。そして私も同じでした。ママは自分の病気については何も知らなかった。というより、あとで分かりましたが、何なのか知らない振りをしました。医師団はこれはすべて極度の緊張が継続したせいだと言いました。手術をしましたが、そうすれば治るはずでした。ママはメッテルニヒの病院に、さらに詳しく言うならその役割を担っていたコンクリート製の防空壕に入院しました。

私は毎日学校の帰りに見舞いに行き、したがってきちんとした勉強はしようがなく、トップ・クラスからたちまちビリの一人に落ちました。この期間とても励ましてくれたのは宗教学の教師、ウェーバー博士で、のちのちまで私を助けてくれました。先生のことは決して忘れません。私にとっての永遠の、理想の教師像です。

祖父は人の力の及ぶかぎりのことを娘のためにしました。彼は子どものようになり、ママがほんの少しでも良くなると大騒ぎして喜ぶし、もうダメだということになると何時間も自分の部屋に閉じこもり、あるいは庭に潜んで泣きました。その後、こんな父性愛を見たことは二度

＊2——第一次世界大戦時のオーストリア（ドイツ・オーストリア）の政治家。

とありません。

一つ、一生忘れられないエピソードがあります。いつぞやママが療養中、バター・ミルク[*3]が飲みたいと言いました。しかし、その頃は貨幣改革の直後で食糧は乏しく、その上とても高価でした。しかし、祖父は断固手に入れる覚悟でした。夜明けと共に家を出、翌日バター・ミルク二リットルを持って帰りました。

そのうちの一リットルを学校が終わったらすぐ病院に届けることになり、むろん私は喜んで持っていったのです。しかし、瓶《びん》をナイト・テーブルの上に置き、それと同時にママにキッスしようとして、中身を全部こぼしてしまいました。ママは何も文句を言わず、それどころか、もし祖父に知られたら私がどんなに殴られるかと、そればかり心配しました。そして同室の患者たちに(この部屋にはあと二人、女の人がいた)どうかくれぐれも言わないで欲しいと頼みました。

間もなく祖父ももう一瓶持って現われ、テーブルの上に空瓶を見ると笑いながら、

「おいしかったか」

と聞きました。私は鳥肌が立ち、恐ろしくて身を縮めました。私は生涯に、そのときのママの口から出たようなバター・ミルクの表現を聞いたことがありません。祖父は喜びに顔を輝かせました。そして、バター・ミルクを分けてくれた農家がコブレンツから三十五キロも先なのに
「これからは毎日持って来よう」と、言いました。

しかし、病人の食欲はあっという間に落ちるのです。ママもそうでした。バター・ミルクは

その後も彼女の夢に出てきましたが、しかし、実際にはもう、祖父を喜ばせるため、やっと何口か飲み込めただけでした。

ママが快方に向かい、医師団は二度目の手術のあと衰弱した体力を回復させるのに帰宅を許しました。私たちは有頂天になり、家中の心の支えだったママはいつも上機嫌で、うれしそうでした。地上の楽園は一週間続き、そのあと悪化して、私たちは彼女を病院に連れ戻さなくてはならなくなりました。

その日、私はもうベッドに入っていて、家には祖母しかいませんでした。じき真夜中でしたが、祖父とパパはまだママの病院から帰りませんでした。突然、ドアが開き、私は寝たふりをしましたが、心臓が早鐘のように打ちました。今日はもう、私は愛するママのところへ行かせてもらえなかったのです。知らせを待っていました。祖父とパパがやっと入って来ました。祖母が聞きました。

「グレーテル[*4]の様子はどう？」

祖父の沈んだ声に私は恐怖し、空気の中に不幸を感じました。彼は吃《ども》り吃り歯を食いしばって言いました。

＊3――バターを取り去った後の牛乳。
＊4――女性名マルガレータの愛称。

「グレーテルは眠ったよ」

私はしゃくり上げ、身体中震わせて布団を頭からかぶりました。祖母のほうはほっと安心したのです。五、六秒してからやっと祖父が言おうとしたことが分かり、張り裂けるような悲鳴を上げました。

「娘が、私の子が！」

「しっかりおし、アルフレートが起きるよ」

祖母をなだめながら祖父が泣き、パパが泣きました。私は息をひそめ、わっと泣き出すまいと掛け布団を噛《か》みました。一晩中ママを呼び、祈っては泣き、泣いては祈りました。隣りの部屋からまだ声が聞こえました。

「遺言はアルフレートのことだった。私がいなくなったらあの子はどうしてやっていかれるだろう。あの子をお願いします。とても愛していたのよ。あの子をお願いします、って……」

そのとき、ママがもうだいぶ前から、半年も前から死を悟っていたと知りました。なのに彼女はいつも自分のことより私たちのことばかり心配していました。私だけがこの恐ろしい病気のことを知りませんでした。ママは、祖父が私をきっと悪から守ると誓うのを聞いて死にました。ただ一つ分かっているのは、もしママが生きていたら私がここに来ることはなかったということです。決してそれを承知することはなかったでしょう。ママはそれほど私を愛してくれました。

十通目の手紙

母が死んで何もかも変わりました。もう、私たちの家が取り戻せたのでさえ誰も喜びませんでした。父は仕事ばかりに没頭し、家に居つかなくなりました。祖母と祖父は身の置き場所がないのでした。祖父は言いました。

「アルフレートだけがこの世への未練だ。あの子がいてくれるからなんとか家事や庭仕事もできるのだ。まともな人間に育てたいものだ」

祖母は今や母親代わりで、とても良くしてくれました。にもかかわらず私はがらっと違う子になりました。その後、祖母は私のポーランドの母にこう書いています。「……アルフレートは良い子ですし、友だちにも先生方にも好かれていますが、しかし、娘が死んでから内向的で頑固になってしまいました。初めのうちは一日中部屋に閉じ籠もり、本ばかり読んでいて、私たちは力ずくでも外へ遊びに出さなくてはなりませんでした……」

夏休みに父と車で、彼が仕事で遠出するとき、いっしょに旅行してくるか、あるいは祖父が生まれた町、アルゲンシュヴァングへ、母のまたいとこに会いに行ったくらいでした。この人はもうかなり前から未亡人で、成人した娘が一人ありましたが、娘はその後、祖父方の、彼が嫌った家の従兄の嫁になりました。

私はこの伯母を好いていましたし、だから喜んで出かけたのでもあったのです。しかし、それは短期間でした。どうしてか？　彼女がパパを自分の将来の夫として見るようになったのです。そう知ったとき、私は愕然《がくぜん》としました。父は私に言い含めようとしましたが、しかし、私はいっさいこの件で口をききたくありませんでした。

こうして私たちの間にははっきり距離ができました。私を目にすると父は苛立ち、互いに互いへの親しみを失くしました。私は完全に祖父母べったりになり、とはいえ祖父はその後、婿が再婚すると言うのを真っ先に認めた人でした。

ある日、爆弾が破裂しました。パパは数日の予定で行った出張から戻り（——こう、出発前に言ったのです）、長いことあれやこれや話したあとで、もうリリー伯母と結婚したと言いました。私は激怒しました。祖母は泣き出し、祖父はしかし、この知らせを我慢して聞きました。とはいえ、パパはあらかじめ言って行かなかったのですから、いささか裏切られた気はしたのです。

数週間後リリー伯母がこの家に引っ越して来ました。もちろん私を、こういう場合の常として、お世辞やらお菓子で買収しようとしました。うまくやったつもりでしょう。しかし、男の子の扱い方などこれっぽっちも知らなくて、まるで娘に対するように私に対応するのです。当然私は苛立ちました。

今思えば、そのとき、彼女がもう少し辛抱強かったら、いくら私が抗《あらが》っても、たぶん多くのものを得たでしょう。でも彼女には我慢というものがなく、したがってこのような場合、継母がし得る最悪のことをしました。父の所に走り、言いつけるのです。私はこれには我慢なりませんでした。以来ますます彼女からそっぽを向き、あとは戦闘の開始だけでした。

学校では成績がまた上がりました。というのも私は早く高校教育を終えたかった……。それには良い成績を取らなくてはなりません。そして遠い大学に行き、家を出たい一心でした。

祖父はイギリスの、ロンドン＝エセックスに兄がおり、孫娘たちは二人とも大学進学の意志でした。とてもお金持ちで、その財産は当時イギリスで知られていなかったドイツ・パン、ことにレーヤー・ケーキで築いたのです。したがって私は高校を終えしだいロンドンへ行き、そこではとこたちとオックスフォードかケンブリッジに行く計画を立てました。しかし、その時期がくる前に、一度夏休みにイギリスに行きました。そしてこのとき、ポーランドから招待状がきたのです。

ポーランド軍使節団が私の母から預かった、向こうに私を四週間招待するという手紙を届けてきたのでした。おそらくは私という人間を公のルートにより復員させる希望をすべて失い、それ以外に方法がなかったのです。

いつもならこの紙切れは丸めて屑籠に捨てたでしょう。しかし、母の死後、最近では私はしょっちゅうこのポーランド女のことを考え、幾度も幾度も、もしかしたら本当にあの人が私の生みの母親なのでは、との思いに駆られていたのでした。私にはまだ母親の愛情が必要で、この空白は祖母でも埋められませんでした。リリー伯母にいたっては論外です。

その頃、私は福音派青年会に熱心に通いつめました。そこにいると一番ほっとしたのです。家に帰るのは嫌でした。私の性格はますます祖父の性格に似、並々でないほどひとり犬を連れて歩くのが好きでしたし、馬でも牛でも動物とならなんでも口をきき、庭をもう一度好きになりました。疑いもなく、これは祖父に近づいた時期でした。毎日、夕方にはいっしょにママのお墓に行きました。

この時期、プファフェンドルフ教会で私の堅礼式[*1]もありましたが、それはある種の困難を克服してのことでした。私はこの儀式にぜひとも必要な洗礼記録を持ちませんでした。しかし、グラディシェフスキー牧師はよくそれを分かってくれ、良い日を取ってくれました。

この日の来るのをママと私はずっと以前から楽しみにし、パパと三人のライン下りも計画していましたし、川を端から端まで行くつもりでした。しかし、ママはいなくなり、パパは何も覚えていないのです。私は今、彼にこの旅行を二人でしようと提案しましたが、彼は神経をピリピリさせただけでした。私が何を考えているかが分かるからです。せめて堅礼式の当日にはリリー伯母に対して礼儀をわきまえるようにと、とげとげしい調子で言いました。しかし、なおかつそうはいきませんでした。

ちょうどこのポーランドからの招待状がきた日も、私は伯母と父と烈しく言い争ったあとでした。私はとても嫉妬していました。だいたいいつだって彼を偶像のごとく崇拝してきたのです。彼は本当に広い分野にわたり思考する人で、何でもできました。機械設計者で、絵も描き、音楽を嗜み、文学をやり、歌も歌いました。何をしても私の憧れの的でした。私には理解できませんでした。こんなにレベルの高い人がなぜ小学八年しか出ていない女と結婚したのかということが。

それを彼はその後ポーランドで説明し、男は家に気楽さを持つべきで大学ではない、学歴なら自分に飽きるほどある、と言いました。ついては大学の卒業証書を持った妻は決して良き主婦にはならないという考え方でもありました。

私の母、つまり彼の最初の妻は商業学校を出ていました。パパは高校卒業資格が女が持って良い最高のものだと言いました。だから私が女子学生と、しかも考古学の学生と結婚すると言ったときも苦々しい顔つきをしたのです。しかし、他の点では彼はとても進歩的でした。

リリー伯母を、私はそれにしても父にふさわしいとは認められず、彼女に実際のところこの理由でとても当たったりしたのです。私は今言った喧嘩のあととても悲しく、このポーランドからの、パパが私の手にねじ込んで、「このことを少し考えてみろ。休養して、落ち着いた人間になって帰って来い」と言った手紙を持って、ライン川のほとり、ホルヒハイム橋の近くに

＊1――幼年時代に洗礼を受けた人が分別年齢に達したとき、その信仰を公に告白して信者になる儀式。信徒按手《あんしゅ》式ともいう。

行きました。そこは私のお気に入りの場所で、一日中でも座り込み、ぼんやりとラインを、このドイツ最大の川を眺め、ママへの思いに耽りました。行くか行くまいか、私は自分と闘いました。そしてついに〝行く〟と、父への意地悪のつもりで決めました。

「パパだって少し考えてみるがいいんだ！」

私は家に帰り、

「ポーランドに二週間、あの女に大変な勘違いをしていると説明するために行ってくる」

と言いました。私の決心は少々唐突だったのか、この言葉が父にはいささかショックだったのが見て取れました。

翌日私は警察署に行き、五分も待たずにパスポートがもらえましたが、それには私のポーランド行きが〝ポーゼン[*2]に住む伯母を訪問するため〟と書かれていました。もう夜にはベルリンへ、その町の西側の部分に出発することになりました。ポーランド軍使節団はそこにありました。

私はスーツケースと旅行用バッグを用意し、自転車も持って行こうと決めました。西側の若者たちの間で流行《はや》っていたように、ポーランドを自転車で回るつもりでした。そのときはまったく、向こうにはドイツのようにユースホステルがたくさんはないなどということや、私の非常識な考えが笑われるなどとは思いもよりませんでした。ポーランドの若者たちには、当時、他のもっと大事なことがあったのです。休暇は、いわゆるポーランドへの奉仕として、取り入れや町の再建を助けることで過ごされていました。

出発の前日、私は道で親友のハインツ・フライゼンハウゼンに出会い（彼は今日、立派な医者になっている）、いっしょに散歩しようと言いました。ポーランドに行くとは彼には言わず、翌日の約束などしてしまいました。

汽車はコブレンツ中央駅から真夜中の出発でした。パパが車で送って来てくれました。私は家を出るとき、歯を食いしばり泣くまいとしました。車に乗り、最後に後を振り返りました。もう暗くなっていて、手を振っている祖父の姿がかろうじて見えただけでした。その声が私を追いかけて来ました。

「早く元気で帰っておいで。わしとばあさんが待ってるからな！」

この瞬間、私たちはちょうどベッヒェル通りに曲がるところでしたが、私の頭にふと、おまえはここに客として十年以上も経ってから戻る、おじいさんにはもう会えない、との思いが過《よぎ》りました。本当にそう感じたのです。こういうのを予感というのでしょうか？　今もまだあちらには行っていません。あるいは今年行けるかと思いますが……。

私は汽車に乗り、そして発車前……パパと諍《いさか》いを起こしました。また、まるで田舎のおばさんのところへでも行くみたいにうれしく、それが苦々しくもありました。わけもなくうれしい

＊2——ポーランド名はポズナニ。ワルシャワとベルリンのちょうど真ん中あたりにある。

のです。

親しい人たちは、ポーランドで蜂起があった、ロシア人たちが侵入し、流血騒ぎになっている、行かないほうが良いのではないかと言いました。そんなことのすべてが、今、一瞬後にコブレンツを離れるというときになって思い出され、しかし、自分が怖がっているとは自分で認めませんでした。

ケルンで乗り換えがあり、そこから道はもうドイツ民主共和国[*3]との国境へ真っすぐ延びています。当時、ドイツ民主共和国とは何なのかまるっきり分かりませんでした。私には関心がなかったのです。あっちではロシア人が統治し、うろついていると知っていただけでした。彼らには当然、巨大な畏怖の念を抱き、実際、汽車に二人のロシア兵が乗り込んで来ると（いっしょに一駅か二駅乗って行った）、私はこの〝お化けたち〟を目を丸くして見つめました。決して想像していたような野蛮人ではないと思いました。一瞬ののち私は勇気を取り戻し、それを確かめ、同時に軽蔑もしてやりたくて、大きな声で話しかけました。

「おい、イワンよ、ドイツでの生活はどうかね？」

そう言いながら、しかし、膝が震えてしまいました。私は自分の〝勇気〟にぎょっとしました。ロシア人の一人が笑いながら言いました。

「ガバリッチェ・リ・ヴィ・パ・ルースキ（ロシア語を話せますか）？」

私は一言も分からず、肩を竦《すく》めました。彼らは笑い、私は思いました。きっと私たちはピーチャとアリョーシャで、イワンではありません、とでも言ったのだろう。しょうがない。私は、「ぼくはアルフレートだ」

と言い、今度はみなで、私は多少びくびくしながら笑いました。彼らは降りるとき、私にバッチをくれました。こういうやつらか、悪魔と殺人者たちは。――こう思いました。

ふとキリスト教民主同盟の、ドイツ社会民主党に対抗した選挙ポスターを思い出しました。それにはロシア兵が尖った帽子に赤い星をつけて描かれ、彼はむき出しの歯に血の滴《したた》る巨大なナイフをくわえていました。長靴はやはり大きすぎるものをはき、その片方で母親と子どもを踏んづけ、脇の下にはドイツの男を抱え込んでいて、それがもがいても逃げられないでいるのです。その下にはだいたいのところ（詳しくは覚えていませんが）、「ドイツ社会民主党を選ぶものは自らの家庭とドイツの崩壊を選ぶ。だから安全のため、キリスト教民主同盟を選びなさい！」との文章がありました。

実際の何と違っていたことでしょう。この兵隊たちは汚くもなく、頬が痩《こ》けてもいませんでした。ただその襞《ひだ》つきの長靴がちょっと違っていただけで、何だか今にも脱げそうでした。しかし、そう、これはファッションがドイツとは違うということで、習慣であるというだけでした。肝心なのは清潔に手入れがされていたことでした。

＊3――東ドイツのこと。

ベルリンには夜、十時頃着きました。私は自転車に乗り、ポーランド軍使節団があるシュリュッテル通りに行きました。私が汽車に乗ったのは、大使館の二等書記官、J・シェーメック氏が発行した通行証を持ってのことで、彼の所に出頭もすることになっていました。

ようやく使節団の建物の前に立ちました。何度かベルを鳴らすと、ドアの隙間が開き、誰かが、

「ご用件は？」

と聞きました。私は手紙を渡しましたが、

「お待ちください」

と言われ、ドアがまた閉まりました。私はカッとしました。こんな応対をされたことは今まで一度もありませんでした。ドアごしに、それも隙間からとは……。十数分後、再び隙間が開き、男の声が、

「シェーメック氏はいません。明朝おいでください」

と告げると、ドアが閉まってしまったのです。

なんたることだ。ベルリンには誰一人として知人もいませんでした。どうしたらいいだろう？　私は歯ぎしりし、自転車を壁にもたせて敷居際に座りました。

待ちました。三時間は待ち、真夜中もとうに過ぎた頃、建物の前に車が止まって、誰か男の人と女の人、それに子ども二人——少年と少女が降りました。私にはさっぱり分からない言葉

で話していました。これがシェーメック氏でした。彼は私が中に招じ入れられなかったのにとても驚きました。万一、私が来た場合についてあらかじめ言ってあったのです。

彼がベルを鳴らし、ドアが開いて、私たちは中に入りました。そのあとといったらありませんでした。シェーメック氏は怒り心頭に発して喚《わめ》き散らし、全館員がベッドから跳ね起きると、女も男も寝間着のままとんで来ました。彼は私を指差し、怒鳴り続けます。すぐに私に椅子が勧められ、食べる物が持ってこられました。しばらくしてようやくシェーメック氏は息をつきました。こんなに怒ったのです。何年も私を巡る闘いが展開され、今、やっと私が現われると、その鼻先でドアが閉められたのでした。

しかし、それからの日々がすべてを償ってくれました。家族がみなとても感じが良く、私を息子のように扱ってくれました。数日間、私は西ドイツ国民として滞在していたので入国ビザを待たなくてはなりませんでした。私は大使館の書記の、ちょうど夏休みで、たしかビドゴシチから来ていた息子と遊びました。私たちは言葉が分からなくてもとても良く分かり合え、ようするに身振り手まねで話しました。その妹は年下でしたがドイツ語がかなりできました。

シェーメック氏はいつぞや私の頼みでポーランド国歌を弾いてくれました。実を言えば私はまったく感心せず、こう言ったものでした。

「まあまあだね。ドイツの『ドイツよ、世界に冠たるドイツよ』の方がずっときびきびしている」

こういう無礼なことを私はそのときもっとたくさん、ことにシェーメック夫人と話すときに言いました。彼女は怒って私に何やら言うのですが、しかし、最後にはいつも許してくれました。夫が彼女に言うのでした。

「しかし、彼としてはそうとしか考えようも言いようもなかったじゃないか?」

私がポーランド語で覚えた最初の言葉は〝ジェンクイエン（ありがとう）〟でした。ポーランドでは一般に昼食のあと、だいたい何か食べたあとには〝ジェンクイエン〟と言うのです。それは食べたものに、というよりは、いっしょにテーブルに着いてくれたことへの感謝の表現でした。しかし、むろんそのとき、私はまだそれを知りませんでした。

初めての昼食をシェーメック氏の家族全員ととったあと、みなが何やら私には分からない言葉を順ぐりに言いました。それがテーブルを一わたりし、私の番になったので、私は発音を真似て同じことを言いました。ところが私はうまく言えず、みながどっと愉快そうに笑いました。「ターク（Tak　はい）」という言葉には驚きました。発音がドイツ語の「Tag《ターク》（日）」にとてもよく似ています。どうしてポーランド人は一瞬ごとに「日」と言うのかと思ったのでした。それはドイツ語の「はい（ja《ヤー》）」でした。そうかと思うと「ヤー（ja）」はポーランド語では「私（ichイッヒ）」だとか。頭がこんがらかりそうでした。まったく難しい言葉です。助かるのは、あの「ロゴジノ」[*4]の、私の母だと名乗る女がドイツ語を話すらしいことでした。そのように少なくとも手紙には書いてきました。

ある日、私の部屋の扉が開き、誰やらべったり化粧した婦人が嬌声を上げながら入って来ました。一瞬、血管を流れる血が凍りました。私は厚化粧の女が大嫌いでした。まさかこれが私の〝ポーランドの母親〟じゃあ……。そうだったらすぐコブレンツに帰ろうと思いました。幸いその人が言いました。

「ねえ、アルフレートちゃん」

この親しげな口調には震え上がりましたが、

「あなた、明日ポーランドへ行くのよ。あなたのお母さんの所へね」

私は事情が飲み込めると、冷ややかな声で彼女を訂正しました。

「奥さんがおっしゃりたいのはたぶん、ポーゼンと私の母親だと名乗っている女のことでしょう！」

シェーメック氏が車でオストバーンホーフ——ベルリンの東側部分へ送ってくれました。ブランデンブルク門は検問なしで通りました。車はCDのマーク[*5]をつけていました。こうして再びベルリンへ、ただし今回は道が東方に通じていました。

＊4——ポーランド西部、ポズナニ市近郊の町。

＊5——外交官専用車マーク。

十一通目の手紙

私はやっと汽車の中でした。シェーメック氏は寝台車の車掌に何か少し言いました。私の世話を頼んだのに違いありません。自転車とスーツケースはその前に私のコンパートメント[*1]に入れてありました。コンパートメントに私は一人でした。窓を開け、シェーメック氏とその息子と二、三言言葉を交わしました。何か必要があれば遠慮なく車掌に言うように、彼はもう心得てくれているから、と言われました。数分ののち汽車は発車しました。私のベルリンの保護者たちがさようならと手を振っているその影が見る見る小さくなりました。

それから私はただ一人、我が思い、我が怖れと向かい合いました。ポーランド女はどんな顔をしているだろう。母はどんな顔をしているだろう。けれど涙のご対面なんてのはご免だぜ。こんな思いから逃れたくなって、私は車内に関心を向けました。

驚きました。何もかも清潔でピカピカで。ポーランドの列車のはずなのに。温湯と冷水まであり、コーナーには鏡が掛かっていました！

「あ、そうか」と声を上げて思いました。忘れていた。国際列車だっけ。ポーランド人にしても一番良い部分を見せているわけだ。この車輛はきっとドイツからぶん取ったやつだな。

私はドアを閉め、ベッドに横になって眠ろうとしましたが眠れず、もう一度立ち上がって、コンパートメント内を囚人のようにうろつきました。幾度となくあの貼り合わせた母の写真を取り出し、何かそれから読み取ろうとしました。

顔は美しく知的で、ワンピースと髪の形も流行のモダンなもののようでした。しかし、本物もこのとおりだとは限らない……。だいいちドイツではこう言われていました。東側諸国の代表団は公式に西側を訪れるとき、国から文明国の人間らしく見えるよう衣服を支給されて来ると。また西側の人間があっちに知人や親戚を訪ねて行くときも同様で、彼らは訪問の期間中、必要なものはすべて、住居まで支給される。あとでこの一時《いっとき》の贅沢を返済するのに何年もあくせく働くのだとか。その他、むこうでは何でも国営か共同で、女までそうだというのです。

そしてまた気持ちが掻き乱されました。何が真実で、何がありきたりの馬鹿話なのか。ベルリンのシェーメック氏宅は私の気に入り、室内は完全にヨーロッパ風でしたが、しかし、彼ももしかしたら特権階級に属するのかも？　私はまだポーランドとロシアについての、かつて第三帝国が作り出し拡めたイメージや評価にずっと脅やかされていました。

ノックに瞑想を破られ、不機嫌になってドアを開けると、車掌が微笑を浮かべながらたどたどしいドイツ語で、「何かご用は」と聞きました。

*1――ヨーロッパの長距離列車に見られる車室。

「飲み物か食べ物でも?」

私は素気なく断りました。突然、この男はきっと秘密警察だ、私が何をしているか見に来たのだ、と思いついたのです。しかし、自分はいざとなったらこんなポーランド人はやっつけられるくらいすばしこいと考えました。だいいち『軍人録』を読むと、スラヴ人というのはバカで単純な民族じゃないか。ドイツ人はいつだって一杯食わせてやったんだ。

私はほくそ笑みました。やるならやってみろ!

万が一のため私はハンティング・ナイフの鞘《さや》を払い、毛布の下に置きました。旅行に持ってきていたのです。もしかしたら、あの、ドイツの子どもたちを誘拐してロシア軍に入れてしまうというのは本当かも知れない! 生きて捕われの身になどなるものか。

私の幻想はまたカロール・マイの本と『軍人録』の挿し絵になりました。『青年兵法』は少年向きの、いわゆる志願兵部隊についての本ですが、こういう本を読まなかった少年はいませんでした。よし、あとは勇気を失わないでいるだけだ。

しまいに私は退屈し、寝ようと思いましたが、眠れませんでした。何度も、誰か廊下で様子を窺っていないかと耳を澄ませました。それでも少しは寝たとみえ、ふいにドスン……と、私は床に落っこちました。フランクフルト・アン・デル・オーデル——ドイツの地、最後の駅でした。

コンパートメントに東ドイツの国境警備隊員がロシア人の将校と入って来ました。私が一番関心があったのはロシア人で、パスポートも彼に見せました。こいつがいてはドイツ人たちは手を出せまい。しかし、彼は善意に満ちた笑顔で、あちらへと、ドイツ人たちを指し示しました。

私は不服そうに、しかし、そうしました。とはいえ私はこのとても感じの良いロシア人に何か言ってみずにはいられなくて、彼が見事なドイツ語を操るのを驚嘆して認めることになりました。だいいち、とても知的な顔つきをしていましたし、清潔な制服を着用し、これが私の第二のロシアの幻滅でした。こんなはずじゃあなかった。でも、やつらの国に行きさえすれば、と思いました。――お前さんはその目で本物のロシア人を見ることになるのさ。だいいち全員がドイツ人を真似るなんてできるわけがないじゃないか！

数分で汽車はオドラ川を渡り、私はついにポ、ー、ラ、ン、ドの地に入りました。ポーランドの？その一部は本当はドイツ領のはずだ。現在、戦争終結のため「ポーランド管轄下」に入っただけだ。そう教わっていたのです。

さあて、ポーランド人の暮らしはどんなだろう。

そこにポーランド人たちが来ました。税関吏で、緑がかった制服でした。二人でした。彼らは私の〝外貨〟の額を聞きました。私は首を振って、唇の隅に皮肉な微笑を浮かべ、

「まだ三ペニヒあるが、やってもいいよ」

と、残額を申し出、それを東側の税関吏たちに渡しました。尊大ぶって彼らのスズの缶に金を

入れてやったのです。

そうら、こっちの手に乗って来るぞ、と思いました。直きに喚《わめ》き出すだろう。――喚かないのです。またもや幻滅でした。彼らはもう一度、本当にこれだけしか金を持っていないのかと聞きました。私はムッとして言い放ちました。

「これだけしか持っていないって言ったでしょう。だったらそれが事実でしょうよ！」

彼らは私に二、三分、コンパートメントから出ているようにと言い（とても狭かったので）、それから徹底的な捜索を開始しました。窓枠や自転車のサドルの下まで探しました。私は怒りが煮えたぎる思いでした。

これがスラヴ人なんだ――と思いました。真実も名誉もありやしない……。しかし、彼らにそれを分かれと言っても無理なんだ。こっちが寛大にならなくては……。

この〝寛大〟が、ドイツ人がヨーロッパで嫌われる理由の一つです。その後、ずっとあとになってこれが分かるようになりました。このあきれ返った自惚《うぬぼ》れです。――そうだとも、ぼくらは実際のところ兄弟だし親友だ。でもこっちのほうが年上で、頭が良い。おまえさんはまだ私から多くを学ばなくちゃいけないよ。

イギリス人にもこういう傾向があります。ドイツ人はむろん分からずにやっていることですが、しかし、これを彼らに思い知らせてやるのは簡単です。彼らに対し、彼らが他の民族に対してしているようにしてやればいいのです。そのときは猛烈に怒るでしょう。

税関検査のあと、パスポート・コントロールがありました。私はこの時を待っていました。ぜひともポーランドの軍服が見たかったのです。私の父が、だいいちポーランドの将校だったようでした。こういう場合の軍服にしても、どんなだろう。

私の身だしなみは万全でした。彼らの方もそうで、その軍服は清潔でしたが、ただこの幅広のズボンはいただけない。それに帽子もおかしなスズの縁がついている。それ以外、別に悪くはありませんでした。とても丁重にふるまいました。

汽車が走り出し、私はまた一人になりました。そしてまたあの物思いでした。心臓が苦しくなってきました。背中に冷や汗が流れ、熱っぽくなり、また震えが止まらなくなりました。彼、女への挨拶はどうすればいい。何を言おう。どんな姿勢で、表情で。それより最悪の事態を招かないためには——その女が泣いて私の首っ玉にかじりついてきたりしないようにさせるにはどうすればいい。そればかりは我慢がならないぞ。心が萎《な》えてしまうから。そんなふうにさせてしまってはいけない。そんなふうには真実のドイツ人はふるまわないんだ。だいいち、祖父が見たら何と言う！

すでに中学で私は自分の感じ易さ、気の弱さに気がついていました。実際、自分を厳格な、断固とした人間に作り上げようと努め、それがどうしてもできないでいたのです。いつぞや私のとても尊敬する教師、ウェーバー博士に、私の罪ではないのに叱られたことがあったのですが（彼はこれをのちに悔やみました）、その彼も中学の同僚たちに言ったのです。

「ビンダーベルガーはあんまり感じ易いから、彼を殴ってはいけない」と。ついでながら、ドイツでは罰に鞭打《むち》つのは廃止されました。誰か家に帰り、学校で鞭打たれたと試しに言ってごらんなさい。どこの家の父親でも彼からも一鞭加えるでしょう。ドイツでは決して家で教師の公平、不公平を論じることはないのです。それにしても少なくとも私たちの学校には実に良い教育者たちがいました。

ところでどうすればお涙頂戴にさせないですむか。たぶん悪人面で高慢な表情を装い、ぶっきら棒にボソボソッと、聞かれたことにだけ返事をする。それも皮肉な笑いを浮かべてだ。それらをみな練習しておこうと、私は鏡の上の電気をつけ、長い間、馬鹿げた猿芝居を演じました。できるだけ自然な挨拶を、しかるべき高慢なポーズで、しかるべき表情でする練習もしました。むろん侮蔑的な表情でです。

「奥さん、私があなたの息子だなどと、こんな馬鹿げた話を私が信じて来たとは思わないでください。私はただこの間違いを正そうと思い、それだけのためにやって来たのですから」

これを何度か鏡の前で稽古すると、だんだん堂に入ってくるようになりました。まあ、なんとかなるだろう。戦争中はもっと大変だった。それでも生きてこれたんだ。こう考えてベッドに倒れ伏し、今度は眠ることができました。

また急ブレーキがかかり、ドーンと緩衝器と緩衝器がぶつかって、車掌の声が聞こえました。何か、ドイツ語の〝ポーゼン〟[*2]を思わせる言葉を叫んでいました。そして実際車掌がやって来て言いました。

「さあ、着きましたよ。お母さんはもうきっとホームでお待ちでしょう」

私はこの言葉を聞いて動転し、ベッドから跳ね起きると、あわてて服をひっかけました。次にスーツケース、バッグ、自転車をひっ掴み、出口の方に移動しました。心臓が早鐘のようでした。頭がクラクラしました。目の前を赤い輪がチラつきます。膝が震えました。

私はドアを開けてそこに立ち、キョトキョトとあたりを見回しました。あの女はどこだ？ どんな格好をしてるんだ？ 来ないことだってあるだろう？ ああ神様、勇気を取り戻させてください！ あの女か——黒いコートを引きずって、粗末なバッグを手に持った？ まさか！

数分ののち、人々は汽車を降り、出口の方角にどっと流れて行きました。私はほっとしました。来なかったんだ。すぐベルリン行きの汽車に乗って家に帰ろう。コブレンツに。私の愛するライン川のほとりに。ああ、よかった！

もう車掌までが失望し、顔を歪め、私を覗き込んで、しかし、まだ、「必ず来るはずだが」と言いました。

突然、叫び声が聞こえました。

「あっ、あの子だわ！」

＊2——ポーランド語では〝ポズナニ〟。

私は足を踏ん張り、へなへなとなるまいとしました。身震いしました。右手で自転車のハンドルをしっかり、思わず痛い、と言いそうになるほどしっかり握りました。叫び声が聞こえた方を振り返りました。

五十メートルほど向こうに女と男がいました。男が快活な仕草で、違うだろう、と頭を振りました。

もう一度私はほっと息をつきました。違うだろう。彼女であるはずがない。第一、あの人には夫がいる。私の父は死んだんだ。第二に、人を見分けるには距離がありすぎる。こんなぼやっとした電灯の下では不可能だ。ましてや十一年前に〝いなくなった〟息子だぞ。しかし、叫び声はまた上がり、私は女が、いいえ、そうよ、と確信を持って首を振りながら、じっと私を見ているのを見ました。

その人はつかつかと寄って来て、もうその目の色の真っ青なのが見える。ああ、この眼差しを、その目に溢れた悲しみを私は決して忘れない！　私はその視線が私を吸い尽くし、貪欲に、一センチ、また一センチと、上から下へ、下から上へ触れてくるのを感じ、その人がどんなにか忙《せわ》しなく連れの男に何か早口で言いながら、そうなのよ、と頷《うなず》くのを見ました。突然その人は車輛のステップの前に立ちました。

黙って、私はこの女の視線に縛りつけられながら、ゆっくり、荷物をみな持ってホームに降りました。そしてここで彼女が静かに懇願するようなトーンで、ほとんど乞い願うように言った言葉を聞きました。

「あなたがアルフレ、ー、ト、？」

私は喉《のど》を嗄《か》らして素気ない言い方で答えました。

「そのとおりです」

男は黙って私を見つめて立っていました。この中位の背丈の、美しい青い目と、ほとんど黒に近い髪の毛の、楚々とした女の脇に立っていました。

何よりも目が光を放つように明るく、私はそれをその中から滲み出る温かさと愛情とで催眠術にかけられたかのように見つめました。やっと自分を励まし、姿勢を正すと、練習してあった台詞を言いました。

「私はここに奥さんが間違っていると証明しにやって来たのです。私は奥さんの息子ではありません。数日中にこの件をはっきりさせ、コブレンツの家に帰りたいと思います」

今、私はこの柔らかみのない言葉をどんなに恥ずかしく思っているか知れません。そのとき、男が間に入ってきて言いました。

「さあ、そのくらいでいいだろう。そのことは明日にしよう」

「これはあなたのお父さんなの。私の二番目の夫……」

こうも聞きました。私は彼を胡散《うさん》臭さそうな目つきで見やると言い放ちました。

「それはいずれ分かるでしょう！」

私は自転車を、あの人は私のカバンを、必死に涙を堪らえながら取りました。絶え間なく私の顔を覗き込み、私は彼女がどんなに私を愛しているか、接吻したいと思っているかを感じ、その気持ちを懸命に押さえようとしているのが分かりました。私はそれを彼女に——私のママに感謝し、同情さえしました。もうこの私自身にさえ他人のもののような素気なさを悔みました。男がスーツケースを取り、私たちは出口の方に行きました。

そのとき、私はようやく、周辺に人だかりがし、私たちに敵意の目が注がれているのに気がつきました。——私たちはずっとドイツ語で話していました。今、私たちが出口のほうに移動しようとしたとき、彼らは騒然となり、私たちの行手を阻みました。私たちは立ち止まり、父が何か彼らに言いました。彼らの顔つきが変わり、ふんふんと頷いて、そのうちの何人かは荷物を持とうと申し出ました。両親は彼らに丁寧に礼を言い、道はさっと開かれました。

私たちはホームを変え、別の満員の汽車に乗りました（自転車は荷物専用車に預けられた）。私は帰るという生活の実感が湧きました。この汽車をとくと眺めて、私の顔はしだいに晴れてきました。

まったく博物館行きのしろものだ、と思いました。きっとヴィルヘルム二世[*3]時代を覚えているような古い機関車に古い車輛。——こうなんだよ、ポーランドの実際は！

目の前にいた軍服を着た男が帽子とシャツに油じみを作っているのを見たときは、有頂天になりました。その男はおそらくは将校でした。星を四つ肩につけていました。

私は偽善者の表情で、やさしく笑いながら母のほうを向きました。

「そこにいる制服の男の人は夜警さんですか？」

そして大尉だと説明されると、驚きの声を上げ、侮蔑的な調子で言いました。

「将校ですか？　ドイツでは将校は軍服に染みをつけてなどいないのです！」

またもや車内に怒りの叫び声が拡がり、また父が釈明しなければなりませんでした。私は彼が説明してくれていてもなお、この人々の顔を見て膝が震えました。だいいちみな、まったく普通のヨーロッパ人の顔をしていて、ただ服装が地味で貧しかっただけ、とはいえこの将校以外は清潔でした。軍服は彼が自ら完璧なドイツ語で説明したことによれば、ここに来る途中で汚したのでした。私に腹を立てるでもなく、要するに淡々と答えたのです。

「可愛そうな少年だ。彼はだいいちそれを知るはずもない。それに向こうから——西ドイツから今、やって来たところなのだ！」

私は無念の歯ぎしりをしました。一対〇でポーランドの勝ちでした！

一時間ほど汽車に乗り、到着しました。ロゴジノです。ここで私は生まれたのか。ということは、ここが生まれ故郷になるわけか？　バスはもうなく、二、三キロの道のりを私たちは歩きました（ロゴジノ駅は多少町から離れている）。町の手前で暗い横道を通りました。

＊3——ドイツ皇帝、一八五九～一九四一。在位、一八八八～一九一八。

「あなたはここで生まれたのよ。ここにしばらく、戦争前に住んでいたの」

彼女が小さな声で言いました。

今、私はこのロゴジノが好きで、喜んで年に数回行くのです。たしかにあの美しいコブレンツではありませんが、しかし、ここは私の揺り籠です。しかし、そのときは一歩歩くごとに私には拷問になりました。なんだって⁉ この陰気な穴倉でお日さまの光を見たっていうのか! 逃げろ、逃げろ。できるだけ早くここから……。

しかし、何か内なる力が私を前方へ押しやりました。私たちはようやく二階建ての家の前に立ちました。夜でもひどい印象でした。家は傾いて建ち、壁にひどい亀裂が走っていました。おそろしく急な階段を上ると、まるで屋根裏部屋のような空間がありました。ドアの向こうがいきなり住まいでした。生まれて初めてガス灯の家を見ました。

中世だ。――こう思うと、ますます気が滅入りました。廊下に、というか、それらしき場所に自転車を置き、注意深く小さな三部屋の住まいを見回りました。天井が低いが、きちんと整頓され、清潔でした。家具はさほど悪くなく、それにしてもこのガス灯! 私は偉そうに胸を突き出し、部屋から部屋を駆け巡りました。ついに彼が何を探しているのかと聞きました。私は暖炉を、と答えました。私が上って寝ることになる暖炉を、と。これには彼は明らかに仰天し、ぽかんとした顔つきをしました。

「いったい誰がそんな馬鹿げたことを言ったんだ?」

「ドイツではそう言っている。おじいちゃんもそう言った。ポーランド出身の新兵が部下にいたんだ！」

　彼は笑い、

「なんていう馬鹿げた話だ」

と大声を上げました。

「ほかにあとどんなことを言われたんだ？」

　彼は先を促しました。

「ポーランド人はめったに、というより、年に一度、正月に服を着替えるときしか風呂に入らない、って」

「驚いたもんだ」

と彼は叫びました。

「古いヒトラー時代のプロパガンダだ！　もういい、くだらない話は。早く寝よう、寝よう。明日という日もあることだ」

　そのとき、母がおなかがすいていないかと聞いてきました。すいてはいましたが、いろいろあって私は感ぜず、すべて混乱もしていて呟《つぶや》きました。

「いらないよ」

　私は本物の水と本物の石鹸で顔を洗い、寝室に行きました。しかし、ちょっと待てよ、と、また戻り、石鹼がドイツの商標をつけていないかどうか確かめてみました。コブレンツのものと似たようなベッドに横になりました。

すべてがあまりにもおかしく、同時に意外でもありました。何もかも想像していたのとは、私の希望に反して違いました。私のあれほど長い間、入念に用意した、心理上の全防衛システムが砂の城のように崩れました。どうしよう？　それからもずっと目を開けたままでいて、これらすべてを解きほぐそうとしました。

だいたい私は二通の手紙を読んでいました。そのうちの一通、コブレンツ裁判所からポーランドの母に宛てたものにははっきり、私が捜索中のアロイズィ・トヴァルデツキである可能性は皆無だと記されていました。もう一通、同じ裁判所に父が書いたものは、明らかにこのポーランド女のあやまちを立証していました。どちらの写しもコブレンツの自宅に取ってありました。それをあなたに、あなたがこのことで自分の意見が持てるように送ります。

原文の通りであると確認済みの写し

一九五二年八月二十日、コブレンツ＝ホルヒハイム

ベッヒェル通り五番地

コブレンツ裁判所御中

懸案事項：ｓｙｇｎ・２ａＨＸ２０９

養子縁組件：テオ・ビンダーベルガー、コブレンツ＝ホルヒハイム、ベッヒェル通り五番地

拝啓　評議員殿

貴殿の御書簡に御返事申し上げ、小生の養子アルフレートの写真二葉を、そちらに異議申し立て人から提出されている写真と比較する目的で、要返却にて御送付申し上げます。一枚はアルフレートが十四歳の時、もう一枚は九歳の時の写真です。

その他、私はもう一度、今日に至るまでいかなる手紙もトヴァルデツカという女性から受け取ってはいないこと、したがってこの女性が貴殿に宛てた手紙で証言しているのとは相反することを強く申し上げる次第です。また、いただきました手紙に、孤児院の場所が、この女性の証言に従い、オーバヴァイス／ドーナウとあり、そこにはアルフレートの従兄もいっしょにいたというのは見当違いです。私どもは自ら彼をシチェチン郊外の孤児院で大勢の子どもたちの中から選んでいます（これは難民ないし避難民の子どもたちの収容所ではありませんでした。そうしたものがもう一九四四年にはそこここにあったかもしれないことは否めませんが）。シチェチンとオーバヴァイスとでは、この地がどこにあるのか実は知りませんが、しかし、一千キロは離れているでしょう。これはまったくの馬鹿話だと思います。また、いついかなる時にもこの地名を孤児院の管理部ないしはアルフレートから聞いたことはあ

りません。これだけとって見ても、その女性が当方の子どもについて言っていることは間違いだと思います。

敬　具

署名：ビンダーベルガー

この写しが原本と一字一句違わないものであることを証明する。コブレンツ、一九五二年九月三日

（署名）

司法秘書長

コブレンツ、一九五二年十二月五日

裁判所

——２ａＨＸ２０９——

ロゴジノ、マーウァ・シコールナ通り三番地

マウゴジャータ・ラタイチャック、別名トヴァルデツカ殿

一九五二年六月十五日、一九五二年七月十六日ならびに一九五二年十一月十日に貴女が提出された、内容を、コブレンツ＝ホルヒハイム在住の未成年者、学校生徒アルフレート・ハルトマンに関する養子縁組契約無効の申し立てとみるべき願書に対し、以下御返事申し上げます。

裁判所は初め貴女の文書を基にして、貴女の失踪中の御子息が確かにビンダーベルガー夫妻の養子となっている子どもであるかどうかを調査しました。裁判所はこの調査に当たり、アルフレート・ハルトマンが貴女の失踪中の御子息であった場合、確かなことをお知らせする人道的責任を感じたのであります。調査終了後、裁判所は御子息アロイズィ・トヴァルデツキとアルフレート・ハルトマンが同一人物である可能性はないとの確信に至りました。詳しくは実地検証により以下の事実が認められました。貴女から提出された写真と養父からのものとを比較するに、両写真に写る二人の少年の間には何ら類似性が認められないこと。確かに貴女が提出された写真は身分証明書用写真ではなく、類似性はそれもあって見い出し難いものでした。一九五〇年五月十日に、貴女が送ってこられた写真の一枚を基にして、ライン左岸県庁の役人立会いの下、ＩＲＯ[*4]のフランス代表リオット氏が、

＊4——国際復員組織。

アルフレート・ハルトマンが通う在コブレンツの中学校校長室にて現場検証を行いました。参加者全員がアルフレート・ハルトマンの場合、貴女が捜されている御子息ではないとの最終的結論に達しました。その他、対象者両名には耳殻の形に差異がありました。他の役所や組織等、この件を担当する、必ずや貴女の信頼を得ているはずのポーランド側の利益の代表者たちも、貴女にとり有利な結論には至りませんでした。五二年七月十六日付のお手紙では、ベルリンのポーランド軍使節団がアルフレート・ハルトマンをすでに一九四八年に訪れ、彼を貴女の息子だと認めた上で、この件をバーデン・バーデンのポーランド領事館に委ねたとのこと。アルフレート・ハルトマンとアロイズィ・トヴァルデッキが同一人物だと確信し得た場合、ぜひともポーランドへ送還を、と願うのはあまり可能性がありません。ことに養子縁組の関係は一九四八年にはまだ存在していませんでした。一九四八年八月五日の養子縁組契約は裁判所には一九四九年一月十三日になって受理され、同日発効しています。また、両少年が同一人物であるとはポーランド赤十字ならびにフランス軍当局もあまり確認できませんでした。フランス治安警察は現在の養父ビンダーベルガーをすでに一九四八年二月二十三日に事情聴取しています。

同一人物であることを否定するこの他の理由に関し、裁判所は当方の一九五二年七月四日付文書をご参照願います。

その他、該当するドイツの法律により、裁判所は貴女が要求されるような、子どもの養子契約に無効を命じる権限は、たとえ裁判所が養子アルフレート・ハルトマンを貴女の失踪中の息子アロイズィ・トヴァルデツキだと確認した場合でも有しません。ドイツ人、ビンダーベルガー夫妻の子どもがポーランド国籍の子どもだったとしても、ここで有効なのは「民法施行令」二二条に従い、「ドイツ民法」であり、問題の権能は、養子を取った夫婦が養子契約確認の決定発表の時期、つまり一九四九年一月十三日にドイツ国籍であったがため、該当地の家庭裁判所に属するのです……。養子縁組は「民法」一七五六条第二項に従い、貴女がたとえこの子どもの母親であったとしても有効です。というのはこの法律に従い、養子縁組は、たとえそれを契約するにあたって、子どもの母親が永久的に申し出不可能な状態にある、ないしはその住所が永久的に不明であるとの誤った認定がなされていたとしても有効だからです。実際、貴女が子どもの母親だったとしてもそういう状態にあったわけです。養子縁組の契約を認定するにあたり、裁判所ならびに縁組当事者は、養父ビンダーベルガーに伝えられた、子どもの母親がお産で死亡した、つまり永久的に申し出の能力を失ったという旧国家社会主義国民援護局の情報、〝養子縁組局、ベルリン〟をその判断の基としました。また貴女が契約を告訴するのも、裁判所は貴女がこの契約を結ぶのに参加もしていなければ、それに賛意も表さなかったがために不可能（「民法」一七五五条）だと考えますが、それを今、「民法」一一九条に従い、告訴することは可能です。更に告訴後、無効の申し立てを地方裁判所に提訴するのが、当裁判所がこの件に関し「施行令」二三条および七一条双方の規定により権限がないがゆえに妥当です。また、養子縁組契約は子どもがその母親の存在について間違いを述べた場合でも、「民法」一七五六条第二項が、このような過ちは契約の効力に影響しないと明確に規定し、「民法」一九五五条の規定する告訴条件も同様のため告訴されることはありません。したがって残るのは保護者決定を子どもに委ね、縁組契約を告訴したいか、したくないかの決定をさせることです。

一九五二年七月四日付文書にて、すでに養子縁組の契約破棄の問題は「親族法改正令」一二条に基づき、行政権者、つまりコブレンツ市当局の長に権限があるむねお知らせいたしました。養子となった子どもはこの件につき意見を提出する権利があり（「親族法改正令」一三条）、裁判所は保護者決定を子どもに委ね、意見を提出するかどうか決めさせたいとの考えです。裁判所は「親族法改正令」一二条を基として子どもの養子契約の無効を可能とさせ得る条件を調べた結果、やはりこれら条件は上記の場合存在しないと確信するに至りました。前記一二条が規定するところにより、法的関係は養子縁組の維持が養父母ないし子どもの人格に根ざす重要な理由で、道徳的に根拠を失った場合にのみ無効にすることが可能です。人格に根ざす重要な理由とは、例えば当事者の犯罪ないし非道徳的な生活態度です（パラント著『民法解釈』九版、一九五一年の「親族法改正令」一七七二条、一二条付記、注釈1bを参照のこと）。子どもの母親が養子契約を結ぶ際、死亡していた……（判読不明、訳者）……事実は……（判読不明、訳者）。養子をとった人に関する重要な理由の中には、子どもを、子どもの母親が生きていると知っていて、それを誰にも言わないで引き取った等が入りましょう。しかし、当件では問題となる点はありません。

裁判所は貴女に有利な御返事ができず誠に残念に思います。貴女が要求されたようには残念ながら決定することができません。貴女がもし、裁判所の判断を間違いである、またその命令を不当であるとお考えの場合には、裁判所のこの決定に対し異議申し立てを申請することができます。裁判所はその場合、当件を上級裁判所に委ね、その判断を仰ぎます。異議申し立てに期限はありません。

簡易裁判所
署名：ロイター

確認済み
司法秘書長

次の手紙でこれを私がどう考えるか説明してみます。しかし、このときはただ、何かおかしい、でも何が？　と、ぼんやり思っただけでした。あれこれ考えて疲れ、私は寝入りました。明日がある、と思いましたが、同時にその明日を恐れました。何もかも朝の光ではどんなだろう？　まだ遠いから助かった。数時間の時がある。今は明日がどんな日か、それを待つしかしかたがない。

十二通目の手紙

私が目を覚ましたとき、太陽は高く昇り、輝いていました。隣りの部屋から話し声が聞こえ、母と父のは分かりましたが、しかし、もう一つ知らない声がありました。そのとき、ドアが開き、私の部屋に誰か年とった女の人がママに連れられて入って来ました。

私はそわそわして、これはきっと誰か家族だ、でも誰か？　と思いました。あの、ドイツで霧を通して夢幻のように見たおばあさんではないかと思われてなりませんでした。

ことに思い出すことがありました。あのとき、私の兄だか従兄だかが私のボタンに魔法をかけたのです。私の服のボタンを全部取ってしまい、それらを針と糸とを使わずに元に戻す試みです。むろん実験は失敗で、我が〝師〟はこのおばあさんにこっぴどく叱られたのでした。この女の人はそのときの記憶の人だろうか？　そして、実際そうでした。

「これはあなたのおばあさんよ」

ママが言いました。

「覚えている？」

この「覚えている？」にはうんざりでした。ここでもドイツと同じです。

「覚えていない！」

おばあさんは私を孫だと思うかと聞かれ、そうだとも、と、確信に満ちた表情でしきりに頭を振りました。ママの顔がぱっと輝きました。

朝食前に私は洗面所を探しに行きました。ありませんでした。ロゴジノには町の傍に美しい湖がありながら、水道がなかったのです。水は広場の井戸でバケツに汲んでこなくてはなりませんでした。この問題が未だに住民の願うような解決を見ていないのは残念です。奇妙なのはこの問題への市当局の無関心です。

そうか、ポーランド人はたまにしか体を洗わないから水道が要らないんだ。小さな洗面器で足りるんだ。――私はなんとも満足でした。自信が湧きました。これは私のポーランド人観にぴったり合ったことでした。その感想を一部口に出して言ったため、父は恐ろしく苛立ち、ある時など何も言わずにバタンとドアを閉めて出て行ってしまいました。ママは自信のなさそうな声で、何が障害となっているのかを説明しようとしましたが、しかし、いかなる論旨も私を納得させませんでした。

それから朝食――これも書くに値する出来事です。またまた意外でしたが、しかし、今回は良いことです。この楽しい驚きはその後もいつでもありました。このポーランドのママのところでのような食事はドイツでは見たことがありません。コブレンツのうちの食事は当時としては最高だったのにです。パパも同じ印象を数年後、ポーランドに訪ねて来たときに受けました。

彼の舌はバイエルン人として一級品だったのに、それでもです。

ドイツでは本当にとても良い食事をしていましたが、しかし、ここでは、ママの所だけではなく驚嘆するような食事でした。ポーランド人は我々、西ドイツ人ほど金持ちではありません。なのにこの食事！　ドイツではバターを塗り、それもたくさんですが、しかし、ポーランド人のバターを塗ることといったら、目の玉が飛び出してしまいます。

なんたる浪費だ、と思いました。肉やソーセージもドイツでは一度の食事でポーランド人ほどは食べません。これにはまったく驚いてしまいました。この驚きはのちに我が体重の二十キロ増となりました。今、私はドイツ料理に変わった方が良いのです。

朝食後、私は自転車を摑み、近所を見て回りに行きました。平地、平地、目の届くかぎり一面の平地で、自転車乗りの天国です。この感激は時に、単調な風景で乗っていても退屈だと感じられて遠のき、ドイツ、ライン地方の起伏に富んだ土地がなつかしくなりました。あっちには森があった。森には坂道や曲がりくねった道だってあった……。

近くにある湖に行くと、それは美しく、ただし人の手が入っていないのです。ドイツのライン川流域では、たとえ一メートルといえどもムダがなく、誰でも入れる岸や専用のプール、テニス・コート……に利用されていました。ロゴジノではたった一つきりのコートでさえ廃止されていました。要するに、〝美しく野蛮〟の一言に尽きました。

私の自転車は当時としてはかなり画期的なものでした。美しい空色に塗られ、古い戦前のロゴジノの町を走る自転車に比べ、目を見張るようでした。この品は私の誇りで、このお蔭で私は間もなく近在で有名になりました。少年という少年が乗ってみたがって来るのです。

ロゴジノに来て最初の五日間が過ぎ、家の雰囲気はしだいに良くなりました。ママは私を扱うのにこの上なく機転がきき、決して自分の意志を押しつけたりしなかったし、いつでもしかるべきときに一歩退くことができました。私のほうは心にかかることを何でも聞くように努めました。壁に掛かっていた肖像もその一つで、長い間、私を不安にさせていました。それは大きく引き伸ばした男の人の写真でした。

私の父だろうか？　彼のことが一番気にかかりました。誰だろう？　どんな人だったのだろう？　本当にドイツ人に殺されたのか？

しかし、その写真は父ではなく、その運命が私と強く結びついていた従兄でした。彼こそ、一九四七年に帰国するや、母に私をトヴァルデツキではなく、ハルトマンの名で捜すように言ってくれた人でした。そしてこれが最初の手がかりだったのです。今、軍役にあり、ママの願いにもかかわらず、私に会うための休暇がもらえませんでした。ポーランドに私は二、三週間しかいないはずだったのにです。彼の上官は従兄が規則に違反したとして、そう言い渡しました。彼がいつぞや兵舎に帰るのが遅れたらしいのです。

ママは私の関心に懸命に応えようと努めました。一九三九年九月[*1]について、ポーランドの槍騎兵がドイツの戦車に突撃したこと、ポーランド軍のみじめな装備、侵入者たるドイツ人の人間ではないようなやり口について語りました。これを私はお伽話のように聞き、ドイツの将校たちが女子《おんな》どもを酷《むご》いやり方で殺したとは、男たちを、ことにポーランドの知識階級を狙って殺したとは信じたくありませんでした。

ことに震撼する思いだったのは夜襲の話でした。私は心底身震いしてあの夜の恐ろしさを思い描きました。――数台の車が道の両側を塞ぎ、完全武装した親衛隊員か軍隊かが飛び出してくる。ドンドンと乱暴にドアや窓を蹴破る。灰色の人の影の恐怖に引きつれた目。罵られ、広場の叫び声を背に追い立てられて行く。冷たい唇が言う選別――。

「三人置きに前に出ろ！」

恐怖でシーンとした中で、バーン！　そして終わりだ。次の夜も同じ。選別！

選別では私はもう一つの話、マクシミリアン・コルベ[*2]が思い出されてなりません。オシヴィエンチム[*3]です。そこでも選別があり、〝縞服[*4]〟を着た、人でなくなるぎりぎりまで窶《やつ》れ切った人々を分け、容赦ない死の宣告を与えました。ある日の点呼で判決が一人の男に――夫であり父である人の上に落ちました。そのとき、まったく信じられないことが起きたのです。列の中からこの稀有の修道士、マキシミリアン・コルベが進み出、自分がその不運な男と代わろうと申し出たのでした。身代わりは、アウシュヴィッツの死刑執行人もさぞ驚いたでしょうが、受け入れられました。餓死刑と、それを早めるフェノール注射が打たれました！

これら戦慄すべき話の数々は私には頭を殴られるような新事実であると同時に、同じ程度にあり得ないはずのことでした。それは信じたくも、信じられもしませんでした。私は何を言うべきか、どう反応すべきか分かりませんでした。最後に私も、ポーランド人がドイツ人を片っ端から、それも手段を選ばずに殺戮した、と言いました。

第三帝国時代、例えば『死の道にて』のような、副題が「ポーランドにおける在外ドイツ人のいばらの道」とついていたのを読んだのです。そこにはドイツ人がポーランド人にどんな扱いを受けたかが詳しく書かれ、何よりも、いわゆる「ブロンベルク[*5]の死の日曜日」にたくさんの頁が割かれていました。ママはそれはドイツのアンチ・ポーランド化を狙った挑発だった[*6]と

*1——ナチスのポーランド侵攻の時。

*2——一八九一～一九四一。フランシスコ派のカトリックの神父。滞日中は長崎で修道院を組織し、いくつかの新聞雑誌を創刊。ポーランドに帰国後、アウシュヴィッツに捕らえられ、死刑を宣告された同囚の身代わりを申し出て処刑された。一九八二年に聖人に列せられる。

*3——ドイツ名アウシュヴィッツ。一九四〇～四五年、ナチ最大の強制収容所がここにあり、ユダヤ人、ポーランド人ほか、約四百万人が虐殺された。

*4——囚人服は縞模様だった。

*5——ポーランド名、ビドゴシチ。ワルシャワから北西へ汽車で約四時間の工業都市。

*6——〔原注〕ヤヌシ・グムコフスキ『ヒトラーの犯罪、ビドゴシチ、一九三九年』（ポローニア出版社、ワルシャワ、一九六七年）参照。

言いました。グライヴィッツのラジオ局のことがそうだったように。[*7]

どっちを信じたらいいんだ？　証拠をこの手に摑まなければ。のちにそれを摑みました。この事件に参加した人々に会い、話し合いました。偽造されたレポートや書類も見ました。ドイツ人が偽造したものでした！

何もかも私には頭がクラクラするようなことでした。ぼおっとして暮らしました。その上まだ、私の父がドイツ人たちと闘った英雄的な蜂起の話がありました。父の友人たち――将校で、彼をよく知っていた人たちにも会いました。ときどき、私はパニック状態に陥りました。突然、別世界に、幻想の世界に来たように感じました。次から次へと新しいことの連続で、心を煽《あお》られることばかりでした。

ワルシャワ蜂起[*8]に加わった人たちの英雄的な闘いについて聞きました。ワルシャワの子どもたちの勇敢な行動について、国内軍[*9]について、クチェリ[*10]とカフェ・クラブ[*11]の襲撃[*12]について、壮大なパルチザン活動について――。私は現実感覚をなくしました。ドイツでは何一つとして知られていないことでした。だいいちポーランド人は組織能力がないはずじゃないか。なのにどうやってそれをやったんだ？　あり得ないよ！　それからこの馬鹿げた強制収容所の話なんだ！

ドイツではそんなことは誰も信じなかったし、それにドイツ人ばかりではなく、アメリカ人でも同じように、あれは共産主義のプロパガンダだ、と言った人たちに会ったことがあります。祖父も父もそんなことはないと言いました。こう言ったのです。

「労働収容所は確かにあった。かといって、そこで人をガスで殺したり焼いたりだなんて、そんなことがあるものか。あるいは鞭で打ったりしたかもしれない。でもこんな、ドイツ人がやったとされているような極悪非道は絶対にない」

これを必ず調べなくては！

同時に私はまだそこいらじゅうを自転車で走っていました。一度ならず家に帰ると、ママが泣いているのです。親切な人たちが私が汽車に乗り込むのを見たと知らせに来たのでした。実

＊7――ヒトラーはポーランド侵攻の理由を求めて、ポーランド人がドイツのラジオ局を襲ったとデッチ上げた。
＊8――第二次世界大戦中、ワルシャワ奪還をめざし、一般市民がヒトラー軍と壮絶な戦いを展開、一九四四年八月十一日から十月二日に鎮圧されるまでに死者十五万、負傷者二万五千を出し、町の七〇～八〇パーセントが破壊された。
＊9――第二次世界大戦中、ロンドン亡命政府により作られ、連合国側の支援を受けたポーランド軍。ワルシャワ蜂起を指導。他にソ連の支援を受けワルシャワ蜂起に参加した「人民軍」がある。
＊10――ドイツ人警察署長。
＊11――ドイツ人将校用クラブ。
＊12――ポーランド人が襲撃し、多くのドイツ人が死んだ。

際は私は駅と正反対の方角にいたのにです。時に思いがけない目にも遭いました。道で子どもたちが私に石を投げ、「ハイル・ヒトラー！」と叫ぶのです。私はいつもそれを見下し、平気な顔で通り過ぎるようにしていました。ただ一度、似たようなことでかっとなったことがありました。私の自転車の脇をドイツ連邦共和国の黒鷲を縫い取った小旗が掠《かす》め飛び、それにちょうど私を追って来た三人のうちの一人が投げた石が当たったのです。私は自転車を飛び降りるや、取っ組み合いの喧嘩になりました。相手をこてんぱんにやっつけると、私は自国の名誉を守り抜いたのを誇りに思いました。

それにしてもポーランドに一日滞在するごとに次第に何らかの決定を迫られるようになりました。私は自分の置かれた状況を考え、最良の解決策はこのすべてから、特にここで知った事実を考えることから逃げ出すことだとの結論に達しました。だから適当なチャンスを見つけ、家に帰りたい、コブレンツに、と言うつもりでした。

ある日、いつものように周辺を遠乗りして帰って来ると、母は寝室に入っていました。泣いていました。涙を隠そうともせず、これが私にはショックで、同時にとても恐れました。――お分かりでしょう。女の涙は私にはこたえます。私がどうしたのかと聞くと、彼女はしゃくり上げながら、ポズナニに行って来たと言いました。そこで私のパスポートを提出し、それにより私がポーランドに来たこと、滞在することを申告したのです。それがいささか遅過ぎたようで、嫌みなど言われたのでした。パスポートはポズナニに留め置かれ、と言うのもこの手続きをする役所の所長がいなかったのです。モスクワに出張中でした。

私が受け取りは――パスポートを提出したという証拠は、と聞くと、彼女はもらわなかったと言いました。

「手続きができたらむこうから知らせてくるのよ。そしてパスポートを返してくれるわ」

私を安心させようとして言いました。

「あと二週間したら西ドイツに帰るの？」

突然、彼女は喉を締めつけられたような声で聞きました。そして私を、目にいっぱい涙をため、物言わぬ懇願の表情で見つめました。私は何だか言いようのない罪を犯しているような気がし、何だか分からない何かに対して要するに罪を負っていると感じました。

「ポーランドに残ってもいいんだけれど」

私は自分のものではないような声で言いました。心がゆらいで、一瞬後にはもう後悔するようなことを言いました。

そのとき、初めて彼女は私の首に抱きついて来ました。――幸せだったのです。たちまち元気を取り戻しました。事は素早く運びました。彼女は父の工場に電話し、私の〝突然の〟決心を知らせました。彼の方は、といえば、仕事が終わると直ぐ警察に行き、必要な書類を受け取って来ました。

両親は有頂天で、一方、私は今ごろになって、熟考もせず、衝動的に決めたことの事の大きさを思い知りました。かといって撤回はできませんでした。それは名誉が許さなかったのです。まったく予定外のことになりました。コブレンツに帰るはずのところを、ポーランドに残ると決めるだなんて！

さあ、それからは大騒ぎでした。一番の問題は私の今後の教育だったので、両親はすぐにロゴジノのプシェミスワフ二世名称高校の豊かな伝統と優秀さをきりがないほど教えてくれ、これは私のポーランド復帰に着実な基礎を作ってくれる素晴らしい場所だと言いました。

しかし、それはそう言うだけのことでした。現実はママの情熱とエネルギーをもってしても、ずっと厳しかったのです。学校当局は市当局の承認無しには私を受け入れられないと言いました。まったく同じことを市当局は、さらに上の県を名指して言いました。そこから私の高校受け入れ問題はさらに上級、教育省にまで行きました。初めのうち返答はどの段階かにはかかわりなく否定的でした。あとで知ったことですが、いろいろ不安があったのです。私がポーランド語が分からないでクラスの授業の通常のテンポを遅らせないか、違う環境で育っていて、同級生に良くない、退廃的な影響を与えないか、などでした。

学校長ハンチェフスキ教授は問題を前向きに解決するためにできるだけのことをしてくれました。

話が逸《そ》れますが、彼と初めて会った日のことをとてもよく覚えています。彼はしばらくの間、私のドイツの高校での成績表を見つめ、おもむろに言いました。

「こりゃあ、どうも、とんだ腕白ですなあ！」

私は驚き、どういう意味なのかが分かりませんでした。彼は言いました。

「品行はたったの4ですか」

これにはポカンとしてしまいました。あとで分かったのですが、ポーランドの学校では素行が5でないと品行不良だったのです。

ドイツでは4を取れたら最高で、3でも普通のことでした。5など取る人がいたら、それは薄のろか病人です。ただこれは男生徒についてのことで、女生徒のほうは知りません。男女共学の学校はありませんでした。

こういうわけで、この品行評定のポーランドの学校での不合理にはいつも苛立ちました。どうしてこれがこの点で他の課目とは違うのか、どうしても理解できませんでした。

ママが懸命に闘い、国家評議会の事務局にまで呼び出されて、私はやっと高校に聴講生として通えることになりました。最終的な入学はいろいろ試験を受けてから決まるのです。

ポーランドに残るという決心はすぐコブレンツに書きました。胸をドキドキさせながら、どんな返事が来るかと待ちました。内心これで父を、私とリリー伯母の選択で私の側につけさせることを期待していました。彼の結婚を私はどうしても許せず、ポーランドへ来たのも自分なりの抵抗でした。私の最終的な決意が、彼に私を取り戻そう、私を帰国させようとの闘いに赴かせることになるのを密かに望んでもいたのです。母に約束したことを自分で破るわけにはいきませんでした。だからこそコブレンツからの返事を一日千秋の思いで待ったのです。しかし、どんな返事がきたでしょうか？

コブレンツ＝ホルヒハイム、五三年八月二十九〜三十一日

愛するアルフレート！

膨大なお手紙を受け取り、私たちはおまえの行った道のりを大いに関心を持って辿りました。それじゃあベルリンへはこちらで聞いたのとは違って、土曜日の午後にではなく日曜日の朝になって着いたのですね。[*13] ということはどこかで、あるいはヘルムシュタットの国境駅ででも、先へ行く前に長時間停車したのですか。それともケルンのほかにまだ乗り換えがあったのですか？ そのあと日曜はずっとベルリンにいて、そこで泊まりもしたのだから、だったらどうして、心待ちにしていたのにハガキぐらい書く時間がなかったのですか。ベルリンに着いたあと、お母さんに電報を打ったのはまだしも良かったと安心しました。まだ、日曜にはベルリンで何をしていたのか、ポーランド使節団は駅から自転車を引き取るのを手伝ってくれたかを書いてきてください。日曜日はそこで保護者がいたのだから、屋根の下で寝たろうね。そのあと先へ行ったのは月曜日の夜ですか、朝ですか。そ

れにしてもこの日、丸一日汽車に乗っていたとすると、やはり相当な距離ですね。通廊列車[*14]には初めて乗ったのだろうが、寝台で行ったろうね。車掌に起こしてくれと頼んで……。お母さんがこの晩は眠れなかったと手紙をくださったが、お前もやっぱり興奮したかい？手紙では彼女をあまり見分けられなかったようだが、しかし、あとで、家に着いてからいろいろ思い出せたわけだね。お母さんはこんなに経ってからおまえに会えてどんなにかお喜びでしょう。また、休暇が終わったらコブレンツの学校に帰ると言われたときはきっと悲しかったでしょう。そうか、帰るのはやっぱり諦めたか。私たちにとっては、分かっているだろうが、あんまり突然だ……。たしかにおまえに決定権を委ねたとはいえ、やはりこの知らせは私たちにはショックでした。みなとてもおまえを愛していたのだから（おじいさんでさえそうだ。ときに厳しかったかもしれないが、あれは彼の癖だからね。しかし、おまえを、いつも言っていたように、立派な男に育てたかったのだ）。それは自分でも知っているだろう。とはいえおまえのお母さんはもっとおまえに関して権利がある。それは、たとえつらくても、私たちは分からなくてはならないと思っています。私たちは、もしおまえにそちらが気に入り、自分の運命をこれで良かったと思えるのなら、それで安心し、満足しようと思

＊13――父親の間違い。十通目の手紙（一五二頁）参照。
＊14――片側に細い廊下が走り、座席がコンパートメント形式になっている、主として長距離用の列車。

います。みんなが願っているのは、おまえの人生が良いもので、美しいように、おまえの長い人生にいつも幸せや幸運があるようにという、ただそのことだけなのですから。私たちがおまえを忘れないように、おまえも私たちを忘れないだろう。私たちはあまりにも強く、しっかり結びついていると確信しています。おまえはこの〝ドイチェス・エック〟[*15]の町を、そしてここで過ごした十年間を生涯忘れないだろう。もうきっとこっちの方が良かったと思うことがあったり、比較してみたりしているだろう。けれどそちらでも同時に、美しい課題が、人類の進歩に関心を持つ人々にとって、国民の運命を我が手に摑んでいる人たち（国会議員、政府など）にとって、解決のため残されていると確信もするのだろう。こちらではおまえのことを話さない日はありませんが、そちらでも私たちのことを話すことが多いでしょう。コブレンツでの子ども時代に思いを馳せることでしょう。それにしても今から、毎月少なくとも一通は手紙をくれると約束してください。どんなことでも、おまえに関わりのあることなら、私たちにはきっと面白いのだから、たくさん書いてください。今後おまえへの手紙は住所をどう書けばよいのですか。そちらの役所に居住届けを出したら、きっと以前の苗字に戻るのでしょう。まだ確信がないので、とりあえず手紙を御両親の住所宛に送ります。愛するアルフレートよ、どうか状況が許し次第、近い将来に必ず訪ねて来ておくれ。できれば御両親といっしょに。そうすれば互いに知り合えるし……。

自転車は役に立ったね。あちこち見て回るのにいいだろう。そちらはどこもかしこも平地だとか。こちらの、裾野にぶどう畑がある山などが懐しくなるだろう。しかし、そちらはきっと森がいっぱいあるでしょう。いつかそちらの風景を書いてきてください。

そうこうしている間に、おまえが帰国するはずだった日が来ました。学校が始まります。でもおまえはいない。私たちは毎日手紙が待ち遠しく、おまえはそちらに慣れただろうかと思っています。手紙から、お母さんの所に残ると決めたのは自分の意志でだろうと思うが、しかし、きっと何かにつけて、こちらでのほうが良かったと思うものが懐しいことがあるでしょう。私たちがいつもおまえのことを考え、おまえと、たとえ三十分でも話し合えたら、と願っているのと同じように、この、私たちと話せないことが、まだ同年代の友人たちと会話できないだけに寂しいでしょう。そちらではいつ学校が始まるのですか。もう語学の先生はいますか？　きっと家で御両親からたくさん覚えたでしょう。あるいは私たちが考える以上に、早くポーランド語を覚えられるのかもしれない。

おまえの友人たちは、もうおまえが帰ってこないと聞いたとき、むろんとてもがっかりした。ディーターはこの間、来たばかりだが、まったく信じようとしなかった。ホフマイヤーとヴォルフガングは、そう聞いて以降、自分の家の庭の国旗を柱の半分にまで下げて

＊15――コブレンツにあるライン川とモーセル川の合流点。

いる。――こんなにおまえのことを思っていたのだ。ヨーゼフとディーターは手紙を心待ちにしているから二、三言でも書いておやり。大喜びするはずだ。

ああ、こんなに遠くなければ……しょっちゅう行き来できれば、と思う。おばあさんにはもう、アルフレートがモーターバイクを買うのにお金を貯めている、いつか私たちに跳《は》ねをひっかけに来るよ、と言っておいた。昨日の晩、またおまえのことを私の母と話しました。今、うちに来ているのです。おばあさんがくわしく、おまえがどんなに食欲があったか、と説明していました。こちらの、ポーランドに行ったことのある人たちの話を聞くと、そちらはとても食事が良いそうだが、本当ですか？　おまえはそっちの料理に満足していますか？

お母さんはさぞかし、私たちが想像する以上に心を砕いているでしょうね。そうでなかったら、その人の所に残りはしなかったろうし。新しいお父さんもきっと良くしてくれるのだろう。この点につき、何か知らせてきてください。そちらでまだ誰か、幼い頃のことを思い出すような人に会いましたか？

それではこれで、じき手紙をくれるものと思って終わりにします。お手紙、待っています。いくら長い手紙がきても、おまえと数分話すのには及ばないと分かってはいるが……。何かまだ必要なものはありませんか。ベルリンの使節団の職員の方が御好意でおまえに直接小包みを持って行ってくれましたが、その箱にも全部入りきれたわけではないのだから。

じゃあ、元気でいてください。私の息子よ、私たちみなからの心からの挨拶とキッスを、おじいさん、おばあさん、それにリリー伯母からも受け取ってください。

おまえのパパ

この手紙は私を打ちのめしました。これを待っていたのではありませんでした。私のポーランドに残るという決定は、父を〝計画したとおりの〟気持ちにさせられなかったのです。彼はそれを冷静に、恐ろしい〝理解力〟で受け止めました。手紙にはすべてを受け入れるのにほっとした感さえありました。つまり私は父を巡るリリー伯母との対決で彼女に負けたのです。

数年後、我がライバルは表面的な勝利を得たにすぎなかったと分かりました。とにかく私にはこの手紙が不公平に思われ、読めば読むほどそう思えてくるのでした。祖父母の反応は違いました。とても心がこもっていました。ですからこの頃は父より彼らにたくさん手紙を書きました。

祖父は私にどれほど期待をかけていたことか。先の先まで考えていました。私の決定が、したがってその足元を掬《すく》ったのは少しも不思議ではありません。彼はますます内向し、誰とも口をきかなくなり、ただ私の犬とずっと散歩してくるばかりでした。娘の墓に夜でも通いました。

家にはほとんどいなくなり、庭の東屋で寝るのでした。

そして私がポーランドに行って数ヵ月後、悲劇的な最期を迎えてしまったのです。体がこの緊張に耐えられませんでした。医者たちが少なくとも百年は生きると言っていた人なのにです！

何よりも愛した娘の死、そして、彼がその愛のすべてを傾け、余生を献げようと思った孫の謀叛、——それは彼のように頑健な人にとってさえあまりに負担だったのです。突然、脳出血で死にました。

私は大打撃を受けました。ポーランドの私宛に送られてきた死亡通知書には、私の名は、文案をリリー伯母が書いたため、もはや家族として載っていませんでした（父は旅行から埋葬直前に戻ったのです）。

私はポーランドの母の元に残ると決めたことを悔やみました。このことによる私の苦しみは、この状況下、とても頼みとした父が心底私を失望させたことで数倍大きくなりました。ポーランドにしっかり自覚を持って永住すると決めたのはずっとあとになってです。それは無理からぬことでしょう。何年もまったく違う環境、違う風土に育ちました。その後の人生の行方を決めるこんな大事を、数日、ないし十数日で決められるものではありません。ましてや世界観を形成するのはこれから——。自国の（私の場合、そのときはドイツの）民族の歴史や文化、その他の成果を観察し始める年齢《とし》でした。突然、一夜にして、これまでずっと嫌悪し、軽蔑し続けてきた民族を好きになれといっても無理なのです。人間は機械ではありません。他のシステムに自由に目盛りは合わせられないのです。

まだどれだけ眠れぬ夜があったか、精神的迷いや絶望があったことか。そして熟考してやっと私の中で、自覚して当初の衝動的な第一歩が正しかったと思えるようになったのです。残念なことに人の、役所の助けはほとんど得られませんでした。というより、行く手は阻まれることの方が多かった。多すぎました。そうされる理由は私にはいまだに分かりません。人間心理が理解できず、そのため内的葛藤を経てようやく辿り着いたものを一瞬にして壊してしまうこともありました。しかし、また、この人たちがいたからこそどん底に至らずにすんだ、という人たちもいて、人生には何の意味もないと感じられたとき、そして、もう決して心の平安は得られないと思ったとき、頼って行くことができました。この人たちにはいつも心から感謝しています。

十三通目の手紙

九月一日、新学年になりました。私はもう朝六時には起きていました。興奮して目が覚めてしまったのです。ポーランドの学校はどんなだろう？　どんなクラスメイトがいるだろう？　先生たちは？　だいたいポーランドに良い教育者なんているのだろうか？

新学年の祝賀式が講堂で八時から始まります。私は八時十五分前に着き、あらかじめ言われていたとおり、この間、行った校長室に行きました。校長がやさしく招き入れてくれました。八時きっかり、私は彼に伴われて講堂に入りました。ぎっしりの人でした。正面壇上にポーランドの白鷲[*1]が翼を拡げていました。私はじっと視線をそれに向け、ガチガチになり、すっかり上がって、真ん中の通路を横切って行きました。

校長がやっと舞台に着き、私に演台のまん前の空いている席を指し示しました。私はなんとも落ち着かず、ホール全体の視線が私の背中に集中し、燃えて奥まで突き抜けてくると感じました。情けない気持ちで座りながら、ただし表面は端然と、背中を、まるで棒でも飲み込んだみたいに真っ直ぐに伸ばしました。プロイセン[*2]の副官さながらです。

あとで分かったのですが、生徒たちはそのとき、新しい地理の先生が来たと思ったのだそうです。当時もう、私は全校で一、二の背丈で、同世代の少年たちより大人びていました。

校長が祝辞を述べました。私には一言も分かりませんでした。突然、私の名が言われたのが聞こえ、私は体を縮めました。

「畜生、チンプンカンプンだ。いったい何をあの上でがなっているんだ」と思いました。

学校合唱団の演奏があり、それから詩の朗読がいくつか。そして紺色の大集団は——（紺色というのは、当時、ポーランドの学校生徒はこの色の制服に類するものを着ていて、ことに女生徒は紺のスカートに白のブラウスでしたから）——ドアから教室へ、楽しいざわめきを撒き散らしながら移動して行きました。

私は講堂にポツンと一人取り残されました。四方の壁から冠を被った、たぶんポーランドの歴代の王たちが私を見ていました。一人も知りませんでした。私がそれに見とれ、ぼんやりしていると、いつの間にか校長が傍に来ていました。私を連れに来てくれたのです。ちょうど始業のベルが鳴りました。

＊1——ポーランドの国章。
＊2——もとドイツ連邦の中の最大の国で、その国王はドイツ皇帝を兼ねた。一九四七年、国としては解体されて、東西ドイツ、ポーランド、ソ連などに分割された。

一時間目の授業は、運良くドイツ語でした。担当は女のドゥトケヴィッチ先生で、素晴らしい教育者です。私を最後列のクラス一の〝ドイツ人〟、ヘンリック・ノヴィツキの隣りに座らせました。

クラスは相当、自由な雰囲気でした。ドイツとはまったく違います。あるいはこちらでは生徒の半数が女の子のせいかもしれません。男女共学が私には奇異で、動転してしまいました。ドイツ連邦共和国にも共学校があるにはありましたが、しかし、優秀校はやはり男子校、女子校と、別学でした。

コブレンツでは私たちは女の子などにまったく興味がありませんでした。もっとずっと面白いことが、スポーツにしろ旅行にしろあったからです。たいていはみなアンチ・フェミニストでした。

こちらはどちらかと言うと逆でした。男の子たちは女の子たちがいても上がることもありません。けれど私は女の子に見つめられると、耳まで真っ赤になりました。

一呆れたのは男の子たち数人が、適当な空席がないと女の子の隣りに座っていたことです。一つ、とても心を動かされ、同時に私の好みにも合ったのは女の子たちの長いお下げ髪で、つやつやして、軽やかで、素晴らしいと思いました。これまでこんなものを見たことはありませんでした。

あとで分かりましたが、ポーランドの女の子たちは、私があんなに好きだったこの髪形に反旗を翻していたのです。実際、今では長いお下げがほとんどまったく見られなくなり、残念です。流行とは、たとえとてつもないものでも必ず勝ってしまうものです。

私は女の子がいるので恥ずかしくてなりませんでした。初めての休憩時間、男の子たちがすぐどっと私を取り囲み、会話……が始まりました。言葉以外のありとあらゆる手段でです。手も足もみな使って、身振り手まねでした。総じてわりによく通じます。クラスの男の子たちとはすぐに親しくなりました。

これはコブレンツに比べ、ずっと早く、障害も特になく、ずっと容易でした。あちらでは〝新入り〟はまず、みなその価値を――というのはこの場合、ほとんど教師をちゃかす等の〝英雄行為〟なのですが――いろいろと試される通過儀礼があるのです。ここではもうすぐにオーケーでした。

クラスの、ある長いお下げ髪の女の子が私はことのほか好きでした。どうしても彼女の名前を知りたいと思いました。男の子たちが教えてくれましたが、そのとき彼らが大声で笑ったのに、私は単純にそれを彼女の名前だと受け取りました。そしてその名で〝長い髪の女の子〟に呼びかけると、どうでしょう。私にはわけが分かりませんでした。彼女は悲鳴を上げ、目に涙を浮かべて、さっと逃げてしまったのです。少年たちは、というと、クスクスいかにも満足そうに笑いました。私はかつがれたに違いありません。情けない気持ちになりました。

次はポーランド語の授業でした。ヴウォダルチック先生は教室に入って来るとすぐに、

「自分で何を言ったのか分かっていますか。誰がその〝言葉〟を教えましたか」

と聞きました。

私は、〝裏切り〟たくなく、きっぱり、「分かりません」と言いました。先生は、

「辞書で調べなさい」

と言い、クラスに向かい何やら言ったあと、この件は片がつきました。このとき何を言われたかは言うまでもないことでしょう。ご想像になれると思います。

ポーランド語のヴウォダルチック先生は素晴らしい教師でした。先生のお蔭で――その献心的な協力のお蔭で、三カ月後にはもうポーランド語に不自由しなくなりました。これが〝ゲルマン語族〟にとりどんなに難しい言葉か想像もおできにならないでしょう。あの七格に変化する語尾。私の一挙手一投足、というより、一語一語を阻んだあの摩擦音。――絶望させられたものでした。とても難しかったです。帰宅後は家でドイツ語で話しました。

ある日、二度目の父が学校から――ポーランド語の先生に面接してきて――戻り、恐ろしい見幕で怒鳴りました。拳で机を叩いたかと思うと、

「今日からポーランド語以外いっさい使うな」

と言うのです。私の立場ではそれは最良の決定でした。しかし、そのときは心が傷つく思いでした。

最初の一週間、家はシーンとしてしまい、それからが本当の苦労でした。毎日ポーランド語

との格闘で、文法の組立ての工夫でした。私が復習《さら》った最初の教材はジャック・ロンドン[*3]の『血の叫び』[*4]でした。それを一語一語、うんうん言いながらドイツ語に直したのです。「こん畜生」とばかり言い、無力感に泣くこともしばしばで、文法がもうひとつ摑めないのでした。

しかし、時が経つにつれ、次第に進歩し、自分で自分の進歩するさまに満足するようにもなりました。初めての日、一頁を訳すのに八時間かかりましたが、そのあとはたったの三時間、終いには当時の自己新記録で一時間でできました。私の予想に反して、論理的に征服不可能だと思った困難と闘い打ち勝ってゆくのが楽しく思え、わが語学修業も必ずや、と信じられてくるのでした。

ポーランド文学についてはまったく知りませんでした。ミツケヴィッチ、スウォヴァツキ、プルス、ジェロムスキ[*5]の名を聞いても何の感慨も沸きません。初めて聞く名前でした。正直のところ、ポーランド文学が水準の高いものかどうか、百パーセントは信じられませんでした。そのため、私がこうしたことをまるで知らないと分かったときの人々の反応が奇妙でした。ミツケヴィッチ[*6]など世界文学のAでありZであるがごときです。

*3——アメリカの作家。一八七六〜一九一六。
*4——日本では『荒野の呼び声』などと訳されている。
*5——ポーランド近世文学史上の巨匠たち。
*6——一七九八〜一八五五。十九世紀ポーランド・ロマン派最大の詩人。代表作『パン・タデウシ』。

『パン・タデウシ』は読めませんでした。レトリック、レトリックでひどかった。なのにポーランド人はみな夢中で溜息をついて読むのです。私はその熱に浮かされた周辺の顔を阿呆のように見つめました。みんな分かって読んでるのか？

作中のものは、伝統にしろ、服装や英雄たちの所業にしろ、私には分からないことだらけでした。強いて言うならトルコ人を連想しました。[7]あとでこれには仇を討たれます。時とともに私もミツケヴィッチを読んで讃嘆するようになりました。ただその頃はスウォヴァツキ[8]のほうをもっと評価するようになっていましたが……。確かにこれは私の語学がぐっと進歩した時期でした。

一つだけ知っている名前があったことはありました。シェンケヴィッチ[9]です。しかし、私はそのとき、コブレンツではこの作家をアメリカ人だとばかり思い、ポーランド人だとは知りませんでした。どうしてか、というと、いつかコブレンツでアメリカ映画の『クウォ・ヴァディス』という超大作を見たのです。広告に Sienkiewicz とありました。

ついでながら、これを私たちはどう発音するのか見当もつかず、アメリカ人ってずいぶん難しい名前なんだなあと思ったのでした。

今でも思い出すと苦笑いしてしまう、あるポーランド語の授業がありました。先生が思いがけず私を真っ先に黒板の前に出させました。私は驚いて目をパチクリさせ、しかし、どうにでもなれと、頭を垂れ、震える足を引きずって、やがて訪れる悲劇を思いながら黒板のほうへ行きました。私はだいぶ前から、いつか指されると予想して、〝国語〟の時間ごとに手の平にポーランドの大作家の名をインクで書き込んでいたのです。作家たちの名は前にも言ったように、これまでの私には無縁で、それを覚えるのは相当困難でしたし、そうして身を守ろうとしたのです。また、だいいちあの発音です！

今も私は〝ポーランド語での〟記憶力がお粗末です。例えば人の電話番号を覚えるにしても、ドイツ語でなら数回唱えれば数年覚えていられますが、ポーランド語でそれをすると、とんでもないことになる。――数分でその番号をすっかり忘れてしまいます。何でも、あとでまた思い出さなくてはならないことはすべてこうです。

と思うと逆になることがあります。大学のドイツ文学科時代おかしなことがありました。文学史の面接試験を受けていたとき、頭がポカンとしてしまい、だいたい前日も一晩中かかってドイツ語をポーランド語に訳さなくてはならなかったのですが、ゲーテ[*10]という名前を忘れてしまったのです。試験官は東ドイツの著名なドイツ文学者、ヘール教授で、私は、

「あの『ファウスト』を書いた人」

＊7――作中、服装の描写が多い。中世期のポーランド貴族の服装はトルコのものによく似ている。

＊8――一八〇九～四九。十九世紀最大の詩人の一人。代表作『バラディーナ』。

＊9――一八四六～一九一六。代表作『クウォ・ヴァディス』。ノーベル文学賞受賞。

＊10――ドイツ最大の文学者。一七四九～一八三二。

と言って、何とか切り抜けることができました。

しかし、クラスのことに戻りましょう。私は黒板の前にぼんやりと、みんなのほうを向き、しかし、幸いヴウォダルチック先生には背を向けて立ちました。問いが出され、いよいよでした。私は手を開き、卑怯でしたがそれを見ながら、ポーランドの作家の名前をつっかえつっかえなぞりました。私が発音すると、それらはポーランド名ではなくなってしまいます。クラス中がどっと笑い、涙が椅子にポタポタと落ちました。

私はどうしてもうまく言えない母音と子音、ことに子音を発音するのにきっと悲劇的な顔つきをしていたのでしょう。先生がクラスに向かって言いました。

「可愛そうに、何か言わなくてはと必死になっているわ。なのにあなたたちは彼の努力と頑張りをお手本にするどころか、そうして発音が悪いと言って笑うんですね」

クラスはその後、そっと咳払いなどしましたが、もう誰も、女の子たちでさえ笑いませんでした。

ドイツでは私は数学が得意で、ここでもよく考えた末、高校卒業後は工業大学に行くことにしました。そのため、学校では数学＝自然科学コースに入りました。コブレンツの学校で数学は充分過ぎるほどやっていたので、ここでは優れた数学者、エヴェルトフスキ先生が授業を面白くしてくれましたが、特に勉強する必要はありませんでした。この意識が私を油断させ、みるみるうちに数学のレベルが平均並みにまで落ちてしまったのです。そしてこれがたぶん私の将来を決定づけました。私は本気で文学部のことを考え始めました。

もっとも主な理由は、やはり自分の体験でした。この時期、私は文学に興味を持ち始め、詩人ハイネを発見して、彼が大好きになりました。

私の多難なポーランド復帰の道程で、友人たち、ことに第一の親友だったアンジェイ・ヴォルニィ――今日、グダニスク工科大学の天才的な若き学者――と、ピョートル・トレラ――ポーランドを代表するテノールで、ポズナニ・オペレッタのソリスト――がとても助けてくれました。ただ一つ、彼を許せないのは、あんなに素晴らしい声をしていながらオペラで歌おうとしないのです。彼にも高校時代、愉快な思い出があります。

ピョートルとは長い間、席が隣り同士でした。ある日、ポーランド語の時間に、私にとってポーランド語で書くのは初めての〝作文のテスト〟がありました。もうこの頃は数ヵ月が経過し、文体上のひどい間違いはしなくなっていましたが、しかし、文法のほうは駄目でした。ピョートルはこの日、ヴォングローヴェッツの学校から転校して来たばかりで、私を知る暇もなければ、我がポーランド語の天才的なことも知りようがありませんでした。彼はこの、転校そうそうの試験に焦り、私の答案を丸写しにしました。私は彼に言ってやったのです。

「そりゃ〝英雄行為〟だぞ。ぼくのは間違っているぞ！」

彼はうんうんと頷いて、さらに……書き写しました。止めなかったのです！

私は彼が〝自分の〟答案を読み直す時間がなかったのに気づき、心配しました。しかし、時間がきて、私たちはこの素晴らしい〝作品〟を提出しなければならなかったのです。私は複雑な気持ちで結果の発表を待ちました。

作文が全部生徒たちに返され、ヴウォダルチック先生は私たちのだけ手に持っていました。

「ここに作文が二つ、ほとんどまったく同じものがあります」

と言いました。私は心臓がドキドキしました。この瞬間、みなが私の方を見ました。だいたい誰が〝カンニング〟したかは明らかです。先生はさらに言いました。

「どう考えてもトヴァルデッキがトレラから書き写したと思うのが普通ですが、でもトレラの答案にはポーランド人だったら絶対しないような間違いがあります。つまりトレラがトヴァルデッキから書き写したわけです。二人ともむろん不可をもらいます！」

これが素的でなくて何でしょう？ 彼は私の中に未来の文学史家を感じた最初の人でした。私のポーランド復帰はロゴジノで支障なく、温かい雰囲気の中で進められました。総じて援助と理解に出合いました。ただ二回だけ何とも不愉快なことがあり、私はとても傷つきました。あるクラスメイトが休憩時間、まったく突然、

「ドイツの豚野郎！」

と言ったのです。私は我慢できず、振り返ると、彼を殴りました。

次に私を傷つけたのは女の子でした。私は折にふれ、あの〝長い髪の少女〟にたどたどしいポーランド語で話しかけようとしました。その女の子には親友がいて、思うにそれに嫉妬した

のでしょう。あるとき、休憩時間に彼女たち二人は腕を組んで校庭を歩いていました。私が話しかけようとして近づくと、その友だちのほうが素早く反応して、冷たい調子でこう言いました。

「あんた、私たちと話したいんなら、まともにポーランド語を喋れるようになりなさいよ。侵略者のくせに！」

私は心底怒り、同時に悲しくもありました。くるりと後ろを向き、何も言わずに去りましたが、今もこのことが忘れられません。とても傷つけられました。

夏休みには沿岸地方のペシチで国への奉仕活動に参加しました。村には古くからここに住む種族がいて、ポーランド語をあまり知りません。教会も独自の福音派のがありましたが、牧師はいませんでした。初めての晩、暗い夜でしたが、私は軍服を着て村を歩きました。ふと気がつくと私の後を土地の少年たちが数人つけています。私は汗をかきました。不審に思いました。私が立ち止まると、彼らも立ち止まります。終いに我慢ならなくなり、振り返ると素早く、きっぱりした足取りで彼らのほうに近づき、険しい声で、

「何の用だ」

と聞きました。すると一人が言いました。

「兄さんはポーランド人じゃないだろう？　ドイツ人だろう！」

私は思わずぎょっとしました。そして聞きました。

「どうしてそう思うんだ？」

「分かるさ、歩き方で。姿勢でね！」

彼は言いました。私は吹き出してしまいました。すると彼は、

「だってあんた、とてもシャキシャキ歩くもの。鉄棒みたいに真っすぐだ」

と言うのです。これでわけが分かりました。私は自分はポーランド人だと言って聞かせ、いっしょにビールを飲みに行きました。

ペシチでは工場に配属され、「職工長」の肩書をもらって帰りました。私はそこでノルマの二倍をこなし、当時、決して少なくはなかった約二千ズウォティをもらいました。中央外交官大学へ入学できるチャンスも増えました。私はクラスを代表し、ポーランド青年同盟の会員として高い地位にも就き、校内の「兵士友の会」の代表にもなりました。こうして卒業が近づき、幸い試験も、言語上の問題がいくつかありましたが、合格しました。やがてワルシャワの大学で外国貿易部に入ります。というのも、その前に中央外交官大学が廃校になってしまったからですが、これは我が人生最悪の時期でした。

十四通目の手紙

一九五六年九月末日、私は荷物をカバン二つにまとめ、ニェポドレグウォシチ（独立）通りの中央計画統計大学〝学生寮〟に入りました。私の部屋は四人部屋で、こうして独立独歩、自分しか頼れない時期が始まりました。

外国貿易部での勉強はそれ自体あまり私の好みには合いませんでしたが、しかし、中央外交官大学が廃校になってしまったのですからどうしようもありません。ただ一つ、外国貿易部だけが残され、暫定的に中央計画統計大学に併合されたのですが、そのまま今日に至ります。設立が約束されていた外国貿易研究所は日の目を見ませんでした。

どうして〝外交官コース〟に拘《こだ》わったのか？　なにしろみながが、ことに家族が、

「アロイズィは外交官になるよ」

と言うのです。私も時が経つにつれ、それを信じ始めました。

ところがここでは嫌なことばかり――統計、商品学、高等数学、ことに簿記が私は嫌いでした。

「私を商人にしようっていうのか！」

ほかにどうしようもなく妥協したとはいえ、一方ではあまりこの種の勉強には身が入りませんでした。ロゴジノでは人生は平穏、取り立てて障害もなかったので、私は今にも〝立派な〟ポーランド人になりそうだったのです。大学に行くのは、さらにポーランド人らしくなるのにとても役立つと思われました。しかし、それは大いなる誤算で、大学に入ってようやく、その後、数年続くことになる真の苦しみが始まったのです。

何よりもつらいのは軍事教練でした。週に一度、木曜日に、市民である私たちは将来、将校になるべく試されました。初めのうちむしろこれが気に入りましたが、しかし、実際はどうだったでしょうか！

初め、私は小隊長に、一ヵ月後には分隊長になりました。それはすべて大尉の意向で、彼はしょっちゅう、

「ドイツ人は軍隊一、ツラがデカイし、声も一番通るからな」

と言うのです。また、他の少尉は私の報告を聞くと、いつも言いました、

「トヴァルデツキ、天気を忘れているぞ、早く言え！」

そして皮肉な笑い方をするのです。私は報告しなくてはなりませんでした。

「そのとおりであります、少尉殿。気圧正常、空気新鮮であります」

しかし、それ以外では彼はまったくまともでした。

ところがとても意地悪で、ユーモアの欠片《かけら》もない人もいました。彼がくだらない冗談を言う

度に、私たちは頃合い良く笑わなくてはなりません。あまり笑いすぎると、彼はすぐ、私たちが冗談を笑っているのか、それとも彼を笑っているのかと思うのです。彼がよくやった訓練方法は一キロないし、時にそれ以上の分列行進でした。私はことのほか彼の目障りになりました。

いつぞや自動小銃の厳しいテストがありました。それは私にはわけはなかったのです。祖父に狙いを叩き込まれていましたから。私が幾度も的を射つと、彼は憎々しげに笑いながら、近づいて来て言いました。

「トヴァルデッキ、さすがドイツ軍のお仕込みだ」

私は嫌になり、次にわざと狙いを〝外し〟ました。するとまたやって来て、同じ笑い方をして言うのです。

「ほうら、トヴァルデッキ、分かっただろう。なぜドイツが戦争に敗けたかが」

すべてが私の神経を逆なでしました。最後に私は地面を射ちました。彼は、荒々しくこちらを振り返りました。もうこのとき、私はどうでもよかったのです。彼は蒼白になって駆け寄って来ましたが、じっと私を見つめ、何も言わずに行ってしまいました。この事件は私の神経を相当、痛めつけました。ただ念のために言うと、それに気づいた人は一人もいませんでした。

友人たちの何人かも質《たち》が悪く、「ハイル・ヒトラー」と叫んで私を笑いものにしました。こう言われて愉快なはずはありません。しかし、ドイツ側も私を胡散《うさん》臭そうに見るのでした。

あれは二年のとき、学生寮を出ると、そこでふいに少しザクセン訛りのあるドイツ語が聞こえました。東ドイツの留学生たちでした。私は、やあ、ドイツ語が話せるぞ、と喜んで彼らの方に行き、自己紹介しました。ところがその人たちは、まるで私に気づかなかったようにくるりと背を向けると、「ライン川のコブレンツか」と言ったのです。私は苦い思いでひとり我が道を行きました。

昔のことが思い出されました。それは私たちが彼らに小包みを送ったことです。彼らに同情したのでしたが、彼らは「民主共和国」の言葉どおり、まるで貴族のように誇り高くふるまいました。

私はあちら側のドイツ人を（あの国境警備の人たち以外は）初めて見ましたが、それがこういう扱いです。ふいに棒で頭を殴られたような気がしました。まだきっといろいろ学ばなくてはならないのでしょう。想像もしなかったことが多いのです。

このドイツ人たちのふるまいは私の心のしこりになり、彼らがポーランドに、たしか一年いたにもかかわらず、そのうちの誠実で物の考え方が大人だった二人を除いてはコンタクトをとろうとはしませんでした。したがって家への、帝国への道はありませんでした。

この時期、私はちょうどドイツ人たちとつき合いたく、ドイツ的なるものすべてに接したかったのです。ことにある教授との次のことがあってからはそうでした。

その人は自身ポーランド人ではなかったのですが、いつぞや面接試験の最中、

「その〝親衛隊のような目つき〟でこっちを見ないで」

と言ったのです。〝ゲルマンの青い目〟を見ると、彼女は震えが起きるのだと。こういったことが、この時期かなりありました。今でも中央計画統計大学のとんがり屋根の傍を通るのが好きではありません。寂しい思い出に繋がっているのです。

もう一つ思い出すことがあります。あるとき、私たちの部屋を、博士課程に在学する、ポーランド貿易をテーマに学位論文を書いていたデンマーク人が訪れました。私は喜んで彼と論じ合い、ポーランドの輸出品のことも話しました。

そこでポーランドの豚とデンマークの豚を比べ、品質の点で意見が分かれたのです。ちょうどポーランドの豚の輸出が伸び、デンマークの豚を追い越した時期で、それは、デンマークの豚がどうも、一部ニシンを餌に与えられているらしく、あまり良い匂いがしなかった。それで買い手が減ってしまったのです。したがって私たちは何度も「ポーランドの豚」「デンマークの豚」と言う言葉を使いました。

同室の友人で、外国語はいっさい駄目な、いつものことながら少々アルコールが入っていた人が、これをポーランド民族への侮辱と聞きました。そしてそれを会う人ごとに言わずにはおかず、私たちに山ほどトラブルを作ってくれました。しばらくして彼は退学処分になりましたが、不勉強の故でした。

役所でも無理解に出会いました。私がまだコブレンツの家族と手紙のやり取りをしているのがいつも驚かれるのです。ある高い地位にいた女性など、あるとき、憎々しげに言いました。

「あなたはこの家族に唾を吐きかけてやるべきです！」
彼女は役所で復員ポーランド人の世話をする係でした。

幸いこういう打ちのめされるような思いをするときには、いつも誰かしら理解のある手を差し伸べてくれました。このつらかった時期、ぐらつく足下に最初の精神的支えを差し出してくれたのは、私がドイツ語を教えていたワルシャワの婦人連盟でした。この組織の、ことに一人の女性は本当に力になってくれ、私はどれほど感謝していたかしれません。彼女たちは自分ではそのとき、何かしてくれたとは知らないのです。しかし、私は彼女たちのお蔭でとことん挫折せずに済んだと思っています。この善意の輪にまだたくさんの人が加わってくれました。

こんなつらい目に遭い、大変な思いをしたのは私だけではありませんでした。同じような問題はフランスから引き揚げて来たポーランド人の学生たちにも、少なくとも私が個人的に知っていた人たちにはありました。むろん私よりはずっと楽でしたから、私も彼らの一員だったらと思うことが一、二度ではありませんでした。

私のコブレンツの祖父はときどきこう言ったものでした。
「アルフレートはいつかきっと大変なドイツ嫌いになる！」

私はよくそれを思い出し、同時に実際そうなっては大変だ、それではかつて、ドイツであんなにポーランド人たちを嫌っていたのとまったく違わなくなってしまう、と思うのです。私は真の人間になること、個人として自らの人間性を誇り得る人間になることを願い、それを求めてやみません。それは必ずや困難な道のりでしょうが、しかし、私が本当に確信を持ち、はっきり自覚して選んだものなのです。

神話は終わりです。ドイツ人はそれにより、向こう何年間か人道主義の世界から脱落してしまったのですから。人間性は何よりも他人を、他の状態を、他の意見を、他の民族をどう扱うかに現われるはずです。そしてそれは、例えば第三帝国で唱えられていたような、「人道主義？　——そうとも。自由？　——もちろんさ。ただ一つ条件がある。ドイツ人とあらゆるドイツ的なるものについてならだ」などという空手形であってはならないのです。この中に、早くも十九世紀ドイツのブルジョア哲学に発していた、民族を破壊するドイツの神話があり、それが第三帝国の論理が圧倒した時期に開花期を迎えたのです。

今は極端から極端へ行きやすい時でしょう。でも、そうさせてしまってはならないので、私は断固これに闘いを挑みます。むろん時折ありきたりの憎悪に身を委ねそうになることもあるのですが、でもそれは幸い長くは続きません。なぜなら私の生涯の課題は、このドイツとポーランドの二つの民族を近づけること。そしてもしそれが不可能なら、たとえ限られた範囲でも相互理解の条件を作り出そうと全力を尽くすことだからです。むろんこれは何よりもドイツ側についてです。東西ドイツの人々はあまりにもポーランド人を、そして、ポーランドを知りません。

十五通目の手紙

今日は私の内側で絶えず闘い続けている、心が迷ってならないことを書いてみます。少しも不思議ではないのです。空想と現実との対決に赴かなくてはならなかったのですから。

さまざまな点で私の父の姿が、というより、ある種の、その周辺の人たちが作り上げた後光のようなものが私を助け、事を容易にしたと思います。一人っきりで何かするとき、もし身近な先祖に頼れたら、それも大層な先祖だったら、どんなに助けられるかしれません。

ときどき、父がもしこういう人でなかったら、と真面目に思うことがあります。そうしたらポーランドを、本当に我が祖国として選んだだろうか、と。例えば無学な並みの人で、どうということのない職業だったら、それでも私は選んだだろうか？　母だけで足りただろうか？

この問いには簡単には答えられません。きっと同じ選択をしたと信じたいのです。しかし、わずかに〝でも……〟が残るのです。幸い、ポーランドの家にはポーランド軍の高級将校の軍服があり、私が思い出せないその人の活躍ぶりはもはや伝説化していました。幸いにも私は軍服とそれに繋がるすべてのものを賛美して育ちました。この銀糸の縫い取りのある父の軍服は私のお守りのようになり、それを見ることで最悪の危機にも打ち勝てたのです。

強制収容所については、ことに最大のアウシュヴィッツ収容所についていろいろと聞きました。そのことについて本を読み、映画も見、ことに、W・ヤクボフスカ監督のポーランド映画『最後の段階』からは強い印象を受けました。当時、私はそれを複雑な気持ちで見、デリケートに言って、これは要するにみな共産主義のプロパガンダが生んだのではないか、との疑念を抱かずにはいられませんでした。だいいち人が人をこんな目に遭わせられるなどと、どうして信じられるでしょう！

私はドイツ人を知っていました。そのうちの多くは家族ぐるみのつき合いで、各地の前線で、各師団、それぞれの部署で戦いました。その中には私の大好きだった、「おじさん」と呼んだコブレンツの親しい知人もいて、その人は、親衛隊員だったのです。家庭では良き父であり、夫でした。なのに彼が、あの人が残虐な方法で人を殺し、傷めつけたというのか？

もしその非人間性と残虐さが問われている人々に毎日「こんにちは」と言っていたら、もしその〝やさしいおじさんたち〟から飴玉をもらい、彼らがどんなにセンチメンタルで動物を可愛がる人たちだったかを知っていたら、それらすべてはあまりにも信じがたいことでした。

それよりポーランド人を憎むことのほうがどれだけやさしかったことか。なにしろあの強制労働の人たち以外見たこともなかったのですから。そしてあの人たちはその姿形で——そうなった原因は誰も思い至らなかったのですから——いかにも「劣等人種」でした。

人は人を見かけで判断します！　たしかにこの場合、どちらもそうでした。あのきれいに髭を剃り、良い匂いをさせていた人たちの仮面の下に、ありきたりの殺人者を想像するなんてとてもできることではありません。私にはできませんでした。だいたい学校では彼らの子どもと一つ椅子に座りました。いつもいっしょに見られたでしょう。彼らの誕生日に家に呼ばれて行ったかもしれない。福音派青年団でいっしょだったかもしれない。あるいは家族ぐるみでピクニックにだって行ったかもしれない。なんてこの〝……かもしれない〟の多いこと……。

何を信じればいいのだろう。聞いた話か、それとも自分の目で見た、共に生き、迷惑を蒙ったこともない、善意と品格のあった人たちのほうか。これが悲劇でなくて何でしょうか。

こうして考えるうち、どうしてもオシヴィエンチム[*1]に行かなくては……、このことで自分自身の見解を持たなくては、と思うようになりました。ちょうどポーランド青年同盟[*2]がオシヴィエンチム旅行を外国人留学生のために組織し、私たち、いわゆる「復員者」も加われることになりました。私はそれに合流しました。

大きな門に「働けば自由になる」の標語。門前に絵ハガキ売り場とビュッフェ。――もうこれで私は多少懐疑的になりました。それにあのたくさんのバスとカラフルな旅行者の群です……。だいたいが巡礼というのは好きでない。あのざわざわと騒がしいのがいやなのです。ときどき、キリストのように鞭を振り上げ、私にとって神聖な場所から、これら騒々しい現代のパリサイ人[*3]たちを追い出したくなってしまいます。アウシュヴィッツ収容所前でもそんな印象を受け、その欲求を感じました。

門を入って……なんだ、と思いました。どこもかしこも清潔で、すべてがペンキ塗りたて、建物は見るからにエレガントで、きちんと番号が振ってありました……。

最初の何棟かを見ながら、私はある種の失望感を拭いきれませんでした。確かに蚕棚のようなベッドは印象に残りましたが、しかし、それだって清潔で、申し分なくきちんとしていました。案内人が――自身、元囚人だった人ですが――この蚕棚に何人がどんな風に寝なくてはならなかったかと説明して、ようやく少しこの〝ベッド〟の〝不便さ〟が分かっただけでした。

空中をほとんどすべてのヨーロッパ語が飛び交い、この外国人たちの顔を見ると、私と同じような反応、というのは、関心を持ちながらもいささか失望しているのが分かるのです。このテーマではあまりにたくさん読んでもいるし、聞いてもいる。想像も加わってしまいます。だから戦後何年経とうと、その頃はこうだったろうと想像するそのままの地獄を期待してしまうのです。

次の棟で飢餓室を見、幾千という数えきれない靴、子ども用の靴、眼鏡、義足、それから枯

＊1――アウシュヴィッツのポーランド名。
＊2――ポーランド最大の学生組織。
＊3――旧約聖書の律法をただ形式的に墨守し、その精神を忘れた古代ユダヤの保守派の人。転じて形式主義者、偽善者の意。

草のように刈り取られた髪の毛の山を見、あの乳母車、歯と義手の山に視線を奪われ、死の棟の処刑の壁の前に立って、ようやく、神経はまったく言うことを聞かなくなりました。私は打ちのめされ、完全に叩きのめされ、あの死の壁の前でドイツ語が聞こえたときはその人たちにむしゃぶりつきそうになりました。この瞬間、あらゆるドイツ的なものを憎みました。

私はそれ以上耐えられず、どこやらの隅に隠れて泣きました。いったいやつらは私をどうしようとしたんだ？　もしかして私はアウシュヴィッツの人形で遊んだのか？　ガス室に送られた子どもたちの靴や洋服を着たのか？　今になって収容所のこの緻密な、偽善的な清潔さが分かりました。何もかも殺菌し、花が美しく飾られなければならなかった。モーツァルトを聞きながら人が殺されていたのです[*4]！

いったいドイツの天才よ、おまえは何をしてくれた。どうして野蛮に身を任せ、堕落に屈服しなければならなかったのか!?　復讐でもしたつもりか。自らの不毛を知り……。もはやこの世にベートーヴェン、ゲーテ、ハイネ、ヘルダーリンのような人々は産み出せないと悟ってか……。生きとし生けるものの上に死をもたらし、夜の闇を拡げる悪魔しか作れなくなってしまったか。

どうしてそうなってしまったんだ？　おまえを、あの全《まっと》うしようとしてできなかった〝使徒〟の意識が駄目にしたのか。新しい天才を欲し、自らの子宮からそれを産み出せなかった民族が、あらゆる悪の天才を投票で選んだのか。偶像を賛え、締めつけられることを好んだのか。

そして誰それの見境なく、ありきたりの犯罪者にまで胸に金属片を括《くく》りつけ、その前で跪《ひざまず》いた〝選ばれた民〟よ……。

私も家臣の列に加わるはずだった。そのために征服したヨーロッパの子孫から〝圧制者の手先部隊〟を作ろうとした。最高執政官の、殺人者と火つけ人から成る、新しい〝近衛連隊〟が招集された……。

私がこう思ったのは、私の上にこの巨大な残酷と非道が雪崩を打ってくると感じた数分の間のことでした。我が〝大帝国〟のサナトリウムとはこのことだったのだ。もしヒトラーが戦争に勝っていたら、私は何になっていただろう。もしかしてポーランド駐在の何かの副官にでもなっていて、同胞に死刑を宣告していただろうか！　私にそんなことがいったいできるか。決して、決してできはしないと思う。でも宣告しろと他の者に命じただろうか……？

もしかして私は泣くかもしれない。ビールをあおり、モーツァルトとショパンを聴き、内心の闘争を繰り拡げるかもしれない。でもそのあとで……命令は命令だ。

私は自分の頭にピストルをつきつける勇気があるか？　やっぱりモーツァルトかショパンを聴いてか？　少なくともこうして抵抗しただろうか？　勝ったあとでも、しただろうか？

私がずっと後になって知ったシュタウフェンベルク伯爵、アダム・フォン・トロット・ツー

＊4――アウシュヴィッツでナチ・ドイツはよくクラシック音楽を聴いたと言われる。

ゾルツ、シューレンブルク伯爵、モルトケ伯、ヘニッヒ・フォン・トレスコウ[*5]のような、その姿勢に驚嘆させられた人々は、みな、一九四四年のように、たとえヒトラーが勝っても行動しただろうか？

私はそれを信じたい。信じたいし、信じなければ……。そうでなくては自分まで信じられなくなる。

ときどき聞くことですが、ポーランド人は決してドイツ人のようなことはできないということがあります。これも信じたいし、信じなければ……。ポーランドの歴史はそこに住む人々によってまったく違うものになっているのだから。[*6]

〝選ばれた民〟などという神話は、ポーランドでは耳を傾ける人が絶対——これは深く確信していますが——いないでしょう。なぜならあまりにもしばしばポーランド人は、利害ではなく——幸いなことに——心で行動してしまうからです。

かといってそれも誇張しすぎてはいけないので、それが寂しい結果になりました。私に父を誇りとすることが許されるなら、同じ特権をドイツの将軍の子どもたちも持っています。そしてこれこそが神話です。彼らにしても自分の親の悪いことなど知りたくはない。というより要するに知らないのです。知らないでいる権利があります。ただしそれはある程度の年齢までで、若い人には理想と神話が必要でしょう。ただその際、寂しいのは、それらが年長者によって適度に浄化されてしまうことで、非人間的なことすら多いのです。

人は時が経ったらできるだけ片寄らない現実感を、必ずや持つべきです。そしてそれを埋めて行く、良からぬものは船外に捨てる……。これは容易なことではなく、往々にしてある、無関心で、助けが差しのべられない環境では解決も難しいのです。こうした問題では何よりも自分の力が頼りです。もしもはっきり、わざと意地悪などされ、周りの理解が得られなかったらもっと大変です。

こんな場面を想像してみてください。君はスウェーデン映画『アドルフ・ヒトラーの生涯』か、ソ連の『これがファシズムだ』を見ているのです。この二作はご覧になったことがあるでしょう。君はガールフレンドと見に行って、少し緊張して映画の始まりを待っています。映画のテーマに君は関心を持っている。というのもこの〝克服された過去〟の一部をはっきり憶えているからです。

画面に突然〝党大会〟を祝う行進が映し出され、人々は特有のふんぞり返った様子です。あらゆる種類と色の軍服の列が総統[*7]の脇を見事な足取りで行進して行きます。音楽はヒトラーが好んだ行進曲、「バーデンヴァイラー行進曲」です。

初め、君はまったく冷静で、それらすべてをある距離を置いて見ています。延々と続く列、

＊5――ヒトラーを襲撃し、一九四四年に処刑された人々。
＊6――他国を侵略したことのないポーランドの歴史を指す。
＊7――ヒトラーのこと。

ローマの軍団をまねた林立する大旗と小旗。音楽が烈しさを増し、しだいに近づき、君の体の中に浸み込んでくる。するといつの間にか君の足も自動的に動き出し、目が輝き、全身がシャンとしてくるのです。そして内心こう思います。ああ、あれは素晴らしかった、美しかった、と。

他のすべてのものがこの瞬間、君には存在しなくなります。ガールフレンドが、「ねえ」などと言って君をつついて、はっと我に帰るのです。君は恥ずかしくなります。そう、ドイツの行進曲は世界一です。ポーランドの行進曲とドイツのには巨大な違いがあります。私は専門家ではありませんが、それを感じます。

ドイツの行進曲は冷たく、まったく緻密で、数分のうちに考える人を行進するロボットに変えてしまいます。疲れも忘れさせます。タムタムのリズムがそうであるように、忘我のリズムだけが聞こえ、それは足に、そして体全体に伝わるや、人を動かします。この行進曲は、あらゆる思考を捨てさせ、すべてを〝灰緑色[*8]〟に染めて引っぱって行きます。

一方、ポーランドの軍隊音楽はロマンチックで、ほとんどと言っていいほど角張った音がありません。むしろ民族音楽を思わせるもので、思考と物思いに誘い、少々饒舌で、寂しいのです。

そのあと画面が変わり、爆弾や大砲、崩れ落ちる家々、女、子ども、動物の死骸が映ります……。君はいろいろと考えさせられます。さらにあとでは、突然、強制収容所から解放される場面が出てきます。——涙が溢れてしまうのです。君は逃げ出したくなりますが、できないので、そのまま麻痺したように座っています。そして恥ずかしいのです。自分が「バーデンヴァイラー行進曲」を聞いて勢いづいてしまったのが恥ずかしくてならないのです。ここにたぶん相闘う二つの感情の接点があります。

君は最後の場面が真実なのを知っています。自分でも調べたのだし、ちゃんと知っている。でもその前のシーンが、あれがごまかしだったなどと、驚くべき規模のごまかしだったなどとは信じたくないようにも思うのです。そしていまだに自分の中に「バーデンヴァイラー行進曲」の一部が残っているのでは、と恐ろしくなってしまうのです。そしてこれがたぶん最悪です。

私はこの時期――誰にもこんな時期のあるのは望みません――フランスから来た友人とワルシャワの学生寮の一室に住んでいました。あちらで生まれ、あちらで育ち、パリのポーランド人高校を卒業したポーランド人です。こういう人がポーランドの大学にたくさん来ていました。しかし、この人と特に気が合いました。私たちは似たような考え方をし、趣味が同じで、それはクラシック音楽と絵画でした。音楽のほうは意見が一致しましたが、絵画では常に言い争いになりました。彼が私のことをいつも、この分野では時代遅れだと言うからで、この我々を刺激するテーマは論争を避けたほうが無難でした。

こうして私たちは小さな一部屋に住み、好きなようにそれを飾りつけて、そこではほっこり

＊8――ドイツの軍服の色。

することができたのです。彼は私の悲しい、時にドラマチックな思い、しかし、それ以上に楽天的で希望を抱かせる瞬間を黙ってたくさん見てきました。どんなに彼のことを思い出すかしれません。彼にとっても大変な時期で、私たちは互いに励まし合ってきたのだと思います。

経済的にも容易ではなく、お昼に私たちは丸茹《ゆ》での馬鈴薯をいくつか塩をかけて食べるだけ、時にその塩さえない、買えないときがありました。当時、私は少しでも生活費の自分の分担金の足しにしたいと、二カ月間建築現場の助手をして稼ぎました。授業へは、どうしても欠席できないゼミにしか行きませんでした。

私はこの時期を〝我が背水の陣の時〟と名づけていますが、いつもすべてが、今にも崩壊するような気がしていました。今日ではあの頃をとてもなつかしく思い出します。ことに気の滅入ったときには、早く「ぼくのフランス人」のところへ帰ろうと思い、二人の心やすまる〝独身者部屋〟でいっしょに赤ワインを抜き、良い音楽を聴きました。夜遅くまで、あるいは夜明けまで〝昔のこと〟などを言い合うのでした。そして昔に返って私たちは、彼は私を「フリッツ」[*9]だと言い、私は彼を蔑称で「プワリュ」[*10]だと言って笑いあいました。そうすると次の日はまったく違って見えました。

＊9――ドイツ人の蔑称。
＊10――フランス人の蔑称。

十六通目の手紙

今日は少しポーランド女性について書きたいと思います。正確に言うなら、私の人生に大きな役割を果たした、生涯に影響したと思われる人たちのことです。彼女たちが私のポーランド復帰に大きく参画したことは疑いがありません。

高校時代のことをお話ししたのでもうお分かりのように、私は女性への接し方がまるで分からず、これは恐らくポーランドでは他の国以上に重大な過失です。ポーランドは世界に周知のごとくヨーロッパ一の美人国です。決して誇張ではなく、事実です。ポーランド女性は一言で言うなら貴婦人なのです。

いつでしたか『青年の旗』紙が偉人たちのポーランド女性観を載せていました。ハインリヒ・ハイネの言が一番的を射ていると思いました。むろん『青年の旗』はハイネの見解の一部、良いところだけを再録したのでしょうが……。正確に全文は挙げられませんが、その概要を少し書いてみます。

ハイネはオペラかパーティー、あるいは世界旅行に連れて行くなら、ポーランド女性をおいてほかはない、しかし、人生の旅の道づれにはドイツ女性を選びたい、と言いました。ハイネ自身は、と言うと、自論を曲げ、フランス女性と結婚してしまったのですが、しかし、これは別段、皮肉ではなく、ある意味で彼は本質を突いていたと思います。

私のドイツの父の女性観を思い出されるでしょうね。しかし、理屈で考えてみれば、ドイツ女性とポーランドの男性の国際結婚は確かに最高です。ポーランド男には騎士気質があり、女性には優雅にふるまいます。なにしろ大変な貴婦人たちに育てられるのですから少しも不思議ではありません。

それにしても我々、男性は女から女へ引き渡される、というのはむろん母に育てられ、そのあと妻に更なる教育を施されるという意味ですが、したがって結果は明らかです。ドイツ女性は、とても夫を愛し、操をたて、尽くします。これが逆だったら、きっととんでもない夫婦になるでしょう。ドイツ人の夫がポーランド人の妻に靴を磨けなどと言ったら……大変です！

私はいつも女の天国はアメリカとポーランドにあると思いました。私も早急な自己変革を迫られ、幸い結婚式前までに間に合いました。妻は私を賛嘆しています。本当です。ドイツでは私がいつか手早く食器を洗い、炊事、洗たく、アイロンかけ、その他、多くのことをやってのけるようになろうなどとは夢にも思いませんでした。そういうものなのです。人間とは絶えず学んでゆくのですから。しかし、初めに戻りましょう。

私は大学に入って、外国貿易部の二日目にもう恋に陥りました。可愛い小さな金髪の少女を見、たちまち……虜《とりこ》になってしまったのです。お恥ずかしい話ですが、私は彼女と知りあいになるにはどうしたらいいのかがまったく分からず、代わりにそれを同室の二人の友人がしてくれました。万事うまくいき、その後二年半、私たちはたぶん大学中で一番有名なカップルでした。学部長でさえ、彼女が他の学部にいたにもかかわらず、私たちのことを知っていました。

彼女は私とつき合って大変でした。絶えず部屋に、〝侵略者〟なんかやめて、誰かポーランド人の男を探せという、〝忠告〟というよりは要求の手紙が投げられたからです。しかし、やがてこなくなりました。

それにしても、外国語を勉強したいとか、磨きをかけたいとか思うなら、親切なガールフレンドを作るのが一番です。そうしたら文法などまるで子供騙しになってしまいます！

しかし、人生にはよくあるように、ある時期が過ぎて言い争うことが多くなりました。私が恐ろしくやきもち焼きだったからです。終いにママがワルシャワにやって来て、二十歳の結婚を私の頭から叩き出してしまいました。

彼女はポーランドのことを、女性の考え方を始め、たくさん教えてくれました。彼女のお蔭で、手の甲にキッスする[*1]のも結局は承知したのです。それまではこれがいやで、コブレンツの祖母が、やはり同じ習慣があったヴィルヘルム二世時代の昔話をしたのが思い出されてなりま

＊1――女性に対するこの中世の騎士を思わせる習慣が、ポーランドでは今も（ヨーロッパでただ一カ国）、日常的なものとして残っている。

せんでした。私はそれを非衛生的だと思いましたが、しかし、この古いポーランドの作法に屈服しなければなりませんでした。というのも、みなが私を田舎者だとは言わないまでも、育ちが悪いとか、しゃちほこばったプロイセン人だとか思うからです。お年を召した婦人たちが、ほら、とキッスのための手を差し出すのも嫌で、いつもそれをそっと下に下ろしていたのです。こうしたことがどんなに悪い評判を取るかお分かりでしょうか。

その後、私の人生にレニングラードから来たロシア娘の素的な人が現われました。三日しか彼女に会ったことはありませんが、文通が三年続き、私の最も苦しい時期の真実の心の支えでした。私たちは性格がよく似ていて、同じように夢見がち、同じように感じ易いのでした。婚約しましたが、残念ながら行き来することができませんでした。パスポート上の問題です。そのとき、現在の妻が私を知り、見事な〝獲得作戦〟を開始して、無事、結婚届けを出すに至ったのです。

このニーナは——レニングラードの婚約者の名前です——ロシアへのあるイメージを私に与え、彼女のお蔭でロシア人が好きになりました。今もこの誠実で真面目、ロマンチックな民族で、我々、ポーランド人にとてもよく似ているロシア人にはなつかしさを覚えます。残念ながらソ連には一度も行ったことがなく、いつも、東ドイツへ行くとき、ロシア人たちに出会い、話ができると嬉しいのです。

私のワルシャワ大学の教授たち——ヘーレ先生やシャロタ先生はいつも私に結婚するように

言いました。そうすれば自信がつき、ポーランドとの結びつきもしっかりするから、と。教育者であり学者であるこの方々に、私は学問の分野でも人生問題の解決の点でも、とても感謝しています。修士号を獲ったポズナニのアダム・ミツケヴィッチ大学でも、私の担当教官、フォデラ教授をはじめとして、大変良くしていただき、理解をも得ました。[*2]

若い研究者諸君にはアダム・ミツケヴィッチ大学のような、つまりフォデラ教授の研究室のような雰囲気に恵まれることを望みます。素晴らしい学者で、人間としても立派でした。

私の結婚式はいささか突飛でした。仲人はエッセン出身で、ワルシャワでポーランド女性と結婚している学校友だち、一番の親友のマンフレート・マンケがつとめることになりました。彼はちょうどこの日が文学史の試験で、それがかなり長びいた上、結果もおもわしくありませんでした。というわけで自分のフォルクスワーゲンに乗り込んだとき、そうとう苛立っていたのです。

私たちは彼の妻を拾いに行き、運悪く途中で小さな事故を起こしました。実際は幸い事なきを得たのですが、しかし、私たちはかなり参りました。それで彼の部屋で少し休まなくてはならなかったのです。そうこうするうちに花嫁を迎えに行く約束の時間が過ぎました。結局二時

＊2――著者はワルシャワの中央計画統計大学、ワルシャワ大学、ポズナニのアダム・ミツケヴィッチ大学と計三つの大学を出ている。

間遅れて、キッケーゴ通りの、私たちが向き合った二棟に住んでいた〝学生寮〟に着いたのです。入口のところで私の未来の妻が友人たちの花輪に囲まれて泣いていました。ここでもまたロゴジノと同じことがあった、というのは、誰やら〝親切な〟友だちが、私が中央駅でカバンを持って汽車に乗り込むのを見たと言ったのです。遅れましたが、結局はハッピーエンドで、市役所へ行く時間にも間に合いました。そこを出たときはもう夫婦でした。親友のマンフレート・マンケはその一年後、自動車事故で亡くなりました。このことはまた次の機会に……。

結婚式より以前に、コブレンツの父がポーランドに出張で、ポズナニ国際見本市に来ました。このことについてもやはり次の手紙に書きたいと思います。今日はそれよりもう一つの書類――母に送られてきたコブレンツ裁判所の、以前の書類の続きとして、あくまでも私が母の息子ではないとした上での養子縁組解除の通知を紹介しましょう。前の書類を私がどう解釈するか知らせると言いましたが、それが正にまったく不必要なのです。すべては歴然とし、はっきりしています。

コブレンツ裁判所の、私が本人であるかどうかについての説明を読めば、肩を竦《すく》めるしかありません。それは第二次世界大戦などまったくなかったかのよう、そして、第三帝国が組織的に子どもを略奪したなどは幻想の所産だというようです。さらに言えば、ここの裁判官たちが第三帝国が外国人の子どもを略奪したと疑われ、個人的に腹を立てている、そして母の知らない法律の条項を山ほど挙げ、ありとあらゆる手段でこの呆れた訴えを振り払おうとしているかのようです。

第二の書類にも似たようなニュアンスがあり、ただし、ここには新しい点があります。それは、「養子縁組を結ぶ際、ビンダーベルガー夫妻は彼らの引き取る子どもが孤児であり、ドイツ国籍を有すると思っていた。夫妻はポーランド国籍の子どもは引き取らなかったはずである」という点です。その際、この決定を実に寛大に〝ドイツ民主主義の立法の精神〟に則らせています。これら書類のスタイルは正にヒトラー時代特有のスタイルを思わせます。

父がロゴジノの家を（ポズナニ見本市に滞在した機会に）訪れるとすぐ、私は、本当に私がポーランド人だと分かっていたら引き取らなかったかと聞きました。彼の返事には注解がたくさん必要なので、そのことと、彼との再会、彼の、ロゴジノの両親宅訪問については——この次に。

——2a BⅧ3645——

——2a X75／54——

通告

民法件につき

一九三八年三月二十三日、ロゴジノ（ポーランド）生まれ、近年はドイツ連邦共和国、コブレンツ＝ホルヒハイム、ベルク通り四番地、現在はロゴジノ（ヴェルコ・ポールスカ地方）[*3]、マーウァ・シコールナ通り三番地（ポーランド）に居住する、その法律上の保護者をコブレンツ＝ホルヒハイム、ベルク通り四番地、未亡人アドルフィーナ・エアバッハ、旧姓マイヤーとするアルフレート・ビンダーベルガー（旧姓ハルトマン、現在名アロイズィ・トヴァルデッキ）の養子縁組に関し、縁組関係は、公証人クライナ博士、コブレンツ＝エーレンブライトシュタイン、立ち合いの下、一九四八年八月五日、一方を技師テオドール・エミール・ビンダーベルガー、コブレンツ＝ホルヒハイム、ベルク通り四番地、とし、他方を当時ドイツ国有鉄道の検査官であった故アダム・エアバッハを後見人とする未成年者、アルフレート・ハルトマンとした契約書――U・R・№.43／1948――に従い解消する。

理　由

テオドルおよびマルガレータ・ビンダーベルガー夫妻は一九四八年八月五日、公証人クライナ博士、コブレンツ＝エーレンブライトシュタイン、立ち合いの下、契約書　U・R・№.43／1948を約定、未成年者アルフレート・ハルトマンを養子とした。マルガレータ・ビンダーベルガー夫人、旧姓エアバッハは一九四九年十一月十八日に死亡した。ビンダーベルガー夫妻は養子契約を結ぶに際し、アルフレート・ハルトマンが孤児であり、ドイツ国籍を有することを前提とした。夫妻は子どもを一九四四年五月、〝レーベンスボルン〟組織から、とりあえず一年間保護するという目的で、後日縁組するに必要な書類を受け取れるものとして、養子問題仲介地にて受託した。〝レーベンスボルン〟幹部が告訴された、連合軍が行った一九四八年のニュルンベルク裁判で明らかにされたように、当地点から送り出された児童は「人種上ドイツ人」たちの遺児である。これを確認したこともあって、ビンダーベルガー夫妻はアルフレート・ハルトマンを養子とした。しかしながらその後の調査で、アルフレート・ビンダーベルガーの場合、ポーランド人、アロイズィ・トヴァルデツキで、その母親である現マウゴジャータ・ラタイチャック夫人、前回結婚当時トヴァルデツカが[*4]、再婚後ロゴジノ（ポーランド）に生存していることが判明、ラタイチャック夫人の度重なる子どもの返還願い出の結果、アルフレート・ビンダーベルガー自身が一九五三年夏、ロゴジノに赴いた。ラタイチャック夫人はアルフレート・ビンダーベルガーが自分の一人息子であると瞬時に確認、次に当人がポーランドで母親の元に残るむ

＊3——大ポーランド地方の意。西部地方。
＊4——ポーランド語の姓のほとんどは男性形と女性形に格変化する。

ね決定。再度かつての自分の姓を名乗り、ポーランド国籍をも取得した。ビンダーベルガー氏はアルフレート・ビンダーベルガーとの間にある養子関係の解消を申し出ている。それは許容されると共に、相当の理由が認められる。

法的手続きがとられた養子縁組関係は、一九三八年四月十二日に制定された民法（「RGB1・I」、三八〇頁）の変更並びに補足規定「13Abs.」一二条五項、一三条に従い、養父がその無効を願い出た場合、これを裁判所は、子どもの側に今後の養子関係を継続してゆきがたい道徳上の重大な理由がある時は承認する。さらにビンダーベルガー夫妻が養子とした子どもがポーランド国籍を有し、母親が生存するとなれば、これまでの養子関係は民法に照らし合わせてその効力を喪失する。

養子縁組を約定するに際し、ビンダーベルガー夫妻は子どもが孤児であり、ドイツ国籍である場合に限り引き取るむねを明らかにした。夫妻は決してポーランド国籍の子どもは引き取らなかったはずである。以上のような場合、縁組関係を解消することが、すなわち国家社会主義的な過ちの除去につながる。と同時にそれは法律によらずに母親から引き離され、長年に亘る別離にもかかわらず、生みの母親との血の繋がり方が、これまでの育ての親とよりも、ことに養母マルガレータ・ビンダーベルガー、旧姓エアバッハが死亡した今となっては強かった子どもの、よくよく考えた上での利益にもかなっている。またドイツ民主主義の立法の精神にとっても、国籍を外国国籍の子どもに、その意志に反して押しつけるのは本意ではない。その点をもかんがみ、裁判所は縁組関係の解消を決定するに吝《やぶさ》かでない。

この解消に伴い、子どもは養父の姓を名乗る権利を喪失、以前の姓を取得する（「1・C.」二二一条参照）。当決定は関係当事者が控訴を断念したことにより法的効力を有するものである。

一九五四年二月二十六日、

コブレンツ裁判所第二法廷

署名：ラング地方裁判所事務官

十七通目の手紙

ワルシャワの文化宮殿で第二回国際書籍見本市が開かれました。私はドイツの書籍売場で売り子の知人を手伝っていましたが、そのとき、若い男がチェスの本はないかと聞いて来ました。彼には以前から、どうしてだったか忘れましたが、注目していたのです。もしかすると私たちが似ていたからか、その後、よく人に似ていると言われました。彼はチェスの本や雑誌について聞きましたが、あいにく新刊本は何もなく、彼が立ち去ろうとしたとき、私は、

「西ドイツの方ですか」

と声を掛けました。

一応そう聞いたものの、西ドイツ人か東ドイツ人かはすぐに見分けがついたのです。そして案の定そうで、彼はエッセン出身のマンフレート・マンケといい、ポーランドの女流画家と結婚していました。

私たちはいっしょに喫茶店に行きました。隣席にいたドイツ語の新聞を手にした男が、私たちのドイツ語に聞き耳を立てていました。私はもう数年来この言葉で話したことがなく、会話ができて満足でした。ところが実際は意外にも大変です。間が空いてしまうのです。普通に話

しているつもりが、舌が思うことに追いつかず、〝やっとの思い〟で喋ると、なんとか出てくる私の言葉はレベルの高いものではありませんでした。ほとんどみなお粗末な俗語だったのです。私は自分が「基礎ドイツ語」のような幼稚な言い方しかしていないのを感じました。

君もこういう言語上の無力感に襲われたことがありますか？　――君はすべて完璧に分かるし、話す方でも流暢に、高処に辿り着きたいのです。なのに平地でうろうろ、それもゆっくりしか動けません。

私は焦りました。この隣席の男がマンフレートに、

「あなたはドイツ人ですよね」

と話しかけてき、次に私に向かって、

「でもあなたはどこの国の方か見当もつかないなあ」

と言ったときは仰天しました。この晩、私はドイツ語の本に飛びつき、それを声に出して読みました。

これまでドイツ語は、長い間、新聞と本を黙読していただけで、これでは一方で他の言語を使っている場合、発音も、言葉やフレーズの操作能力もたちまち失われてしまうのです。

同じような例はたくさんあります。ある友人（英文学者でした）などアメリカに一年いただけで、むこうではポーランド人たちと接触せず、英語だけで生活して帰ってくると、ポーランド語をなんとも奇妙に（しょっちゅう〝言い直す〟のがクセになって）、ヤンキー独特のアクセントで

話しました。ポーランド語の舌の前方で発音する〝r〟を完全に忘れていて、その代わり英語特有の喉の奥に下った言い方をするのです。

ここでもそう……。練習しなくては。――たとえ母国語であってもです。

マンフレートはそのとき、私を家に呼んでくれ、私は彼の家族と一日いっしょに過ごしました。それで友情が始まりました。人柄が良く、多才な人でした。そのとき、大学で化学をやっていましたが、その後、私がドイツ文学科にもいっしょに入ろうと誘いました。

チェスは大したもので、この思考のスポーツでポーランド・チャンピオン次席のタイトルを取り、外国でも成功を収めました。イギリスの何とかいう有名な試合で勝ち、彼の写真がロンドン中の新聞に出たのでした。

私は時間ができさえすれば彼を訪れ、間もなく家の常連客、家族の友になりました。私はあの家の自由な、気持ちの良い雰囲気が好きで、それにはマンフレートの可愛い小さな娘も大きな役割を果たしていました。私たちが知り合って一年後、彼は自動車事故で両親を失くし、そしていくらも経たぬうちに、――そのときはもう二人ともワルシャワ大学のドイツ文学科にいたのですが――ウッジ[*1]郊外で友人数人と共に、自分のフォルクスワーゲンに乗っていて死にました。

マンフレートは運転が上手でしたが、ただしょっちゅう、どんなに注意深い外国人でも、車でポーランドを走っていてみながする間違いを犯しました。彼らは先行していい番が来ると、単純に先行権があるのだと思うのです。そうじゃない。ポーランドでは違うのです。車が大きく巨大であればあるほど、勝手気ままな優先権があります。他のもっと小振りの車はみな引き下がっていなくてはなりません。

来年、西ドイツから学校友だちが訪ねて来ますが、車で来るのだとか。今からもう彼の身の上が心配で、たぶん私が運転してやらなければならないでしょう。

マンフレートが死んだのを私は旅行から戻り、駅から妻に電話して知りました。そんなことってあるだろうか。私は中央駅から学生寮まで、ぼうっと、周りのものが何も見えずに歩きました。ワルシャワの一番の親友を失くしただって？ ウソだ！ しかし、悲しいことに本当でした。今でもこのことは信じたくなく、彼はどこかへ行ったんだ、でも帰って来る、と思えてなりません。

この悲劇が起こる前に、彼はすでに述べたように私の結婚式で仲人を務め、さらにその前に、ポズナニ見本市で私が帰国後ほぼ八年振りでコブレンツの父に会うとき、いっしょに行ってくれました。

父は見本市に——あとで知りましたが——私に会うだけのために来たので、当時はこうしなければ会う方法がなかったのでした。彼に会ったら、ああも言おう、こうも言おうと思いまし

＊1——ワルシャワの西方、汽車で二時間の工業都市。

たが、それにしても肝心なのは私の間近な結婚で、これをなんとか彼に分かってもらわなければ、と思いました。彼の考え方はお分かりでしょう。

子どもの頃、彼は私の偶像でした。いつも私の、知識や芸術の点での手本でした。要するに私は彼に魅せられ、彼が自慢だったのです。離れて暮らしていようとこの印象はまったく変わらず、むしろ逆でした。会わないでいると、その人の一番良い点しか記憶に残らず、それを理想化もし、実際をはるかに越えたものにしてしまいます。

もっと早い時期にドイツを訪れていたら、と思います。そうしたら比較ができました。私のポーランド復帰もこうは長引かなかったはずなのです。私はドイツを、苦しかったとき理想のドイツに、想像で作り上げ、ドイツへの幻想は苦労知らずの素的なものになりました。これがたぶん私の問題で犯した最大の過ちです。

四年前初めてドイツ再訪を果たしたときは一週間も経つともう、駅に出かけて行き、ポーランド人の鉄道員と話し、彼らの制服を見ようとしました。どうしてこんなに人の心理をすっかり忘れてしまうのか、残念です！

コブレンツの父からポーランドに到着する正確な日時を知らせてきたとき、私は感覚が痺れたようになりました。待ち切れない気持ちで熱に浮かされたように、これまでのこと、これからのこと、すべてを思いました。もうそこに父が見えるようで、再会のときの彼の様子も想像してみました。私の未来の妻を連れて行くつもりでしたが、結局はそうできなかった、というのも、彼女がどうしても今学期中に受けなければならない試験があったからです。あとで分かりますが、これでかえって良かったのです。私は試験を期日前に受けてしまって充分時間があり、大事な会見に臨むいろいろな準備ができました。

父の今の姿を思い描いてみました。送られて来た写真はもう少し白髪がありましたが、それ以外は昔のままでした。彼が到着する日、私は夜明けと共にワルシャワのオケンチェ空港へ行きました。切符はポーランド航空の事務所でずっと前に買ってあります。そうでなかったら、なにしろポズナニ見本市の期間中、とても席など取れるものではありません。そういうわけで運良く、やっと貯めたお金で飛行機に乗ったのは、父と手紙で打ち合わせた見本市会場にいっ時も早く着きたい一心からでした。

いつもなら飛行機に乗っている間中、モーターの〝調子〟が良いかと耳を澄ませ、転換速度や騒音のボリュームが切り替わるたび、恐ろしく緊張するのです。飛行機に乗るときのこの恐怖にはどうも打ち勝てません。しかし、このときはそれを考えず、完全に物思いに、空想に、想像に耽りました……。隣席に座った著名な音楽学者の、私と同じポズナニ県出身の――と、彼は言いましたが――ヴァルドルフ氏と二、三言話したとだけ憶えています。二、三言、というのは、私の思いが一瞬も、もうじき会うのだ、との思いから離れられなかったからでした。

見本市会場で父が見つかるだろうか、そう思うと不安で体が震えました。二人ともすぐ分かるだろうか？　分かり合えるか？　私の結婚はどう言うだろう……？　ひとりあれこれ思いな

がら、ああでもない、こうでもない、と思いました。すると、

「シートベルトをお締め下さい。間もなく着陸いたします」

そして一瞬の後、完璧な、世界に知られたポーランド・パイロットの操縦[*2]で、飛行機は滑走路にしっかり〝座り〟ました。私は真っ先に降り、出口めがけて駆け出すと、運良く空きのタクシーをつかまえました。全身におこりが生じたようになり、私はポズナニ見本市の細い塔に近づきました。

＊2――ポーランドの飛行士たちは戦争をくぐり抜けてきた体験から、大胆不敵な操縦で知られていた。

十八通目の手紙

私は入場券を買い、ほとんど駆けて門に入りました。〝ユング〟社の前が約束の場所でした。まず西ドイツ館を目指し、そこからは先を聞きました。何番と教えられ、どこそこの傍が〝私の〟場所だと聞きました。そこではまだ大工が入っていて、飾りつけをしている、というのも、この会社の荷が見本市開催の前日にやっと着いたのです。

私が声を嗄《か》らして、「父は」と聞くと、彼はまだでした。私は傍にあった籐椅子に座り込み、待って待って待ちました。何十分、そして、一時間以上になると不安が募りました。することがなく、近くのレモン水とスティック菓子のスタンドに何度も何度も行きました。二時間が過ぎ、何度目かのスティックを食べて戻ると、遠くに父の姿が見えました。

それからはもう夢中でした。私はなにやらわっと叫び、一瞬ののち二人は抱き合って泣いていました。私が彼より頭一つ分背が高くなっているのに、彼は習慣で昔のように私の髪の毛を撫で、忙《せわ》しなく、

「長い間どうしてた。元気か？」

と聞きました。少しして最初の感動が鎮まると、彼は私をしげしげと見て、

「とても元気そうだ」

と言いました。

コブレンツではしょっちゅう、私がおなかを空かせていないかと心配していたそうなのです。みな、あちらでは共産国には食べ物がないと思うのです。だからあの東ドイツの、いわゆるゾーン宛て「愛の小包」もあったのです。

私の姿に父はご満悦でしたが、彼のほうはずっと衰え、私はその髪がほとんど真っ白なのと、背中が丸くなったのに気づき、ぎょっとしました。しかし、一番驚いたのは完全にバイエルン訛りだったことでした。たしかにオーストリアかバイエルン地方の出身であることはいつも分かりましたが、しかし、こんなに出身地方が歴然とした発音ではなかったのです。長年ラインラント地方に住み、その地の人になっていました。彼は自分の少年期の言語に逆戻りした、と感じました。

私たちはこうして並んで歩き、あらゆることを話し、そして何も話しませんでした。これまでは父にああも聞きたい、こうも聞きたいと思っていたのに、今はまるで馬鹿みたいになり、何一つまともに喋れません。何かが喉に詰まってしまったようで、どうしても気のきいたことが言えないのです。もっとも父も同じで、同じことばかり聞きます。

「どうしていた？　元気か？　ポーランド語は覚えたか？」

ぐるぐる同じことばかりです。そして潤んだ目でじっと私を見るのでした。

パパは立派な屋敷の一部屋を宿として借りました。私たちはそこへ車で行き、というより父が運転できないほど疲れていたので、マンフレートが自分のフォルクスワーゲンで送ってくれました。しばらく休んで、当然、私たちはロゴジノの両親の家に直行しました。あちらではみながもう、緊張して私の二組の両親の――と言っても、残念ながらドイツの母がこの日を待たずして死に、四人になりませんが――初めての顔合わせを待っていました。もっともむこうの母が生きていたら、こうして会うことにはならなかったのでしょうが……。

私たちはとにかくポズナニから四十キロ離れたロゴジノに行きました。パパはポーランドまでの車の長旅で疲れ、寝込んだので、私は今頃になって気づいた、ある重大な問題について少し考える時間がありました。それはみなが一堂に会したときの複雑な状況をどう切り抜けるか、また、彼らをどう呼ぶかでした。私はドイツの父は今までどおりドイツ語で〝パパ〟と呼ぼう、ポーランドの両親はポーランド語でむろん同じに、と決めました。誰も傷つかないように、と思いました。多少、この出合いが怖くもありました。

ロゴジノの両親はドイツ語がとても上手です。継父はヴィルヘルム王の時代にドイツの学校に通わされましたし、ママはこの言葉を子どもの頃にドイツの子どもたちと遊んでいて覚えました。

またあの心配です。何とかデリケートに、外交的に切り抜けなくては……。その一方で通訳はする必要がない……。ロゴジノの最初の家々が見え、私は我に返りました。もうじきです。

家ではママが盛大な祝い事か、とても幸せな気分のときに限ってするパーティーの準備ができていました。父でさえ（ドイツのです）疲れ果てていたのに、この珍味の数々を見て元気づき、有頂天になりました。挨拶のときはなんとも感動的でした。母は零《こぼ》れんばかりの笑顔で、父はいささか戸惑いながら、手を差し出し、そして抱擁し合いました。

私と父（ポーランドの方の）は少々不必要な感じがしてしまい、挨拶は延々と、こちらが先を待って何度も足を踏み変えたほど続きました。こうして私はまったく無縁だった二組の人の仲立ちをしました。嬉しさが隠し切れませんでした。

それにしても父（ドイツの方の）が、

「やっと息子アルフレートのお母さんに知り合えた」と言ったときは滑稽な気がし、内心苛立ちもしました。――どうしてかいまだに分かりません。もしかすると理由《わけ》もなくやきもちを焼いたのかもしれません。

父（ポーランド側の）はとても控え目にふるまい、挨拶のとき以外はずっと退っていました。私の複雑な気持ちを分かってくれたのだと思います。なにしろ父と母が他人同士で、別々の国に住むのです。これなどはまだしもあり得るかもしれませんが、二人の父がかち合うのですから、これは一時《いちどき》には多すぎる――。

私はそのときの彼の心遣いにどんなに感謝したかしれません。最初の二日ばかりは彼はほとんど会話に割り込みませんでした。もっとも私たちは母と父（ドイツ側の）を二人だけにしたのです。彼らは話したいことが山ほどあるはず。その邪魔をしては無粋です。

ただ父が母にすっかり魅了されたのが分かりました。彼も、お母さんがドイツに来るのが一番良いのだが、と言いました。私はハッピーエンドを想像してみました。――〝パパ〟と母がドイツで結婚して、家族がもう一度、一つになる、と。でもそんなハッピーエンドはハリウッド映画にしかあり得ないことで、人生のシナリオはまったく違いました。

実は私もそんな計画を立ててみたことがあったのですが、ママが口癖のようにドイツにだけは住めないと言っていたので現実性がありませんでした。でも両親いっしょならコブレンツに来られないかとも考えてみましたが、しかし、これも所詮は夢。というのも両親は、ドイツ人のいわゆる〝ストックポーレン〟――頑固で骨の髄までポーランド人だったからです。

私の祖父（ポーランド側の）はドイツの占領時代、頭にマチェユフカ帽[*1]を被り、ドイツ将校や兵隊たちに敬礼しなかったのだそうで、顔面に鞭打たれ傷だらけになって帰って来たことがあるそうです。

しかし、歓迎パーティーのことに戻りましょう。話は果てしなく続き、父は私たちがあまりあれこれ聞くので疲れました。いかにも眠そうで疲れている様子なので、私たちはやっと止めました。寝る前に例の、広場の井戸から汲んできた水で、洗面器で顔を洗うのでした。父はこ

*1――ピウスツキ将軍が被ったようなポーランドの帽子。

「アルフレート、私たちだって同じことを経験したじゃないか、水の不便を……。フランス人たちに他人の家に〝移転させられた〟ときにさ」

私は笑い出し、市の（ロゴジノの）お偉方たちが聞いていなくて幸いだったと思いました。

こうして父がポーランドに来て最初の一日が終わり、それは私たちみなにとりずっしり重いものでした。

最初の一時期——衝撃的な印象を受け、当り障りのない、儀礼的な会話を交わす時期が過ぎると、真剣な話が始まりました。私は一つ、聞きたくて以前からもうウズウズしていたことがあり、二人だけになるとすぐ、あの裁判所の書類は本当か、私がポーランド人だと分かっていたら本当に引き取らなかったか、と聞きました。父はふいに真面目な顔つきになり、はっきりした声で私が心の底で望んでいたとおりのことを言いました。

「おまえを息子として引き取ったとき、この子は孤児だと言われたんだよ。国籍はこの場合、私には問題じゃなかった。でも誘拐された、それも両親が生きているのにさらわれてきた子どもだと知っていたら、決して養子にはしなかったよ！」

そう言いながら彼がつらい思いをし、昔の思い出が甦ってきているのを見て、私は話題を変えました。

前にも書きましたが、私が近々結婚すると言ったら、彼がどう思い、どう反応するか、ことのほか気がかりでした。初め彼は私の婚約者の話を聞いていなかったかのようでしたが、あとで私を遮り、馬鹿なことだ、と言いました。私のような〝芸術家的性格〟の持主は（と、コブレンツの家族はそう言うのですが）、この件ではまったく違う対処の仕方をしなければいけない、と言うのです。私がそれでも頑張り、

「真面目に聞いてくれ」

と言うと、彼は苛立ちました。そして、

「婚約者は財産があるのか」と聞くのです。私が、

「だってそんなことどうでもいいじゃないか。もうじき大学だって卒業するんだし……」

と言うと、彼は恐ろしく怒りました。やっぱりこの点では少しも変わらない、と思いました。

むろんドイツでさんざん聞かされたことをまた聞かされました。高等教育を受けた、今後、大きな仕事をしてゆく人間には平和が必要だ。それは家庭にしかないものだ。大学などに行って勉強し過ぎたのはいけない。妻として良いのはせいぜい高校教育までの女で、できればどこか家政学校を出たようなのが良い。そのほか無くてはならないのはちゃんとした持参金があることだ、と。

ここで私たちは完全に意見がくい違い、分かり合えませんでした。そのあと父が漏らしたことで、彼がなぜああまで言うのかがようやく分かりました。

彼はポーランドに私のことで山ほど計画を立てて来たのです。まだ私がコブレンツに帰るか

と希望を持っていました。もう私の妻にしようと思う娘も決め、それが恐ろしく知的なところのない、お帽子のことしか話せなかった人なのです。

私が彼の跡を将来、それも近い将来、彼の体力や精力が衰えてきたとき、継いでくれるよう期待していました。それにはまず私が一年モスクワに行く。そしてロシア語を学んで、そのあとボンの外交官大学に入るか、さもなければどこか大きな会社に社会主義諸国の外国貿易の専門家として入社する、と。すべてあり得ることでした。父は偉い人たちをたくさん、近しく知っていましたし、その提案自体、広い展望があり、心をそそるものでした。

結婚を勧められて私は憤慨しました。どうしてこういう問題でこんなに即物的になれるんだ! 私は父が別人のような気がしました。私自身、〝嵐と抑圧〟の時期を耐え抜いてきましたから、彼の計画にはなおさら傷つけられる気がするのです。父は私が住居が手に入らないと漏らしたとき(市評議会副議長には叩き出されました)、こちらを憐れみの目で見るばかりでした。

ところで私が結婚するというのはママも信じませんでした。

「また何か思いついて……。冗談ばっかり!」

と言いました。父とはとにかく、ある意味ではもう戦争状態でした。

状況をいっそう悪くしたのは、彼がリリー伯母をこの上ない妻だと言って褒め、ある点では死んだ母より上だと言ったことでした。それはまったく聞き捨てがならず、ママが外交的な手腕を発揮して、割って入ってくれたから良かったものの、すんでのところで互いの絆を完全に断ち切ってしまうところでした。

政治の話も、過去のことなどを話しましたが、この点では意見が一致したと言ってよいでしょう。こういう問題なら父は頭が冴え、物ごとを弁《わき》まえた人でした。それどころか問題によっては、人をなるほどと唸らせ、自分の思考方法もバイエルン式頑固さに似合わず意識して正しました。

むしろ大きく意見がくい違ったのはヨーロッパの戦後政治についてで、しかし、それは当然だし、当たり前です。同じ考え方など期待すべくもありません。父にポーランドが経済面でも西側を凌いだと主張するつもりはありませんでしたが、しかし、強いてその点に注意を向けさせる必要もありませんでした。父はその目でポーランドの成長を見、心から賛嘆したのです。

特に感心したのは工作機械で、これは彼の専門だし、熟知していました。おかしな人です。世界を見る目はとても広いのに、〝家庭内〟のこととなると小市民的で……。私も年を取ったら同じように考えるようになるのでしょうか？　いいえ、決してなりません。

雰囲気はもう歓迎の日の喜ばしいものではなくなりました。父の計画に怒り、私はドイツに帰ったら我が人生はどうなったか、と考え始めました。答えは明らかで、旧友たちにしろあちらの社会にしろ私を受け入れないでしょう。私は生まれながらのサルマチア[*2]の反逆者。理がな

*2――ヴィスワ川とヴォルガ川の中間地方の古名。今のポーランドの一部とソ連西部の一部に当たる。

いと心底思えば、社会の抑圧に屈してはいません。あちらではたちまち社会からはみ出し、よくても、ひとり我が道を行く変人扱いです。アカ呼ばわりでもされたら、当時はまだあったことでしたが、大変でした。ポーランドでは資本家で、あっちではアカなのです。

父がポーランドにいた間じゅう、肝心なことでは完全に分かり合うところまで至れず、最後まで雰囲気も緊張していました。今、ときどき、あんまり父に対してきつかったか、頑固だったかと悔みますが、しかし、その姿勢が私がその前に決めたことを信じる助けになったのだと思う……。だいいち私にはポーランドに残るか、ドイツに帰るかという選択のチャンスがまたあったのです。ここ、ポーランドで、家もなく、一カ月の給料千五百ズウォティ[*3]の助手として生きるか、あるいはドイツで再び屋敷に住み、初任給でも千二百マルクの、早い出世も約束された商社マンとして生きるか、の。

私は正しい選択をした、と、今、深く確信しています。そのとき、ポーランドを私は良心の命ずるところに従って選びました。それは疑いもなく、みなが心待ちにしていた大きな瞬間で、そのときは気がつかれないものでした。何年か経ってようやく人はそれに気づき、今、やっと私はこれで良かったのだと思えるのです。

ポーランドが他ならぬこの体制だから選んだのではありません。それは私の祖国だから、そのために私の先祖たちが、写真でしか知らない父をも含めて、命を献げたから選んだのです。生活環境と人々がこの国では、私の感じでは、もっと人間的だから、ここでは個人が問題とされ、その人が共感を得る。人がお金によって、ではなく、その性格、ふるまい、能力によって作られるから選んだのです。

この私の人生における大きな出来事は――今も述べたように――ほとんど気づかれずに過ぎました。そしてそれは少しも私のその後の運命が楽だったことではないのです。まだたくさんいやな目に遭い、何度も困難と闘わなくてはなりませんでした。

しかし、もう決して旅行カバンに腰掛け、ドイツ行きを待っているような気持ちはしなくなった……。この寂しい感情にはもうかなり以前に打ち勝つことができ、今はそれに代わって祖国にいる安心感があります。

私は今、これを祖国と呼ぶことができる。そう呼ぶ権利があります。先祖がいたからというだけではなく、私が自分で、自分のために取り戻し、それを取り戻すのに闘ったことで得たのです。

この祖国にいるという安心感とそれへの誇りは、かなりの程度、妻と息子がいてくれるからこそでもあるでしょう。息子は今、かつて私が誘拐され、それにより母と祖国を長年にわたって失った、ちょうどあの年頃になりました。そして恐らく、いかなる父親にも母親にも、私が彼を見て思う、もし息子を奪おうとするものがあったらどうしよう、という気持ちは説明する

＊3――この当時、約一万五千円に相当。

必要がないでしょう！　私は私の物語が——そして私ばかりでなく他にもあったこの物語が繰り返されることを決して望みません。このような、あるいは似たような悪を回避するためなら全力を挙げる覚悟です。それがどちらから来るのでも同じです。

また、私は息子を人の名にふさわしい立派な人間に育てたい……。その際、名前がアルフレートであろうと、アロイズィであろうと、ピエールでもジョージでもイワンでもどうでもいいことです。すべてを決め、すべての上に立つのは人間でなくてはなりません。

資料

以下には、第二次世界大戦後に交わされた、著者をポーランドに帰国させるための文書・書簡等が収録されている。

ポーランド赤十字　ドイツ国内フランス占領区代表団
L. dz. 402　S／49／12

ウーバーリンゲン地方代表団
S. P. 50. 414、B. P. M. 523
ゾイベルトベーグ通り十二番地、電話735

一九四九年三月二十四日

ロゴジノ・ヴェルコポールスキェ
マーウァ・シコールナ通り三番地
ヤン・ラタイチャック殿

四九年三月八日付の御書簡を受け取りましたが、どうぞポーランド赤十字がアロイズィ・トヴァルデツキの本国送還を急ぎたく努力し続けていることを信じてください。我々は最後には占領当局より子どもの送還を取りつけると確信しています。しかしながらこれは大変問題の多い件で、当局は次々新たな障害を持ち出してきます。我々はそれを乗り越えなければならないので、それには時間と書類の収集が必要です。

以下の点につき折り返し御返事を願います。

1　一九三二年一月二十四日、ソコウォヴォ生まれの、母親を、ポズナニ県ヴォングローヴィエッツ区、ブズィン郵便区、ダルコヴィッツェ在住のゾフィア・トヴァルデツカとするレオン・トヴァルデツキは彼らに知られているのか。

2　レオン・トヴァルデツキはアロイズィ・トヴァルデツキの兄なのか。

3　レオンが彼らに知られていて、また、アロイズィの兄であるなら、彼はどこにいるのか、また、アロイズィが彼の移送された弟で、ドイツに出発前カリシュにいたことを証言できるのか。

4　ゾフィア・トヴァルデツカはアロイズィ・

トヴァルデツキの親戚か、そもそもマウゴジャータ・トヴァルデツカと、ゾフィア・トヴァルデツカ、レオン・トヴァルデツキ、アロイズィ・トヴァルデツキ[*1]はどういう関係にあるのか。
できれば関係書類を添付の上、御返答ください。

ポーランド赤十字
ドイツ国内フランス占領区代表
G・J・ペトロヴィッチ修士

*1――ポーランド語の姓のほとんどは男性形と女性形に格変化する。

バーデン・バーデン駐在ポーランド共和国領事館
K.Bad.B.384/T/1920/7/50
一九五〇年五月二十四日、バーデン・バーデン

ロゴジノ・ヴェルコポールスキェ
マーウァ・シコールナ通り三番地
マウゴジャータ・ラタイチャック殿

貴女がワルシャワのポーランド共和国大統領宛てにお出しになりました御子息アロイズィ・トヴァルデツキの本国送還に関する（年月日の記入のない）御書簡に対し、問題は我々のフランス当局への再三の申し入れにもかかわらず、未だ進展をみていないことをお知らせ申し上げる次第です。
担当各省庁にて休みなく調停を行っているその結果は逐一お知らせ申し上げます。領事館は近く子どもの養子縁組を無効とさせ、彼を本国に送還させ得ると希望を持っております。

ポーランド共和国領事
J・クシェチョフスキ博士

難民問題国際組織フランス地区局
7934／17　DG／AK

一九五〇年六月九日、ノイエンブルク（ヴェルト）

難民問題国際組織会長より
バーデン・バーデン駐在ポーランド赤十字代表、カミェンスキ殿へ

児童ハルトマン——アロイズィ・トヴァルデツキ件

五月八日付貴兄の御書簡にお答えし、当児童件は国外亡命者局と司法管理局が担当した旨お知らせ申し上げます。

児童はやはりドイツ国籍のアルフレート・ハルトマンとしてビンダーベルガー家の養子になっていました。

この縁組を無効にさせるべく子どものポーランド国籍と、実名がアロイズィ・トヴァルデツキだということを証明しなくてはなりません。——この方法で縁組に関する当初の判決は無効になりましょう。どうぞ国外亡命者局に申し入れ、現状況に関する必要なあらゆる情報を取得してください。

母親がフランス地区に来られる許可を取れず無念です。必ずや事を容易にし、また、解決を早めたはずでした。母親の立ち合いを、私は例外措置として、——そちらの反対は完全に理解した上で——事の複雑性にかんがみ要請したのです。

ドイツ国内フランス占領区
国際引揚者組織会長
A・ポアニャン

ドイツ国内フランス共和国警視総監
JB／HS／e　国外亡命者局
No.10085／HC／P.D.R.／2-REC
一九五〇年七月七日、バーデン・バーデン
S.P.84374、B.P.M.507

ドイツ国内フランス共和国警視総監、
フランス大使、A・フランソワ・ポンセより
バーデン・バーデン、リヒテンターレス通り六
十一番地　ポーランド赤十字代表者殿

児童アロイズィ・トヴァルデッキ件
一九五〇年五月八日付の御書簡L.dz.2187／50／12、および一九五〇年六月十五日付25
10／50／12について

上記書簡に関連し、児童アルフレート・**ハルトマン**と、貴国省庁がそのポーランドへの帰還を要求している一九三八年三月二十三日、コブレンツ生まれの児童アロイズィ・**トヴァルデッキ**が同一人物かどうか照会した結果をお知らせすることを光栄に思います。

在コブレンツの国外亡命者局の担当官が一九五〇年五月五日にアルフレート・**ハルトマン**の通学する学校に出向きました。しかしこの子が**トヴァルデッキ**家が捜す子どもかどうかは確認するまでに至らず、というのもポーランド赤十字から送付されてきた写真が技術的におもわしくないためです。しかも写真は一九四四年のもの。子どもはこの時から変わりました。

厚生省の**リュイヤン**氏、および学校長は共にアルフレート・ハルトマンとアロイズィ・**トヴァルデッキ**は似ていないと言いました。

上記理由により、今後この当然調査すべき件を継続するため、子どもの肉体上の特徴、例えば髪の毛や目の色など詳細が必要です。この場合、児童**A・トヴァルデッキ**の性癖や髪の毛の房もあればと思います。母親にこれらの点、お確かめいただきたく、私がこのデリケートな問題を把握できるようよろしくお願いいたします。

署名：シルー

3011／50／12
一九五〇年十月二十五日

ドイツ国内フランス占領区
ポーランド赤十字代表より
バーデン・バーデン駐在
国外亡命者局代表、シルー会長殿

児童アロイズィ・トゥヴァルデッキ、別名アルフレート・ハルトマン、一九三八年三月二十二日生まれの件

御書簡、一九五〇年七月七日付、10085／HC／P.D.R.／2-RECに関して

上記書簡にお答えして、子どもの肉体的特徴は、母親が申し出たデータ——明るい金髪、ゲルマン的な額、大きな青い目以外のものが得られなかったことをお伝えする次第です。当データは労働・社会保障省の記録に残され、更には当時、ヘーレ

ンアルプにあったＩＴＳサービスに報告されました。

ところで子どもの判定ですが、それは顔の輪郭を見る人類学医師だけに可能なのでは……。その特徴、耳殻の立ち上がり方、それに写真で、上記ビンダーベルガー家のハルトマンが前述したトヴァルデツキと同じであるかどうかがはっきりするでしょう。

どうぞビンダーベルガー家にいる子どもの写真をお送りください。トヴァルデツカさんに見せ、子どもを確認させてやりたいのです。

どうか、会長殿、くれぐれもよろしく。心からの挨拶をお受け取りください。

W・シチピンスキ

コブレンツ裁判所

――２a ＨＸ２０９――

一九五二年七月四日

ロゴジノ、マーウァ・シコールナ通り三番地
マウゴジャータ・ラタイチャック、別名トヴァルデツカ殿

一九五二年六月十五日にご提出になった御子息アロイズィ・トヴァルデツキ、一九三八年三月二十三日、ロゴジノ生まれの返還願いについては、決定はビンダーベルガー夫妻が養子にしたアルフレート・ハルトマンが確かに御子息であると証明されたとき、採択できることです。

ビンダーベルガー氏の証言によると、貴女の要求が不当であることになります。誕生日もお申し越しの一九三八年三月二十三日ではなく、ご指定のアルプスの収容所だという滞在場所も違いました。ビンダーベルガー氏の話では――つまり彼が養子縁組に際して言われたことでは――子どもの両親はドイツ人であり、父親は戦死、母親はお産の際、死亡しています。裁判所はこの他、約定の場所で交わした証明書を所有していますが、それによるとアルフレート・ハルトマンはドイツ人の両親に死なれた子どもです。これらすべてをかんがみるに、人物決定の問題は詳しい調査が必要であります。

お手紙によると出身を明らかにする証明書の類をお持ちとのこと。提出済みの願書を裏づける意味でそれをこちらにお送りくださるようお願いいたします。また、同一人物であることを説明し得る、あなたに有利なすべてのものをお申し出ください。その他、ベルリン駐在の軍使節団やバーデン・バーデンのポーランド領事館に申し出られたこと――どのような手続きをなさり、どういう結果だったのかもお願いします。そこで採択された決定内容もお送り願いたいと思います。

アルフレート・ハルトマンが一九四三年に貴女から奪われた子どもだと疑う余地なく明らかになったときには、願書は担当行政機関での検討に回されます。「親族法改正令」一二条の規定により、その行政機関に、養子契約無効の願書を、もしそれが全体の利にかなうなら、提出する権限があります。

署名：簡易裁判所ロイター判事
確認済み
署名：裁判所職員

速達

一九五二年七月十六日、ロゴジノ

ベルリンW十五区、シュリュッテル通り四十二番地　ポーランド軍使節団御中

外務省の本年七月十三日付の書類（Bk．33 21／10740／2／53）に基づき、戦争中、一九四三年に誘拐され、〝レーベンスボルン〟の孤児院でアルフレート・ハルトマンと名を変えられた私の息子アロイズィ・トヴァルデツキの来波許可をポーランド軍使節団にぜひ発給していただきたくお願い申し上げます。息子はその後、ビンダーベルガー家にもらわれ、コブレンツ＝ホルヒハイム、ベルク通り四番地のその家に、今日まで彼らの姓を名乗り留まっております。息子の養父ビンダーベルガーは、私が証拠写真を提出したのち、私の所へ息子を喜んで夏休み（本年七月十五日より八月三十日）に寄こすと承知してくれました。

どうかすべての手続きの早急な処理をお願いいたしたく、私はこの時を――九年以上見なかった一人息子に会う瞬間を待ち切れぬ思いで待っております。悲しみにうちひしがれた母親とその現状をどうぞご理解願います。息子に一刻も早く入国ビザが出されますよう、また、ポーランド赤十字が彼の力となってくれますよう祈りながらお返事をお待ちしています。

敬　具

マウゴジャータ・ラタイチャック

ポーランド、ロゴジノ、マーウァ・シコールナ通り三番地、マウゴジャータ・ラタイチャックの、戦争中、予防警察に略奪された（略奪日、一九四三年九月二十七日）息子アロイズィ・トヴァルデツキの返還願い

一九五二年十月五日、ロゴジノ

ドイツ連邦共和国、ボン、首相官邸、首相閣下

一九四三年九月二十九日、ドイツの予防警察は私から一人息子アロイズィ・トヴァルデツキを、ロゴジノの他の多くの子どもたちと共に奪いました。子どもたちは短期間カリシュに滞在後、オーバヴァイス／オーバドーナウのレーベンスボルンの孤児院に移されました。そこで息子は名前もアルフレート・ハルトマンと変えられ、また、この孤児院の子どもたちの中から選ばれて、戦後、コブレンツ、ベルク通り四番地に住むビンダーベルガー家にもらわれました。この家庭に息子は今日に至るも留まっております。

ビンダーベルガーに何度も子どもを返してと手紙を出しましたが、残念ながら何ら功を奏しませんでした。

あの夜、略奪された子どもたち十六人のうち、私の息子と、エヴェルトフスカさん、ブジョストフスカさんの息子たちを除く十三人は赤十字のお蔭で戻りました。

私の件にはいろいろな役所――バーデン・バーデンのポーランド領事館（Ｂａｄ．３８５４／Ｔ．１９２０／７／５）、コブレンツ裁判所（ｓｙｇｎ．２ａＨＸ２０９）他、が当たりました。ベルリンのポーランド軍使節団の代表は直接コブレンツの息子を訪ねてくれ、息子は断片的にではあってもきっと予防警察に誘拐されたことを思い出しているはずです。

私は考え得る限りのドイツの役所当局に訴えましたが、今日まで効果がなく、息子は戻りませんでした。したがって私は無法に子どもを略奪された、悲しい思いをしているすべての母親の名にお

いて、私たちの娘や息子がいつ再び私たちの手に、祖国に返されるのか、調停とお返事をお願いする次第です。

私の願いが首相閣下に聞き届けられることを願い、息子を思いながらお待ちしています。

マウゴジャータ・ラタイチャック

書留

2a HX209

一九五二年十一月十日、ロゴジノ

コブレンツ裁判所
尊敬する顧問官殿

貴方様よりの本年七月四日付御書簡にお答えして、裁判所で証明を受け、ドイツ語に翻訳した出生証明書と、ロゴジノ僧会議員レチンスキ博士が署名した洗礼証明書――ポーランド語とラテン語によります――をお送り申し上げます。

私は貴方様のキリスト教徒としての良心に訴え、また貴方様があの筆舌に尽くしがたい先の戦争のあらゆる犯罪のあと、お仕事においても個人生活においても真に人間らしい、キリスト教徒としての規範に則って行動なさるよう希望してやみません。

ヒトラー主義者たちが、ポーランドの子どもたちを完全なるヒトラー主義で育てるため、そして永遠にポーランド魂を抹殺するために無残にも略奪して行ったことを思うとき、私の気持ちはそれを表現するに充分な言葉とてありません。それはポーランド名を多かれ少なかれそれに対応するドイツ名に変えることに始まり、そのあとはドイツ語の勉強、カリシュでもオーバヴァイスでもそうでした。次の段階――それは子どもたちをドイツ人夫婦に与えることで、その際、彼らの言葉が不完全なのはポーランド人が多くいたヴァルタ郡の出身だからだと説明されたのです。

〝トヴァルデッキ（Twardecki）〟とはドイツ語のほぼ〝ハルト（hart）〟に当たり、[*2] それで息子もその従兄レオン・トヴァルデッキもハルトマン（Hartmann）という名を与えられました。カリシュに少しいてから二人はオーバヴァイス／ドーナウに行き、そこで別々にさせられました。息子はオーバヴァイスに九月末から一九四三年四月までおりました。ロゴジノ町から連れ去られた子どもたちの中に、ウアゼル・ナードラーと名前を変えられた当時十一歳のウルシュラ・ナドールナもおりました。彼女のおかげで、彼女が自分の母親にこっそり手紙を書いたおかげで、私たち、子どもを捜す母親は我が子を発見することができたのです。ウルシュラ・ナドールナは一九四九年八月六日に本国に送還され、今、私たちが知っていることを証言してくれました。レーベンスボルン＝ミュンヘン支部では誘拐してきた子どもたちほとんどすべての出生地を**ポーゼン**とし、彼らが実はポーランド人であることをつきとめられなくさせたのです。

もう一度、私の息子の帰国問題ですが、これにはポーランドとフランスの省庁――ベルリンのポーランド軍使節団、バーデン・バーデンのポーランド領事館、ポーランド赤十字、ウーバーリンゲン支部、そして国際復員組織が当たっており、また、これら各局はいつでも貴裁判所が唯一正しい決定を採択するためにお手伝いする用意があることを申し上げます。

すべての証拠をお送り申し上げますので、どうぞ養子縁組の無効と子どもの元の名前への復帰、そしてポーランド赤十字に息子をポーランドに送還するのを可能にさせてください。冒頭に記しました証明書二通のほか、次の四枚の写真を同封いたします。

(1)　これは息子がちょうど五歳の時、つまり誘拐される直前の私のたった一枚の写真です。子どもは鏡の前に立っています。きっと思い出してくれるはずです。

(2)　私が机に座っている写真で、これを息子はあの時、持って行きたかったのですが、ヒトラー主義者たちが許さなかったものです。

(3)　息子と甥のレオン・トヴァルデツキがいっしょに写っている写真で、カリシュとオーバヴァイスに連れ去られる一週間前のものでした。

(4)　イタリア（ヴォルレット）でのレオン・トヴァルデツキ。連合軍に解放されたのちのもの。

私は貴方様に人の力の限りを尽くし、これは私の産んだ子だと訴えてきました。貴方様が客観的に、事実とキリスト教徒としての良心を曲げることなく決定なさると信じています。

同じ目に遭った子どもは、先にも申しましたが、まだいます。この震撼すべき偽瞞を、貴方様はヒトラー主義者たちからさらってきたポーランドの子どもたちを無法にも分け与えられた同胞の口からお知りになれます。住所はフレンツブルク裁判所が所持していますが、それに更に加えたい名は、例えばザスニッツ－リューゲン、ハウプト通り六番地のパウル・ドルーレイで、そこに一九四四年四月から、クラウス・シンデラーとしてカジミェシ・シマンスキがおりました。前述のウルシュラ・ナドールナは長い間チューリンゲン、Ｋｒ・ヒルトブルク－ハウゼン、アデルハウゼンの教師、ヘーファーの家におりました。

私たちは互いに互いを人として、敵としてではなく遇すべきとの思いで筆を置きます。早急に御返事をお願い申し上げます。

ロゴジノ、マーウァ・シコールナ通り三番地

マウゴジャータ・ラタイチャック

私にとってはあまりに貴重な写真なので、使用後はご返却願います。

＊2――ポーランド名「トヴァルデッキ」とドイツ語の「ハルト」には「堅い」という意味がある。

一九五二年十二月二十一日、ロゴジノ

愛する息子へ

あなたは私が一九四八年から、あなたを私のもとに、祖国に帰らせたいと努力しているのを知っていますか。従兄のレオン・トヴァルデッキのことを思い出すのではありませんか。彼といっしょにあなたはある恐ろしい九月の晩（一九四三年九月二十七日）、予防警察に連れ去られたのです。ポズナニ市近郊のロゴジノでのことでした。そこからあなたたちはカリシュに連れて行かれました。あの恐ろしい出来事をほんの少しでも覚えていますか？　お願いだから記憶を辿ってください。

それからどうぞ私のたった一人の息子として二、三言でも手紙を書いてきてください。あなたの保護者の方々に何通かお手紙を出しましたが、梨の礫《つぶて》でした。

コブレンツ裁判所に宛て、あなたと私の写真数枚を送りました。――そこで見られますから、そ

れを見て記憶の助けにしてください（この件は2aHX209号となっています）。
あなたの写真を送ってくれたらどんなに嬉しいかしれません。クリスマス・新年おめでとう。あなたに心からの挨拶を送り、そして待ちきれぬ思いでお返事を待っています。

あなたの母

テオ・ビンダーベルガー
一九五三年二月二日、ドイツ、ラインラント県、コブレンツ゠ホルヒハイム、ベルク通り四番地

拝啓、ラタイチャック殿

アルフレートが貴女からのお手紙を受け取りました。初めのうち彼はいやがったのですが、あとで私たちがよく言い含め、受け取らせました。お返事を書くべきだということも何度も申しましたが、書いたかどうか分かりません。裁判所から貴女がアルフレートは自分の誘拐された息子だと主張しておられることは聞いています。以前、ポーランド赤十字（軍使節団ではありません。そのことは何も知りません）と復員問題にたずさわる役所から非難されたときは信じませんでしたし、信じられませんでした。当時いったい誰に信じられたでしょう？　悪と頽廃がまるで伝染病のように世界を駆け巡っていた時でした。貴女が私に出し

アルフレートは高校生ですが、彼はもし貴女の息子だということになれば、貴女が彼の教育を今後どうするつもりかに関心を持つでしょう。

テオ・ビンダーベルガー

た手紙は――この点ぜひ分かって欲しいのですが――今も届いていません。アルフレートを私たちは本当の息子として扱い、とても可愛がってきましたが、貴女の権利は――アルフレートが貴女のさらわれた息子だということになれば――まったくよく理解でき、生みの母親として認められるべきは当然です。それより難しいのはアルフレートに新しい状況を納得させることで、彼には十分気をつけて接しなくてはなりません。

貴女のお手紙にあった「あなたは騙《だま》されているのよ」などの文は適当な表現ではありません。私たちはこの件ではまったく、初めからずっと、貴女と同じように無罪で、孤児になった子に良かれと思い、親になりました。この点につき私たちはできる限りの――と思います――申し開きをしました。これは貴女様にとってもきっとご安心になれることでしょう。すでに裁判所には補足事項と書類および写真を提出済みで、あとはただ信頼して決定が下されるのを待つだけです。

敬　具

一九五三年三月十五日、ロゴジノ

ベルリン、カール広場七番地
ポーランド軍使節団領事部御中

一九四三年九月二十七日の夜、ヒトラーの予防警察は私から、他の多くのポーランド人に対すると同様、一人息子である一九三八年三月二十三日、ロゴジノ・ヴェルコポールスキェ生まれのアロイズィ・トヴァルデツキを略奪しました。従兄のレオンといっしょにさらわれたのですが、その従兄はオーバヴァイス／ドーナウで連合軍に解放され、しばらくイタリアにいて、その後ポーランド赤十字の調停のお蔭で一九四六年に帰国しました。これら事実とその他の論拠はすでに息子の現在の養父ビンダーベルガー氏に伝えてあります。これまでのところ彼は何一つとして子どもを返すてだてをとらないどころか、次々と息子の本国送還を難しくする新しい理由を出してきます。今のところコブレンツ裁判所にこの件を持ち込んでも（sygn. 2aHX209）、また、ポーランド赤十字のドイツ支部がこれを調査してくれていても（1.dz.402／S／49／12）、効果を得るに至りません。まだあります。この件は私はバーデン・バーデンのポーランド人民共和国領事館にも（Bad. 3854／P. 1920／7／50）、ワルシャワの外務省にも（385／2／N. 27／50）訴えました。ドイツのアデナウアー首相にも手紙を書きました（ボン、外務省、514―11／61 EⅡ トヴァルデツキ／52）。

どうぞ私の立場に――この数年来一人きりの子どもがどこかラインのほとりに、自分の傍ではないところに生きていると分かる、感ずる母親の立場に立ってみてください。養父ビンダーベルガーが私の手紙に明確な返答をするのを頑なに避けているのと、コブレンツ裁判所が、私に論拠があり、写真も送っているのに、私の息子ではないと言うので私はいっそう寂しいのです。

息子からも音信がありません。彼の写真を手に入れる可能性があるでしょうか。

私はいつもいかなる時でもこの偽りに終止符を打たせるべく、自分の血液サンプルをしかるべき検査に提供する用意があります。

もう一度、どうか、できるだけ早く、前向きに私の問題を取り上げて下さるようお願いします。

敬具

マウゴジャータ・ラタイチャック

一九五三年三月二十一日、コブレンツ＝ホルヒハイム

拝啓、ラタイチャック殿

二月二十八日付のお手紙をいただきました。いったい誰がその書留を受け取り、にせのサインをして送り返していたのか私にはさっぱり分かりません。私がサインしたのでないことはこの下の署名と比べてみればお分かりでしょう。妻が受け取るわけはない。すでに残念ながら一九四九年に亡くなっています。以来私はやもめです。

貴女のお望みのとおりにアルフレートの写真を、今後の判定調査の一助になるようお送りします。これで彼の場合、貴女の行方不明の御子息かどうかがもっとはっきりするでしょう。先日も書いたとおり、貴女が生みの母親であるなら邪魔だてはしません。

しかし、何もかも貴女はもうご自分でなさらなくてはならず、ついてはあまり長びかせてはよく

ありません。というのも、子どもが大きくなればなるほど障害が大きくなるからです。アルフレートはもう今では貴女には他人で――どうしようもないことです――年がいけばいくほど、貴女の胸に通ずる道を見い出させるのは困難です。

たしかに裁判所は貴女とアルフレートの写真を所有していますが、しかし、これではまだ不十分で、たぶん母子の血液検査も、今、どこでも行われている立証方法ですから必要になるでしょう。それを早く裁判所に申し出られるのがよいと思います。

本当におっしゃるとおり、子どもが、要するに奪われたのだったら、貴女はそれはそれはつらい目に遭われたわけだ。神様がそのひどい目に遭われた分、いつか貴女にむくいてくれますよう。せめてもと言えそうなのは、アルフレートが真実、ここを我が家としていたことです。

写真は昨年、堅礼式の日に写したものですが、残念ながら三人いっしょに写っている良いものが一枚もありません。アルフレートはこの時もう私の背丈を越えていました。

彼には何度もお返事を書くように言いましたが、しかし、いつも何だかだと言い逃れます。復活祭にはきれいなカードをいただいています。何か子どもの頃の彼が覚えていそうなことを聞いてごらんになってはどうですか。

どうぞそのにせのサインがある受け取りは取って置いてください。いつか他に誰がこの問題に首を突っ込んでいるのかが分かるかもしれません。それからどうかお返事をくださるとき、思い当たるのですが、私の言えないようなことは聞いてこないでください。念のため申し上げますと、ほかに妻の両親がおり、同居しています。この問題にとても関心を寄せ――というのも無理もないので、いっしょに少年を育てたのですから。

では今日はこの辺で終わりにします。心よりの挨拶を送ります。

テオ・ビンダーベルガー

一九五三年五月六日、ロゴジノ

拝啓、ビンダーベルガー様！

貴方様の本年三月二十一日付のお手紙ありがとうございます。アルフレートの写真をお送りくださり、感謝しております。一目見て……もう絶句いたしました。間違いなく私の一人息子でございます。写真を本当にありがとうございます。それを机に置き、ただただ見つめるばかりです。私の方からは私と夫の写真をお送り申し上げます。もしかしてアルフレートが何か、小さかった頃のことを思い出してくれるかもしれません。母子の血液検査のことではもうしかるべく対応いたしました。貴方様にとってアルフレートを諦めるのは簡単でないこと、将来の支えと思っていらしたろうことはよく分かります。私たちは子どもにできる限りの環境を整え、彼と貴方様との文通を妨げることは決してないとお約束いたします。また貴方様がしばしばお訪ねくださることが私たちの大きな喜びになるとも信じています。私たちの家はこぢんまりした二部屋ですが、食べるものにはこと欠きません。夫は技術管理の仕事をしており、最近は部長です。奥様がお亡くなりになられたのは誠に残念でございます。

お返事が大変遅くなりましたが、私の母が思いがけない病気をし、年寄り（八十三歳）ですのでまったく目が離せなかったのです。

では貴方様とアルフレートに心からの挨拶をおくり、筆を置きます。

マウゴジャータ・ラタイチャック

外務省
514－01／61　EⅡ
エヴェルトフスカ通り五十三番地
トヴァルデツキ

一九五三年五月二十八日、ボン

案件：御子息アロイズィ・トヴァルデツキの送還
関連事項：一九五二年十月五日付貴願書

当方よりお送りした一九五二年十二月八日付の文書に関して、本件は調査が終了されたことをお知らせする次第です。担当省庁はコブレンツ市市役所（保存記号Ia 3－700／07）、連邦内務大臣（保存記号1598 A Pollen 6・5・Ewert. und Rat）、およびコブレンツ裁判所（保存記号Ia HX 209）でした。

同時にコブレンツ裁判所の一九五二年十二月五日付の決定をお受け取りのはずですが、それによると貴女がご主張のようなアルフレート・ハルトマンが御子息だということはないとのことです。この決定はまた、調査にドイツ各省庁のほか、フランスの国際復員組織代表リオッテ氏、ポーランド赤十字およびフランス治安警察も参加したことを示しており、したがって貴女の利益は中立政府が十分守ったということになります。

貴女が我が子を取り戻したいと願われるのは良く分かります。しかしながらご承知のとおり、送還は貴女の息子だと疑問の余地なく証明された場合にのみ検討され得るものです。しかし、それはこれまでのところ確認できませんでした。逆に、写真との比較は御子息とアルフレート・ハルトマンが（耳殻の差異から）同一ではないことを示したのです。

貴女に有利なお返事ができず残念です。しかしながら念のため、貴女はコブレンツ裁判所の一九五二年十二月五日付の決定を告訴する権利があるむねご注意を喚起する次第です（当決定の最後の項をご参照ください）。

ご推薦まで

署名

ロゴジノ・ヴェルコポールスキェ（ポーランド）

マーウァ・シコールナ通り三番地

マウゴジャータ・ラタイチャック殿

一九五三年六月十四日、ロゴジノ

愛する息子へ

あなたの養父様のビンダーベルガー氏があなたが夏休みに私のところに、七月半ばから九月まで来ることを承知したとお知らせくださいました。そのときの私の喜びは表現のしようもなく、再びあなたを自分の胸に抱き寄せられるときが待ち切れません。それでは私の写真を見て母親だと分かったのですね？　八十三歳になるおばあさんも今、あなたを両手で抱き締めるときを待ちきれぬ思いで待っています。おばあさんはあなたをお使いに連れて行ったとき、あなたがスカートを引っぱってレモネードをおねだりしたのを覚えているかどうか聞いておくれと言っています。おじいさんは一九四八年の二月に亡くなりました。あなたはおじいさんがいつも安楽椅子に座っているのにそっと近づいては、彼の髪の毛をちょこんと引っぱりましたね。また、最後のクリスマスにはサンタのおじさんからねこ車と帆かけ船、ピエロの人形その他、たくさんのお人形をもらったのを覚えていますか？　あなたはよく紐と棒切れで銃を作り、兵隊のお人形さんたちと行進したものでした。お友だちのヤーネックを覚えていますか？　お返事を書いてきてください。私の願いがあなたの胸に届くと希望を持っています。だいいちあなたは私の子どもなのですもの。

養父さんの言うことをよく聞いて、困らせたり心配かけたりしないように。こんなにも長い間、あなたを息子として育ててくださったのですから。

アルフレート、従兄のレオンを覚えていますか？

お返事と、そのあとはあなたの到着を待っています。

いつもあなたを愛している
あなたのママとおばあさんより
心からの挨拶を送ります

五三年七月三日、コブレンツ＝ホルヒハイム

拝啓、ラタイチャック様

二、三言、筆をとらせていただきます。私はビンダーベルガー氏の姑です。アルフレートはいくら手紙を書かせようとしても書きません。あっちへ行くんだからその前に書く必要はないと言います。私たちに気がねをしているのだと思います。とはいえ、行きたくないような様子ではなく、休みに貴女様のところへ行くつもりではあるのです。もう道中のためにハーモニカも買ったのです。十年といえば一昔です。あなたさまを母親だときっと感じられないでいるのでしょう。いなくなったときは小さな男の子でしたが、今、貴女様のところへ行く彼はほとんど大人です。見た目は十七か十八で、礼儀正しい子です。先生方にも好かれていますが、でもよく自己主張します。私の娘は（やはり一人っ子でしたが）数年前に四十歳で亡くなりました。どんなにつらい、悲しい思いをし

たか分かりません。娘はアルフレートをとても愛していました。だからこそ、この長い年月、貴女様がアルフレートと別れ別れになったその悲しみは良く分かります。私もつらく思います。また貴女様が再びアルフレートをその手に抱き締められるときはどんなにお喜びかとも思われます。あの子がお返事さし上げませんこと、どうか怒らないでやってください。まだ大人の考え方ができないのです。

ご子息の写真を同封します。

貴女様とご主人に心からの挨拶をお送り申し上げます。

A・エアバッハ

至急！

一九五三年七月十一日、ロゴジノ

ワルシャワ、外務大臣殿

私のドイツ予防警察に盗まれた息子の帰国について本年三月と六月十五日付で文書をお送りしてございますが、もう一度（これまで何ら具体的なお返事をいただいていません）、いったい息子は祖国へ、ポーランドへ帰る許可をいただけると思っていてよろしいのですか。彼が来るはずの日――本年七月十五日――が迫り、私は不安でなりません。何かポーランドの移民団か外国の旅行団に入って来られませんか？

早くお返事をください。私はやっと息子に会えるものと思っています。

敬具

マウゴジャータ・ラタイチャック

ポーランド人民共和国外務省
No. BK3921／10740／2／53
一九五三年七月十三日、ワルシャワ

ロゴジノ・ヴェルコポールスキェ
マーウァ・シコールナ通り三番地
マウゴジャータ・ラタイチャック殿

五三年六月十五日付のお手紙にお答えして、外務省は問題を貴女の願い出どおりに処理する可能性は見い出せないむねお知らせいたします。しかしながらテオ・ビンダーベルガーがアルフレート・ハルトマンのポーランドへの来訪許可をベルリンのポーランド人民共和国軍使節団（所在地、ベルリンW十五区、シュリュッテル通り四十二番地）に願い出れば、ポーランド人民共和国軍使節団が彼に入国ビザを発給し、かつ書類手続き上のお世話を申し上げます。

領事館事務所副所長　L・シベック

駐ベルリン統制同盟評議会内ポーランド軍使節団
No. 3320／1656／53
五三年七月三十日、ベルリン、W十五区
シュリュッテル通り四十二番地
電話91 58 84

速達書留

コブレンツ＝ホルヒハイム／ラインラント県
ベルク通り四番地
テオ・ビンダーベルガー殿

貴方様の一九五三年七月二十九日付のお手紙を受領したむね感謝をもって確認すると共に、以下の点をご通知申し上げる次第です。

アルフレートがこちらの使節団に——あるいは貴方様とごいっしょに——まいりました場合（最寄りの駅はベルリン・ツォーロギッシャー・ガルテン）、休暇期間中の入国および出国ビザが直ちに無料で交付され、その日のうちに先に出発できることになります。切符は母親がすでに代金を送ってきており、私どもにて手配いたします。当方の職員の一人がドイツ＝ポーランドの国境まで子どもに付き添う可能性もあります。母親は国境にて——私どもから電報を受領後——子どもを待ち受ける手はずになっております。

少年に身分証明書等、重要書類（例えば学校証）を携帯させてくださいますようお願いいたします。パスポート用写真四枚も必要です。私どももドイツ民主共和国（ベルリンから国境の町フランクフルト・アン・デル・オーデル）の通過許可を手配いたします。

アルフレートがベルリンに来るには、他圏通過パスポートを所持する必要があり、その点よろしくお手配のほどお願い申し上げます。

以上の方法が子どもの休暇の旅行に関し、私どもは最善の方法と考えるむねお知らせ申し上げる次第です。少年のお世話を私どもは帰路におきましても最善を尽していいたす所存でございます。

大使館二等書記官　J・シェーメック

KJ

電報

ベルリン　C 26 22 2・8　16・00

受領：八月二日、現地時間17・45

ポズナニより

署名

ポーランド

ロゴジノ・ヴェルコポールスキェ

マーウァ・シコールナ通り三番地

マウゴジャータ・ラタイチャック殿

八ガツ三ヒ　ゲツヨー　24・00ジ　ポズナニエキニテゴシソクオマチコウ。

ポーランド　シセツダン、ベルリン

五三年八月三日、コブレンツ＝ホルヒハイム

ベルク通り四番地

拝啓、ラタイチャック殿！

アルフレートは先週の土曜日にこちらを発ちましたが、貴女様のもとに支障なく着いたものと思います。長い旅で、ベルリンまでの切符も思っていたより高く、自転車込みで六十マルク（西側の）でした。貴女様は今アルフレートに向かい合い、本当に御子息かどうか確かめることがおできになります。正直のところ、私たちはそれを一〇〇パーセントは信じませんでした。彼が貴女様を訪問すると言い出して、こういう我々の疑問が、ある意味では吹き飛ばされたということもありますが。むろん私たちは山ほど語るべきことがありましたが、貴女様がアルフレートを一目見た瞬間どんな印象を持たれたか、また何よりも、どのようにして意思を疎通させていられるか――意外にスムーズにいくものなのかに私たちはとても関心

を持っています。彼には出発前、もし貴女様の所が気に入り、また、もし貴女方が皆いっしょに暮らしたいと思うなら、私はこちらから邪魔立てはしないと言いました。ですから今はすべて貴女様とアルフレート次第です。彼にとって一番の障害は恐らくは言葉で、深く理解するということはとても大事なことですし、それができて初めて気持ちも楽になり、また、周囲を客観的に見ることもできるのです。学校での語学の修得は二の次です。もうほとんど大人ではあるのですが、もし、時に馬鹿なことを申しましたら、どうぞそれを私たちから吹き込まれたとは思わないでください。私たちはいつも誤りを正し、いかなる民族にも憎しみを持ってはいけない。どの民族にも良い人と悪い人はいるのだから、と言い聞かせてきたのです。しかし、少年にはありがちなことで、よく馬鹿なことを言います。また気分次第でこうしたり、ああしたりということもあるのです。そういうことで時に叱ることもありましたが、しかし、大きくなるにつれ、場合によっては諫められなくなりました。私たちは貴女様がアルフレートをどう思われるか、彼がそちらでどうやっているか、異なった環境に適応できないことはないか、と思っています。私たちみなから貴女様に、そしてことにアルフレートに、取り戻した両親の家での幸せを願い、私たちみなから心からご挨拶を申し上げます。

テオ・ビンダーベルガー

一九五三年八月十六日、コブレンツ＝ホルヒハイム

拝啓、ラタイチャック殿！

八月八日付のお手紙を八月十四日にもう受け取りました。とても速いです。もう一度この手紙を航空便にしてみます。手紙は空路とても速く着くし、料金も速達ほどかかりません。速達は配達が速いだけで、郵送そのものは普通便並みの扱いです。この手紙が何日で着いたかお知らせください。

貴女様が我が子に面会してどんなにお喜びかと思います。ほかにお知らせくださいましたこともとても興味深く読みました。これからもアルフレートのことは逐一お知らせ願います。私たちは彼があんなに早くそちらに残る決心をするとは思っていませんでした。少なくともこちらで学校を終えるはずだと思っていたのです。

彼がいなくなって、ここではポッカリ穴が開き、まるで愛する人に去られたあとのようです。彼の子ども時代十年間を私たちは彼のそばにいました。しかし今、終わりました。貴女様がそんな遠くにお住まいでまことに残念です。こんなに離れていなければみなで会うことも容易でしょう。とはいえ私たちは来年、あるいは再来年、アルフレートが学校を卒業したらまた会えるものと希望を持っています。そしてその機会に貴女様と御主人にも知り合えたらとても嬉しいのです。彼が貴女様の所に残る決心をしたには心の葛藤がきっとあったはずだと思います。

足のことでアルフレートはいつも夏になると苦労し、しょっちゅう医者通いをしました。最後に専門医が適切な治療をしてくれましたが、しかし良い結果を得るにはむろん時間がかかるのです。もう一つおばあさんがいつも、毎日靴下をとりかえさせましたが、そうすると治療効果が速まるのです。ゴムの靴はむろんこの場合よくないのですが、ただスポーツがありましたから、これはどうしても止めませんでした。こういう風なのです。何か思いついたらやらずにはいない。それでいつも喧嘩でした。特におばあさんとは気が合いまし

た。妻の死後、言ってみれば母親代わりでしたから。つまり頑固ですが、可愛いがられもするのです。アルフレートがもうきっとコブレンツ時代のことと私たちの生活がどんなだったかなど、たくさんお話ししたでしょう。

さて二、三言、アルフレートの衣類と彼の本などの郵送の件です。アルフレートにはもう書きましたが、一番良いのは荷物をベルリンW十五区の外交使節団にお願いすることでしょう。これが確実で比較的容易な経路だと思います。お願いすればポーランドの外交使節団はそれを直接ロゴジノに送ってくれるでしょう。

どうぞ私たちがアルフレートから定期的に手紙をもらえるよう気をつけていてください。また、私たちはこれからもずっと連絡を取り合ってゆくのだと希望を持っています。彼の人生の今後の行方は私たちにとっては自分のこと、自分の人生と心の一部なのです。貴女様と御主人に私たち皆の名で心からご挨拶申し上げます。

テオ・ビンダーベルガー

駐ベルリン統制同盟評議会内ポーランド軍使節団
No. 392／1656／53
一九五三年八月十九日、ベルリンW十五区
シュリュッテル通り四十二番地
電話91・03・71

ロゴジノ・ヴェルコポールスキェ
マーウァ・シコールナ通り三番地
マウゴジャータ・ラタイチャック殿

ベルリン駐在ポーランド人民共和国軍使節団はテオ・ビンダーベルガーが御子息アルフレートの身の回り品の郵送の件で当使節団に申し出て来られたことをお知らせいたします。それらがベルリンに到着した後、使節団は貴女様の御住所にそれをお送り申し上げます。

その際、使節団はポーランド赤十字のファイルに残された御子息の写真をご返却申し上げます。

ポーランド人民共和国軍使節団
大使館二等書記官　J・シェーメック

五三年八月二十三日、コブレンツ＝ホルヒハイム

愛するアルフレート！

もしおまえがもう帰って来ないのだと分かっていたら、別れの瞬間はもっと悲しいはずでした。まだ私おまえのことを思って幾晩も泣きました。まだ私にいつも、「ねえ、おばあちゃん、ぼくたち一番分かり合えるよね」と言ったのを覚えていますか。そりゃああなたのママに優先権があります。心が心を取り戻したのを喜んでいます。アルフレート、おまえは決して私たちのことを忘れないと信じていますが、ただ私は年寄りだし、もうおまえに会えないような気がします。でもうちのドアはいつもおまえに向かって開かれていますよ。今、心の底でおまえは満足していますか？　今はきっと言葉を猛勉強しなくてはならないでしょうし、それは簡単なことではないでしょう。でもそれを覚えたとき、目的が実現できます。このおまえのママから遠くにいた十年間はママにとってどんなにか苦しかったでしょう。運命がおまえとおまえのママにその分、幸せで償ってくれることを願います。私の愛する子よ、幸せでいておくれ。

ご両親にどうぞよろしく伝えて。心からおまえにキッスします。

あなたの祖母

ホルヒハイムじゅうがアルフレートがもう帰って来ないと聞いて驚きました。ディーターは駅におまえを迎えにまで行ったのです。

一九五三年九月二十九日、コブレンツ＝ホルヒハイム

愛するアルフレート（アロイズィ）！

今日は君の手紙に二、三言お返事したいと思います。ぼくに毎週手紙をくれるって言ってきたのに、どうもそうではないじゃないか。しかし、これからはそうしてくれると思っています。君に一つ頼みがある。いつかおじいさんとおばあさんに手紙を書いてくれ。先週、君のおばあさんに会った。何とかもう君が帰って来ないのだと納得し始めたようだ。でも君が彼女に手紙を書かないのが理解できないでいる。だからその点、考えろ。そしてすぐに書くんだ。ぼくにも君が来年いつこちらに来るのか、少なくともその時は家にいたいから知らせてくれ。写真をあまり良くないけど何枚か送る。でもこれはヴァーグナーのせいなんだ。ネガはちゃんとしているんだから。いつか君がお金がたっぷりあったら、君の祖国の写真を何枚か送ってください。自由に書きたいことを書いていいんだぞ。ぼく以外の誰も読みはしないから。ストームの本を読んでいて〝Paschòl〟[*3]という言葉にぶつかった。たぶんポーランド語だろう。ドイツ語の訳語がなかったから、どんな意味か書いてきてくれ。たぶん愛撫の表現なんかじゃないよな。——文脈から考えて。九月二十七日の日曜、こっちでは大規模な陸上競技大会がありました。コブレンツ、東ベルリン、ミュンヘン、ライプチヒの選手が走りました。大盛況でした。

君と君の御両親によろしく
君の親友、ディーター

ペーターが君にこう言えと言っている。彼はエムザ通り二六〇番地に住んでいる。そこにも郵便配達は来るのだ、と。それから他の〝仲間〟の写真も送ります。

＊3——ロシア語からの言葉。「あっちへ行け」の意。

一九五三年十月五日、コブレンツ＝ホルヒハイム

愛するアルフレート！

今日はおまえにおじいさんたちには内緒で手紙を書くことにした。というのもなぜ二、三言でも手紙を書いてこないのか、ポーランドに着いて直ぐの一通だけというのはまったく理解できないのだ。ディーターに書いて、私たちに書いてこないとは、いくらなんでもあんまりじゃないか。人は私たちにおまえから手紙が来るかと聞くが、私たちが来ないと答えざるを得ないはめに陥ったら、彼らは何て思う。おまえがお母さんの所に残ることになったのは、こちらでは十分理解して受け取ったのだよ。ただ友人たちはおまえがもう戻らないというのがどうしても承服できないでいる。水曜日頃だったか、ディーターがお母さんとうちにやって来た。一晩中おまえのことを話しました。学校ではどうですか？　ポーランド語の方はどうですか？　こちらでおまえのクラスに新しく来た、チェコとポーランドの国境付近出身の生徒と話しました。ポーランド語がかなり分かるのだ。ことに難しいのは発音だそうで、それも子音——ドイツ語のとはまったく違うのだそうです。彼が小学校に通っていた頃の教科書を、まだとってあるので喜んでおまえにくれるということで、ポーランド語の勉強の助けになるかと思い、それを送ります。

最近私の母が二カ月間うちに来ていました。その間、母の誕生日があり、そのすぐ後におばあさんとリリー伯母さんのもあったので、むろん〝にぎやかに〟お祝いしました。ある瞬間リリー伯母がふと、アルフレートに彼が好きだったレーヤケーキやその他の菓子を飛行機で送れるんじゃない、と言ったので、おじいさんは、「アルフレート……アルフレートはもう私たちを忘れてしまった」と言いました。本当にそうだとは思わないが、もう反抗するのは止め、頑固に沈黙しているのを止めなさい。

足の方はどうですか？　もう大丈夫ですか？

おまえのお母さんが何とかいう良い湿布薬のことを書いてこられたが、効きましたか？　それともこちらでいつも使っていた、あの水薬を送ろうか？　こちらはまだずっと日が射し、暖かですが、とはいえこれはもう夏の〝残照〟。寒い秋が確実に迫って来ています。最後のプルーンも獲り終わり、マルメロのほか、うちの庭にはもう何もありません。

手紙はおまえの正しい苗字が分かるまで、お母さんに宛てて送ります。

最後に忠告を二、三言。あの晩の駅でのように陰気ではいけないよ。あのときは二人とも、これが長い別れになるとは思っていなかったのにそうだ。あまりに無礼な返事をして、人が諫めざるを得なくなるようなことをしないように。そして誰かがおまえを喜ばせたいと思ってくれていたら、それへの感謝を表わすことだ。お礼の言葉でも握手でもいい。何も感じなかったような、忘れてしまったような振りをしてはいけない。自分に示された好意をさっさと忘れてしまう人はそれに対する感謝がなく、冷たいことだ。その点を良く考え、これからの性格形成に役立てていけば、きっと良い結果が生まれるから。

じゃあこれで、今日はまだたくさん仕事があるから終わりにしよう。心からの挨拶を送ります。

おまえのコブレンツの父

グラディシェフスキー牧師とシスター・アンナからもよろしくとことづかりました。最近ヴァインハイマーとアンハイヤーが亡くなりました。彼らをよく知っていたでしょう。

一九五六年十一月二日、コブレンツ＝ホルヒハイム

私の愛するアルフレート！

この手紙もワルシャワの住所宛てに送ります。おまえの心臓の様子が心配です。しょっちゅう狭心症を患ったのはきれいに治ったはず。お医者に行きましたか？

最近私たちは映画館でワルシャワのデモを見ましたが、おまえが写っているかと思いましたよ。若い、同じ年くらいの人たちがいっぱい行進していましたから。ワルシャワの塔のような建物も見ました。その他よくラジオでポーランドとハンガリーのことを言っています。新聞もかなり書いています。私たちはポーランドがこのように変わって、良くなるよう願いましょう。ポーランド人は今もずっとドイツ人を憎んでいますが、私たちはしかし、ポーランドと近しくなりたいのです。

愛するアルフレート、この間コブレンツ預金局におまえの名義で数百マルク預けました。おまえに何も買ってあげられないから、ポーランドともっと近しい関係になったら、あるいはおまえがまたドイツにやって来るとき、それを受け取れるようにと思ったのです。こうしたのも私も年だと思ったからです。もうおまえに会えるときがあるのかどうか分かりません。パパはこのことを知らないはずなので、私が死んだら分かるでしょう。パパにはこのことを知らせなさんな。預金通帳の番号を同封しますからしまっておきなさい。おまえの収入です。

今日は死者の日です。十一月六日でおじいさんが死んでもう三年、十八日はママが亡くなってから七年目です。いつも誰かしら私から、おまえも含めて去って行きます。でもこれが運命だし、どうしようもありません。

元気になってください。あなたに挨拶を送り、心からキッスします。

あなたの祖母

五七年一月十四日、コブレンツ＝ホルヒハイム

愛するアルフレート！

また猛勉強を始めたとのこと。しかし、今、学んだことは誰もおまえから奪えないのだということを忘れないでください。おまえは今、将来の地位と社会での自分の居場所の基礎を作っているわけです。おじいさんがしょっちゅう、「勉強しろ、アルフレート、勉強だ！」と言っていたのを覚えているでしょうが、まったくそのとおりで、おまえが今すべき本当に重要なことは学問です。

さておまえの本のことです。ランゲンシャイトの本二冊はもう発送済みです。ほかの本の注文はちょっと、ミツケヴィッチ[*4]の『パン・タデウシ』など困っています。とはいえ出版社で直接入手できると思うが、とにかくここコブレンツでは本の題名も著者名も聞いたことがありません。

もう一度、警察で証明してもらった招待状を送ります。私たちは今度こそこちらに、たとえ数日でもおまえが来ると信じています。むろん友だちを連れて来たければそうしてもかまわないよ。おばあさんは数百マルク別の預金までして、おまえがこっちに来たとき使えるように準備しました。だいいち、食うのみにあらず、って言うだろう。あちこち見学したり、映画に行ったり、蒸気船に乗ってライン下りだってしなくては……。

試験をもういくつか終えたとのことで良かったと思っています。フランス語は〝良〟か。しかし、ロシア語は、ことにあの文字は大丈夫かね。私もいつかロシア語をやったことがあるが、しかし、使いもしないうちに、この分野のことはきれいさっぱり忘れてしまった。確かにスラヴ語というのは我々には恐ろしく難しいです。

あとの試験も頑張ってください。私たちみなからの心からの挨拶を送ります。

おまえの養父、おばあさん、リリー伯母

五九年三月二十七日、コブレンツ＝ホルヒハイム

愛するアルフレート！

こちらは相変わらず、いつものとおりです。やさしい手紙をありがとう。このラパッキのことはとても面白かった。頭脳明晰な人というべきだ。なのに我らが老アデナウアーは引退など考えてもいない。若い人に場所を譲った方が良いのだが。しかし、世の中とはそういうものだ。権力の貪欲さはどこへ行っても同じです。ひとたびそれを得たらまず手放そうとはしない。うちではエアハルトの方が良いと思っている。とはいえ、〝御老体〟はずるがしこい狐だし、その対抗者たちも行く手を塞ぐ勇気がない。

今日、おまえのお母さんから手紙をいただきました。復活祭に心臓麻痺を起こしたそうじゃないか。煙草は体に悪いと言っただろう？　煙草と、それにアルコールもそうだが、あっという間におまえを廃人にしてしまうよ。もう一度言おう。ニ

＊4――ポーランド文学史上最大の存在である十九世紀の詩人。代表作『パン・タデウシ』。

コチンは心臓に悪い。健常者だって、むろんそれほどではないにしても悪いのだ。私など心臓は丈夫だったが、それでも禁煙しなくてはならなかった。というのも、もうはっきりその必要性を感じ始めたからだ。しかし、心臓に支障をきたしてからでは遅すぎる。良くない兆候はもう始まっています。

じゃあ今日はこれで終わりにしよう。まだ仕事が山ほど残っている。おまえとおまえのお母さんに心からの挨拶を送ります。体を大事にしてください。

おまえのコブレンツのパパ
おばあさん、リリー伯母

一九六〇年三月二十日、コブレンツ＝ホルヒハイム

愛するアルフレート！

二月二十七日付のお手紙を受け取りました。誕生日を祝ってくれてありがとう。そのとおり、誕生日は家で三人で過ごしました。それにしても私にはこうして手紙で話すのが大きな喜びになっています。

さてもう一度、私たちのテーマに戻りますが、悪かったのはドイツ人です。ドイツのたわけた司令部がこの戦争を始め、その後の不幸はすべて彼らのせいです。戦争はいつの時代にもあったし、いつも敗者が責を負いました。

「戦争とは他の手段を使ってする政治の続き」だと言われます（たしかモルトケが言った言葉です）。しかし、この戦争は、その非論理性において、占領国で行った絶え間ない犯罪において、強制収容所でのガス殺人においてこれまでのものとはまったく違いました。

ところでいまだに職に就いているヒトラー時代の裁判官のことですが、いわゆる特別法廷で血塗られた判決を下した覚えのある人たちがいます。この前も書きましたが、ある未成年者がヒトラーの鉤十字と民族主義的なスローガンを落書きし、裁判にかけられてとても厳しい判決を受けました。また各師団の司令官や人々の射殺命令を出した責任者たる将軍、親衛隊の虐殺者、強制収容所の番人たちが次々訴えられています。

すべてが理路整然と行われているとは言いませんが、しかし、ドイツはこの点で何もしないというのは違います。むろんまだたくさん、良心にもとる人たちが政府にさえいます。それはそのように想像するまでもなく、新聞にも出ています。これがもしヴィルヘルム時代だったら、誰か主だった政治家がこんなに激しく、今、よくやられているようなやり方で糾弾されたら、その人はもう引退せざるを得なかったはず。ところが今日ではどうだ？　今では彼らは皆、そしらぬ顔、あまりにも鉄面皮です。なにしろ首相自身が、側近や各国大使館に、裁判にかけて当然なような人や、あるいは裁判されて何らかの点で有罪となった人たちを置いたり派遣したりしているのですから。なにをかいわんやです！

しかし、おまえの大学のことに戻ろう。本当に法律をやるつもりですか？　とにかくそれに関する私の意見はもう書きました。冷静に考え、将来の展望を見て決めてください。

ときどきギリシャやローマの古典を、例えばキケロ、ホメロス、ピンダロス、ウェルギリウス、セネカなど、文庫本で送ってあげよう。

煙草はどうしました。制限していますか？　たぶん手紙を書くごとに、これはおまえの心臓に悪いよ、と、繰り返さなくても良いだろうね。そりゃあ、遅かれ早かれ「ほぞを嚙む」ことになってもかまわないというなら、今後もずっと吸えばいい。ニコチンは言ってみれば感覚麻痺剤なのですよ。だからある限界を超えるとモルヒネ中毒患者と同じで、それと手を切ろうとしてもちょっとやそっとでは切れなくなるよ。

うちに帰ったら（復活祭のときに？）、お母さんに私からよろしくと言って、残念ながら時間がなく、手紙が書けずにいると伝えてください。ではこれをおばあさんに見せよう。おばあさんもポーランドに出す返事を読ませてくれるからね。もう少し時間ができたらいつでもおまえにもっと長い手紙を書きます。おまえの継父さんはどうしていられますか。ずっと同じ所で働いていられますか？　出張は多いですか。それとも家にいられることの方が多いですか？
それではおまえに心からの挨拶を送ります。

おまえの養父

また新しい招待状を送りますが、最初のを書いてからもう何年にもなる。ときどき、もうおまえは来られないのだと絶望してしまいますが、おまえは？　きっとコブレンツでの子ども時代に、たとえ短期間でも帰ってみたいだろうに。でももしかしたら今度こそ、今年こそ……。

訳者あとがき

第二次世界大戦中世界最大の被害を受けたポーランドには戦争の記録、手記、証言といった類の本が山ほどある。私も数十冊は持っていた。しかし、そのほとんどはアウシュヴィッツなどの各地に散在した強制収容所に関するもので、あるときふと気がつくと、ナチは青い目で金髪の子どもばかりをさらったはず、それについての本がない、と思った。ワルシャワの著作権協会に「ナチにさらわれた子どもたちについての本はありませんか。できれば体験者の手記が」と問い合わせてみると、すぐに返事が来て、「何冊かあります。しかし、体験者はみな文章については素人。その中で一番良く書けているのがこの本です」と言って、このトヴァルデツキの著書 *Szkoła janczarów*（原題、ヤンチャルたちの学校）を送ってきてくれた。

「ヤンチャル」とは古代トルコ史にかかわる特殊な事例にしか用いない言葉で、日本語には対訳が実はない。しかし、その意を用いて無理に訳せば「圧制者の手先の学校」となるだろうか。

著者アロイズィ・トヴァルデツキ Alojzy Twardecki は一九三八年三月二十三日生まれなので今年〔一九九一年〕五十三歳、再婚した妻と二人の子どもとワルシャワの団地に住んでいる。

本文中にある「妻」と「息子」というのは別れた妻とその人との間の息子で、そちらにはもう孫もできた。ドイツの養父はすでに数年前に亡くなったが、ポーランドの生みの母は今もロゴジノに健在である。

トヴァルデツキ氏は現在はドイツとの貿易にたずさわる個人経営の会社の社長だが、かつては大学の助手で、また、ポーランド政府が東西のドイツ政府と外交交渉をする場合、きまって指命される通訳だった。面白いのは時々頼まれて戦争映画にドイツ将校の役で出ることで、彼はそれを、「なにしろナチスに好かれた顔だ。ドイツ風だろう⁉ だいいちドイツの将校になるための教育も受けた。銃の扱い方はうまいし、ドイツ軍のことは監督よりも詳しいからね」と言う。

しかし、これはお遊びで、彼が密かに打ち込んでいるのはポーランドの孤児院の改善問題である。もう何年も毎月の給料の半額を寄付しているのだそうで、だから生活は楽ではない。しかし、妻子はみな反対しないでいてくれると言う。

彼の書斎に命より大切だという一枚の写真が掛かっている。本書の裏表紙に使った写真〔平凡社ライブラリー版では口絵の一頁目に載せた〕がそれで、養父ビンダーベルガーが彼を孤児院から引き取った日、記念にたくさん撮った中の一枚である。他の写真は彼と折り合いの悪かった養父の二番目の妻が、彼がポーランドに帰国したあとみんな捨ててしまったのだそうで、それを語るとき彼はいつも怒りに燃えた調子になる。しかし、それは彼一個人にとって無念なだけではなく、「レーベンスボルン」に関する資料が極めて少ないことを思えば、歴史のためにも大変大きな損失であった。

原著を読んで初めとても腑に落ちないと思うことがあった。それは生みの父のこと、再会した高齢の祖母のこと、従兄レオンのことがあまり書かれていないことである。高校時代、大学時代の友人たちのことが詳しく書かれているのに比べ、それは素人の本としてもあまりにもバランスを欠いていた。

著者にその点を問いただすと、彼は残念そうに、初版が出た一九六九年以前の、まだ言論が自由ではなかった頃のポーランドの情況を語ってくれた。生みの父親の戦争中の立場の評価、従兄レオンの軍隊内での立場は当時微妙で、検閲で大幅な削除を受けたのだと言う。だとすると時代が変わった今、日本語版の出版に際しては、その削除部分を補填して出すことが望ましい。ただ、今となっては著者の度重なる引っ越しのせいで、その復元が——古い原稿を探すのが難しくなっている。

Szkoła janczarów（圧制者の手先の学校）は一九六九年にワルシャワのイスクリ Iskry 社から出版され、二版は七一年、三版が七五年に、前二版にはなかった写真頁を設け、巻末のポーラン

ド側の文書資料を逆に三十枚減らして出版された。この文書資料は初版と二版では当時入手可能だった六十一枚のすべてを掲載していたが、内容的に重複が多く、三版では全部掲載する必要はないとみたものである。この点を日本語版では三版にならうことにした。ただ、写真頁についてはこの三版も選び方にかなり適切さが欠け、内容とかかわりのないものが入っている。したがって日本語版では写真を改めて著者宅で選び直し、その際、「命より大切な写真」ももっと借りうけることができた。

原著は全体がドイツ語から訳されたものになっている。かといっていわゆる「訳書」ではなく、先にドイツ語版が出ていたわけではないのである。当時著者は文章を書くのはドイツ語の方が自由にできた。したがって原稿をドイツ語で書き、それを友人のズビグニェフ・コヴァルスキ Zbigniew Kowalski 氏にポーランド語に訳してもらい出版したのである（一七六頁、判読不明部分に「訳者」とあるのは、このコヴァルスキ氏による注である）。

原著では初めに「著者まえがき」があり、そこでこれがドイツ語から訳されたものなのを説明していたが、しかし、これは日本語版には必要がないので割愛した。

そのかわり日本語版には「この手記を読まれる方に――訳者解説」を付している。ナチが大勢の子どもたちをさらったことはポーランド人なら誰でも知っていることだが、しかし、日本人はまったく知らないので、あらかじめ時代背景と「レーベンスボルン」について説明を付しておかなければ読者には理解が困難だと思われたためである。

その他、原著には、「ドイツ人の友人への手紙」という副タイトルが付いていた。日本語版ではこれを用いないので、原著で「一通目の手紙」となっている部分（本書五一頁）を「ドイツ人の友人への手紙、一通目」と変えた。また原著では各手紙を続けて載せているのに対して、日本語版ではより分かりやすく、ちょうど章立てのように区分けした。

文中、歴史上の事実など、難解部分には注を付した。原注はとても少ないのでこれを「原注」として区別し、他の、とくに断りのないものはすべて訳注である。また、一つ注意を喚起しておかなければならないのは、巻末の文書に本文と矛盾する個所があることである。ことに人名、地名、生年月日がそれで、それらは各書類の書き手の記憶違い、あるいはタイプ・ミスである。その原因の一つとしてナチが文書を偽造したための混乱があるが、ズレを生じている個所は本文を基準にして理解していただきたい。

ポーランドではこのナチの人さらいは今も終わっていない問題である。訳者は昨年〔一九九〇年〕五月と八月にポーランドを訪れ、ワルシャワで「ヒトラー犯罪調査主要委員会」（現、ヒトラー・スターリン犯罪調査主要委員会）、「ポーランド赤十字本社」、民間団体である「ドイツ第三帝国によるポーランド人被害者同盟」、またウッジ市で旧「子供収容所」跡と「ヒトラー体制にドイツ化を施されたポーランド児童連盟」、「ヒトラー犯罪調査地方委員会」を訪ねたが、どの研究所にも、今も、八十歳、九十歳になっている親たちから、「命あるうちに子どもに巡り会いたい」という調査の依頼状が届いていた。逆に子どもの側からの依頼もあった。ドイツの住所のドイツ人の名前の人から、「子どもの頃の記憶にうっすらとポーランドの風景があります。自分はポーランドからさらわれてきた子どもだったのでは、と思えてならないので、家族を探して欲しいのです」と言ってくるのである。

こんな話も聞いた。あるとき戦争展が開かれ、ウッジの研究所の女性も会場に行っていると、すぐ後ろに立っていた品の良い紳士が突然、「ぼくの名前は〇〇〇〇、住所はウッジ市〇〇通り〇〇番地」と叫び出したのだそうだ。びっくりして、その人の気の鎮まるのを待ち、聞いてみると、こういうことだった。

戦争中、彼の母親は息子がさらわれないかととても恐れていた。そして、万一そうなっても、戦争が終わったらきっと再会できるようにと、まだ小さかった彼に自分の名前と住所を叩き込んだのだ。母親は毎晩のように夜中に彼を叩き起こし、「さあ、おまえの名前を言ってごらん。住所を言ってごらん！」と迫ったと言う。戦争展を見たとき、突然、その頃の恐怖がどっと蘇ってきた……。

この人のように、結局はさらわれずにすんだ人の心にまでナチの人さらいの恐怖はこんなにも刻み込まれている。

ちょうどゴルバチョフ大統領が戦争中ソ連領土内で起きたポーランド人将校大量虐殺事件、

「カチンの森事件」を〝ソ連がやった〟と公式に認め謝罪したときだった。ポーランドではそれに対する賠償をどう請求してゆくかが話題になっていた。ドイツも統一が間近で、ドイツの犯罪についても問題があった。戦後東ドイツからは同盟国だという名目で賠償金を取れなかった。それを今、統一ドイツに請求してゆくのかどうか？　ことに「人さらい」についてはどうか……？

研究所の人たちや著者の話を総合するとこうである。

戦後アウシュヴィッツなどで殺された人々については西からの賠償金はたしかに出た。しかし一人一人に行き渡ったのは微々たるものだ。けれど「人さらい」については初めから、西からもいっさい償われなかった。

東ドイツから賠償金が取れなかったのはソ連の圧力によった。今はそうした圧力はない時代になったが、かといって「東ドイツ」という国がなくなってしまうのでは請求はとても難しい。統一ドイツに請求することができるものかどうか。しかし、外務省は今それを検討している。その理論的基盤を固めるためにも我々の研究が必要だ、と。

本書を訳出するに当たりドイツ語が多出するのに困らされた。それも人名、地名だけではなく、団体名、役職名、法律名、スラングなどまでがドイツ語のままで出てくるのだ。それらはドイツ語のままでもポーランドの読者たちには分かるからである。これらドイツ語部分を文藝春秋の小田切一雄氏、ドイツ民話研究家の杉本栄子氏、ドイツ語通訳の羽田クノーブラ・真澄氏、在東京・ドイツ研究所所員のノルベルト・R・アダミ Norbert R. Adami 氏、北海道大学の伊東孝之教授に少しずつ分けてお教えいただいた。またチェコ語の人名・地名を中央大学の石川晃弘教授に、ユーゴ語の地名を千葉大学の岩田昌征教授に、フランス語を前記小田切氏に教えていただいた。

ポーランド語の難解部分はすべて著者に問い合わせたが、一カ所聞き落としたスラングの部分を駐日ポーランド大使館一等書記官（当時）のヤツェック・ポトツキ Jacek Potocki 氏に、学術用語一カ所をワルシャワ大学名誉教授のヴェスワフ・コタニスキ Wesław Kotański 氏に確認させていただき、また書籍調査で国会図書館学術研究員の加藤一夫氏に、編集で共同通信社の木村剛久氏にお世話になった。

「この手記を読まれる方に」を書くについては、著者や前記のワルシャワとウッジの研究所の方々にいろいろお教えいただいたが、その他、基本的には「レーベンスボルン」問題の著名な研究家であるロマン・フラバル Roman Hrabar 氏の学術書『〝レーベンスボルン〟生命の泉』（シロンスク出版社、一九八〇年）と『ヒトラーのポーランド人児童の略奪（一九三九―一九四五）』（シロンスク出版社、一九六〇年）を参考にさせていただいた。

「レーベンスボルン」に関する本は国会図書館で調べていただくと、今のところ日本には一冊もなかった。歴史書・研究書・ルポで少しだけ触れているものはあったが、それを主題として詳しく一冊にしている本はなかったのである。したがって「この手記を読まれる方に」を書くことができたのはすべてフラバル氏の生涯を賭けた研究のお蔭である。私が一人でこれだけ調べ上げたような振りをするのは（そういう本がときどきあるので！）やはりいけないことだと思っている。

一九九一年七月十日、東京にて

足達和子

平凡社ライブラリー版　訳者あとがき

二〇一四年三月、北朝鮮にさらわれた横田めぐみさんのご両親、横田滋・早紀江さん夫妻が、モンゴルでめぐみさんの娘ウンギョン（ヘギョン）さんと初対面したとの報道があった。やっと、北朝鮮による日本人の拉致問題が解決に向から兆《きざし》だろうか。

だとしたら、今こそ、ナチス・ドイツが行った〝国家による拉致〟——その想像を絶する思想と緻密な手法、祖国と切り離された者の苦しみを多くの人々に読んでほしいと考え、絶版となっていた『ぼくはナチにさらわれた』の再版を打診したところ、即断してくれたのが平凡社ライブラリーだった。

そのことを報告すべく、久しぶりで、ワルシャワの著者アロイズィ・トヴァルデツキ氏に電話すると、今年七十六歳になる彼は、車椅子生活になっているとのことだった。車椅子がエレベーターに入らないので、もう五年も外に出ていないのだという。その上、二番目の妻が、昨年離婚して出て行ったとか。しかし、別にそれを嘆いているわけではなく、息子は外交官になってアメリカにいるし、娘もカナダにいる、と、ひとしきりうれしそうに話したあと、私に心配させまいと、「生活の面倒は、同じ階の婦人が見てくれている。年金はいっぱいあるから心配要らないよ」と、陽気な声でつけ加えた。ナチス・ドイツによる犯罪被害者は、一般の人より年金の額が多いのである。

それにしても彼は、もし拉致されなかったら、そして、その後、絶え間ないストレスにさらされる人生を送るのでなかったら、身体を壊しはしなかったのかどうか？　なにしろ、ナチスに、理想的だと評価された健康体だったのだから……。

トヴァルデツキ氏のドイツの養父は、初版の「あとがき」に書いたように、日本語版の出版前に亡くなっているが、ポーランドの母は九十七歳の今も健在で、まるで、息子を奪われていた年月分長生きするかのようなのがなによりだとのこと。インターネットで、今も美しい母上の笑顔の写真を見ることができる。

トヴァルデツキ氏は、身体こそ不自由になったが、ナチが大勢の子どもをさらった史実をもっと世界に知らせたいという意欲は、いっこうに衰えていなかった。原書が出版された当時、有名なアンジェイ・ワイダ監督に映画化を申し込まれたことがあったのだという。しかし、まだ若かった彼は、些細なことが気に入らず、監督に肘鉄を食らわせてしまった。そのため、映画化は実現しなかったが、原書はその後、七カ国語に翻訳され、昨年、四十年来の念願だった、ドイツ語圏でのドイツ語版の出版も実現させることができた。ナチにさらわれた被害者の会も結成し、BBCほか、各国のメディアにも出演、インターネットで情報も発信している。コンピューター時代になったので、家にいながら何でもできる。来年は、第二次世界大戦終結七十周年に当たるので、やるべきことがいっぱいあるとのことだった。

著者の近況を確認したあと、訳者として心配したのは、原書の出版時（一九七一年）に検閲で削除され、日本語版の出版（一九九一年、共同通信社）に際しても補追できなかったその部分の原稿を、今回は入手できるのかどうかだった。しかし、トヴァルデツキ氏の身体が不自由になり、子どもたちも国外にいるため、探してもらうのはやはり無理だった。

したがって、今回の平凡社ライブラリー版では、内容の変更はせず、誤字や若干の表記の訂正・変更にとどめている。ただし、四年前に新たに発見された、著者が二歳の頃の写真をカバーに使用したほか、養子にもらわれて間もなくの六歳のときの写真を口絵に追加した。

なお、初版の「あとがき」に、「「レーベンスボルン」に関する本は（中略）今のところ日本には一冊もなかった」と書いたが、その後の調べで、マーク・イレル、クラリッサ・ヘンリー著、鈴木豊訳『狂気の家畜人収容所』（二見書房、一九七六年）があったことが判明した。ここで訂正するとともに、いち早い出版に敬意を表したいと思う。

初版を出版してのち、様々な反響があった。『朝日新聞』の一九九五年八月十二日、および二〇〇二年十一月七日の「天声人語」欄で本書が取り上げられたほか、一九九七年には、NHK衛星放送が本書をもとにして、ドキュメンタリー番組「金髪のヨハネス」を制作した。ナチスに関する膨大な書籍を網羅した阿部良男著『ヒトラーを読む三〇〇〇冊』（刀水書房）、同『ヒトラー全記録』（柏書房）にも、基本文献として挙げられた。

平凡社ライブラリー　817

ぼくはナチにさらわれた

発行日…………2014年９月10日　初版第１刷

著者……………アロイズィ・トヴァルデツキ
訳者……………足達和子
発行者…………西田裕一
発行所…………株式会社平凡社
〒101-0051　東京都千代田区神田神保町3-29
電話　東京(03)3230-6579［編集］
東京(03)3230-6572［営業］
振替　00180-0-29639

印刷・製本 ……株式会社東京印書館
ＤＴＰ…………大連拓思科技有限公司＋平凡社制作
装幀……………中垣信夫

ISBN978-4-582-76817-6
NDC 分類番号234.074
B６変型判（16.0cm）　総ページ312

平凡社ホームページ　http://www.heibonsha.co.jp/

ところで、トヴァルデツキ氏の言葉で、ひとつ書いておきたいのは、今回、平凡社から多少の印税が入ったら、それを全額、孤児院に寄付するつもりだと言ったことである。四歳のときナチにさらわれ、孤児院に入れられた忘れられない経験は、今も、何らかの理由で親から引き離された子どもたちへの愛情となって、アロイズィ・トヴァルデツキという人間像の中心に位置している。

最後に、本書の再版を決断して下さった平凡社、ならびに編集の竹内涼子氏に心からお礼申し上げます。

二〇一四年八月六日

足達和子